Apfelfieber

Madita Tietgen

Verlag:
Zeilenfluss
Implerstraße 24
81371 München
Deutschland

ISBN 978-3-96714-155-9

Text: Madita Tietgen
Cover: Grit Bomhauer, www.grit-bomhauer.com
Korrektorat: Dr. Andreas Fischer
Satz: André Piotrowski

Apfelfieber

Madita Tietgen

ZEILENFLUSS

Für Annika.
Weil sie mit Abstand
die beste Schwester auf dieser Welt ist.

1

»Komm schon, Heather. Du weißt, dass ich auf den Job angewiesen bin.« Clare fuhr sich mit der Hand durch ihre offenen hellbraunen Haare. Nichts hasste sie mehr, als zu betteln, doch wenn sie ihren Stolz diesmal nicht unterdrückte, würde sie sich einer viel schlimmeren Blamage hingeben müssen. Nämlich dem Klischee, dass das Mädchen vom Lande mit den großen Träumen in der Großstadt gescheitert war. Das wollte sie auf keinen Fall zulassen. Sie atmete noch einmal tief ein und ging in die Offensive.

»Ich leiste bessere Arbeit als die meisten hier, das kannst du wohl kaum bestreiten.« Clare sah ihrem Boss direkt in die Augen.

Heather McLaughlin war erst Anfang vierzig, doch in ihre braunen Haare mischten sich bereits ein Dutzend graue Strähnen. Sie trug ihr übliches Bürooutfit. Eine dunkle Anzughose, eine Seidenbluse und ausgefallene Pumps. Sie war bekannt für ihre Schuhe. Für Heather waren sie vermutlich das wichtigste Kleidungsstück. Heute trug sie eine gewagte Kreation aus Froschgrün, gespickt mit kleinen weißen Federn am Absatz.

Es war unüblich, dass die Mitarbeiter dem Geschäftsführer direkt unterstanden, doch bei *Irish Readings*, dem Verlag, für den Clare arbeitete, hielt man nichts von komplizierten

Hierarchien. Kurze Wege und klare Kommunikation waren das Erfolgsgeheimnis, mit dem sich der Verlag auf dem stark umkämpften Markt behauptete. Trotzdem hatte auch *Irish Readings* mit der Wirtschaftskrise zu kämpfen. Infolgedessen mussten Einsparungen vorgenommen werden. Etwa durch Mitarbeiterentlassungen. Clare sollte nun zu einer solchen Einsparung werden. Doch sie weigerte sich, das zu akzeptieren, seitdem sie vor zwanzig Minuten in Heathers Büro gekommen war.

Heather war die Situation sichtlich unangenehm. »Hör zu, Clare. Ich habe keine andere Wahl. Ja, du bist eine großartige Autorin, das muss ich dir nicht sagen. Aber wir müssen sparen, und du bist am kürzesten hier. Irgendwo müssen wir anfangen.«

»Aber wieso bei mir? Ich gebe meine Aufträge immer pünktlich ab. Ich bleibe am längsten und habe mich noch nie vor einem Auftrag gedrückt. Geschweige denn mich beschwert.« Clare dachte an Flynn. Ihr Kollege war zwar ein liebenswerter Mensch, doch er schrieb ausschließlich die Texte, die ihm thematisch zusagten. Sobald er auch nur ein wenig Rechercheaufwand in ein fremdes Gebiet stecken musste, stellte er sich quer, und jemand anderes musste den Job übernehmen. In vielen Fällen war diese Person Clare.

»Es tut mir leid, Clare. Wirklich. Aber die Entscheidung ist gefallen. Ende der Geschichte.« Heathers Gesicht drückte so viel Mitleid aus, dass Clare es nicht länger ertrug. Sie hatte gekämpft, doch nun musste sie einsehen, dass sie verloren hatte. Bei dem Gedanken drehte sich ihr Magen um.

Ich habe es dir doch gesagt, ertönte die Stimme ihrer Mutter in ihrem Kopf. *Es wird Zeit, nach Hause zu kehren, mein Schatz*. Clares Mum hatte noch nie verstanden, warum sich ihre einzige Tochter ausgerechnet zur Großstadt hingezogen fühlte. Als Clare damals verkündet hatte, in Dublin

Buchwissenschaften studieren zu wollen, hatte ihre Mutter nur verwundert den Kopf geschüttelt. Ihre Kleine würde nie und nimmer das behütete Nest verlassen, davon war sie überzeugt gewesen. Als sie nach mehreren Monaten schließlich gemerkt hatte, dass es Clare ernst war, hatte sie mindestens einmal täglich betont, wie gefährlich und anonym die Großstadt doch sei. Sie hatte alles versucht, vom schlechten Gewissen über Dramatisierungen bis hin zu Erpressung. Doch Clare war standhaft geblieben. Als sie vor drei Jahren dann den Hof ihrer Eltern verlassen hatte, hatte es ihr beinahe das Herz zerrissen, doch sie hatte diesen Schritt gehen müssen. Für sich.

Das Studium hatte sich als Volltreffer erwiesen. Sie liebte das Studentendasein, genoss es, morgens in der lebhaften Stadt aufzuwachen und jeden Abend in einem anderen Pub zu sitzen. Sie hatte sich einen kleinen, aber verlässlichen Freundeskreis aufgebaut und ihr Studium mit Auszeichnung abgeschlossen. Bei *Irish Readings* hatte sie wenig später ihren ersten richtigen Job bekommen. Glücklich hatte sie bei ihrem anschließenden Besuch zuhause von den guten Neuigkeiten erzählt. Während ihr Vater und ihre Brüder vor Stolz geplatzt waren, war ihre Mutter zunehmend stiller geworden. Sie hatte sich für ihre Tochter gefreut, doch nicht verbergen können, wie sehr sie sich gewünscht hatte, Clare würde zurück auf den Hof kommen. Nun … Vielleicht würde ihr Wunsch nun schneller in Erfüllung gehen als gedacht.

Während Clare in Heathers kleinem Büro saß, erschien vor ihrem inneren Auge das Bild ihrer Eltern, die sich auf dem Hof abmühten, ihres engen Kinderzimmers mit der hellblauen Tapete und dem Blick hinaus auf die Felder mit den vielen blühenden Apfelbäumen. Ihr Magen krampfte, und Clare konnte kaum atmen. Sie musste raus. Raus aus Heathers Büro, raus an die frische Luft.

Heather hatte scheinbar die ganze Zeit auf sie eingeredet. Ihre Stimme drang endlich wieder zu Clare durch. Sie hörte sie irgendetwas von »bis Ende des Monats« reden.

Unvermittelt erhob sich Clare. »Ich muss los.«

Sie drehte sich um und ging zur Tür, um das Büro zu verlassen. Würde sie auch nur eine Sekunde länger in diesem Raum bleiben, würde sie ersticken.

»Ist alles in Ordnung, Clare? Du siehst etwas blass um die Nase aus. Soll ich dir ein Glas Wasser holen?« Heather schien ernsthaft besorgt.

»Nein, danke. Mir geht es gut.« Clare drehte den Türknauf und floh.

Es war erst früher Nachmittag, doch Clare hatte so viele Überstunden aufgebaut, dass sie es sich durchaus leisten konnte, einmal früher Schluss zu machen. Und wenn schon, dachte sie sich. Rausgeschmissen hatte man sie ja sowieso schon.

Irish Readings saß in einem sanierten Gebäude im Zentrum der Stadt. Nach wenigen Schritten war Clare auf der Grafton Street und lief Richtung Trinity College. Auf dem Gelände ihrer alten Universität hatte sie sich immer wohl und geborgen gefühlt. Die historischen Gemäuer schützten sie vor der düsteren Außenwelt. Es fing an zu regnen, doch Clare spürte es kaum. Was machten auch schon ein paar Tropfen mehr oder weniger auf ihrem abgetragenen Mantel. Wie in Trance lief sie durch das Tor hindurch in den Innenhof des Trinity College. Sie schob sich durch die Menschenmenge und steuerte direkt auf die Bibliothek zu.

Obwohl sie keine eingeschriebene Studentin mehr war, bekam sie dank ihres Bekanntenkreises noch immer kostenlosen Zutritt zur berühmten Bücherei, in der sich auch das *Book of Celts* befand. Zwar wimmelte es hier von Touristen, doch die hohen Wände mit den Regalen voller alter

Bücher waren Clares Zufluchtsort. Wann immer sie einen Platz zum Nachdenken, Grübeln oder Abschalten benötigte, kehrte sie hierhin zurück.

Nachdem sie sich an der Besucherschlange vorbeigeschoben hatte, sah sie, dass Cliff sich heute um die Ticketkasse kümmerte. Die beiden hatten gemeinsam mehrere Kurse besucht, und er war ihr ein guter Freund geworden. Anders als Clare weilte er allerdings immer noch im Studentendasein, ein Ende war wohl nicht so bald in Sicht. Seine Eltern finanzierten sein ausuferndes Studium in Wirtschaftswissenschaften, und anstatt sich mit der Weiterentwicklung seines Lebens zu beschäftigen, sammelte er lieber BHs von Austauschstudentinnen. Einst hatte er es auch bei Clare versucht, doch sie hatte ihn schnell durchschaut. Clare hatte sich geschmeichelt gefühlt. Sie war gewiss keine Schönheit, doch Cliffs Avancen gaben ihr ein gutes Gefühl. Nach ihrer Abfuhr – die ihr wirklich schwergefallen war – hatten beide gemerkt, dass sie als Freunde viel besser taugten als als einmaliger One-Night-Stand. Zudem hatte Cliffs Perspektive ihr geholfen, sich auf die guten Dinge zu konzentrieren. Sie hatte feine Gesichtszüge, eine schmale Taille sowie lange, wohlgeformte Beine. Ihre eher geringe Oberweite oder die breiten Hüften nahm sie künftig als gegeben an. Es sah eben nicht jede Frau aus wie ein Katalog-Model.

Cliff schob sich gerade eine dunkle Strähne aus der Stirn, als er Clare erblickte. Sofort unterbrach er seinen Flirt mit einer dänischen Studentin. Er kam hinter dem Ticketschalter hervor, und Clare musste unwillkürlich lächeln. Cliff weigerte sich, mit der Zeit zu gehen, und so trug er statt den neuesten Hipster-Klamotten lieber ein gebügeltes Hemd, eine altmodische Anzughose mit Hosenträgern und schwarze Socken. Niemals würde Cliff mit bunten Farben um sich werfen, schon gar nicht in seinem Kleiderschrank. Er glaubte noch an die Wirkung von Schwarzweiß. Und seine

Rechnung ging auf. Claire konnte sich nicht erinnern, ihn abends einmal alleine nach Hause gehen gesehen zu haben. Doch Cliff war keineswegs ein Macho. Er konnte nichts dafür. Er war dafür geschaffen, die Frauen um sich herum verrückt zu machen. Alle außer Clare. Und dafür liebte sie ihn wie einen Bruder. Denn sosehr er auch hinter seinen internationalen Studentinnen her war, war er in den vergangenen drei Jahren immer für sie da gewesen, wenn es drauf ankam.

Cliffs Lächeln wurde bald von einem Stirnrunzeln ersetzt, als er Clare erreichte. Er nahm sie in den Arm, ohne auch nur ein Wort zu sagen. Ihr Gesichtsausdruck mit den traurigen grünen Augen sowie ihre klitschnasse Erscheinung sagten wohl mehr als Worte. Er war Clares Ersatzbruder, den sie in der Großstadt gefunden hatte.

Nach einer festen Umarmung rief er einem Kollegen zu, er käme gleich wieder, und führte sie durch die Ausstellung direkt in die Bibliothek.

»Sag mir Bescheid, wenn ich etwas für dich tun kann.« Er drückte ihre Hand. Es war verrückt, doch Cliff verstand genau, was Clare in diesem Moment brauchte.

»Danke.« Sie hauchte einen Kuss auf seine Wange und schniefte. Dann setzte sie, so gut sie konnte, ein Lächeln auf und gab ihm einen Klaps auf den Rücken. »Und jetzt mach deine neueste Eroberung nicht länger eifersüchtig.« Clare nickte in Richtung Kasse. Cliff lachte und ließ sie allein.

Der längliche Raum der Bibliothek erinnerte Clare immer wieder an ein Kirchenschiff. Von dem weiten, schmalen Innengang zweigten rechts und links kleine Nischen mit meterhohen Bücherregalen ab. Durch die hohen, bunt verzierten Fenster fiel das wenige Nachmittagslicht, das die Regenwolken nicht in sich aufgesogen hatten. Vor jeder Nische thronten rechts und links die Büsten bedeutender

Schriftsteller und Denker. Mit ihren aufmerksamen Blicken wachten sie über die literarischen Schätze, die sich hier verbargen.

Jedes Mal, wenn Clare an den Büsten vorbeiging, fühlte sie deren Blick auf sich ruhen. Sie beobachteten sie. So als würden sie genau darauf achten, wer sich den gut sortierten Büchern näherte. Clare liebte die Ordnung in den Regalen, welche nach etwa zweieinhalb Metern, durch eine Balkonbrüstung unterbrochen, im ersten Stock fortliefen. Zu Beginn jedes einzelnen Regalbretts standen die Buchstaben der dort verwahrten Werke. Alles war penibel nach Alphabet sortiert. In einigen Nischen befanden sich schmale Wendeltreppen, die in den ersten Stock der Bibliothek führten.

Clare atmete den modrigen Duft ein und lief bis ans Ende des Hauptgangs. Dort stand eine unscheinbare Bank. Sie setzte sich und lehnte sich mit dem Rücken an die Wand. Sie ließ ihren Blick über all die Bücher schweifen und dachte daran, wie sehr sie ihren Job liebte. Schon während des Studiums hatte sie selbst zu schreiben begonnen. Sowohl für die Unizeitung als auch für kleinere lokale Blätter. Sie verdiente sich ihr Geld außerdem mit dem Lektorat neuer Bücher. So war sie auch mit *Irish Readings* in Kontakt gekommen. Der Verlag beschäftigte Autoren, die nur im Auftrag schrieben. Er bestimmte die Themen, die man für verkaufstüchtig hielt, und die Autoren setzten die Texte um. Suchte jemand zum Beispiel einen Biographen, klopfte er bei *Irish Readings* an, damit der Verlag den dafür passenden Autor fand.

Mit ihrer gewissenhaften und effizienten Arbeitsweise hatte Clare Eindruck bei ihren Kollegen und Vorgesetzten geschunden, sodass man ihr kurz vor Abschluss ihres Studiums einen Job angeboten hatte. Doch Clare wollte mehr als nur gegenlesen. Sie wollte selbst schreiben. Sie hatte ihren

Mut zusammengenommen und Heather McLaughlin ihren Plan eröffnet. Sie hatte eine Bewährungsprobe bekommen. Ein Autor war kurzfristig ausgefallen, und sie hatte für ihn einspringen und sein Manuskript fertigstellen dürfen. Doch anstatt den Text zu finalisieren, hatte sie alles über den Haufen geworfen und von vorne angefangen. Sie hatte es tun müssen. Ihre Finger waren wie von selbst über die Tasten ihres Laptops geflogen. Clare war überzeugt gewesen, dass der bisherige Text seinem Thema in keiner Weise gerecht wurde. Sie hatte Tag und Nacht an dem Buch gearbeitet, und als sie einer geschockten Heather ihre Arbeit pünktlich zum Stichtag überreicht hatte, war dies nicht ohne einen gewissen Stolz geschehen. Der hatte sich allerdings schnell verflüchtigt, als sie eine ordentliche Standpauke von ihrer Chefin erhielt.

»Ich habe dir den Auftrag gegeben, das Skript fertigzustellen, nicht, es vollkommen neu zu schreiben!«

Trotzig hatte Clare damals ihr Kinn gehoben und ihrem Boss erklärt, dass es gegen ihren Qualitätsanspruch gegangen sei, das ursprüngliche Skript weiterzuführen. »Das war totaler Mist, Heather.«

Entgeistert hatte Heather sie angestarrt. Clare hatte gerade einen ihrer besten Autoren als unfähig bezeichnet. Für den Rest des Tages war sie beurlaubt worden. Innerlich hatte sie sich bereits ihren Schreibtisch räumen sehen, als sie am nächsten Morgen zu Heather zitiert wurde. Deren Miene hatte keinen Schluss zugelassen, was Clare wohl erwartete. Sie hatte inständig gehofft, dass sie sich ihre Version durchgelesen und für gut befunden hatte. Doch als Heather den Mund öffnete, hatte Clare sich von dieser Vorstellung verabschiedet.

»Ich weiß nicht, was in dich gefahren ist. Pete ist einer unserer besten Autoren. Hast du *Ein Herz für Samuel Beckett* gelesen? Den Bestseller? Das war von Pete. Erinnerst du dich an *Unsere Molly Malone*? Das hat Pete geschrieben. Ach, und wie fandest du das Buch des Jahres zweitausendsiebzehn? Das kam auch aus seiner Feder.«

Oh Gott, sie wusste, sie hätte nicht anmaßender sein können. Sie hatte es wirklich gewagt, das aktuelle Buch des großartigen Pete McMullin als Mist zu bezeichnen. Was hatte sie nur getan?

»Nun ... Das waren fantastische Bücher, die Pete da geschrieben hat.« Heather hatte einen Stapel Papier in die Hand genommen und ihn auf ihren Schreibtisch fallen lassen. »Was er sich hierbei allerdings gedacht hat, ist mir schleierhaft.«

Clare hatte aufgehorcht. »Wie bitte?«

»Na also, mal ehrlich. Man kann doch ein Buch über die Geschichte das Trinity College nicht mit den Worten anfangen: ›Es war einmal ...‹ Das ist verdammt nochmal kein Märchen. Pete ist großartig, aber was er sich bei diesem Text gedacht hat? War er überhaupt einmal auf dem Gelände des Colleges? Nach diesem Text zu urteilen, sicherlich nicht.«

Clare war nicht sicher gewesen, was sie von dieser Ansprache hatte halten sollen. Hatte Heather ihr etwa gerade zugestimmt, dass das Skript von Pete McMullin Schwachsinn war? Clare hatte entschieden, dass es für den Moment besser war, nichts darauf zu erwidern und abzuwarten.

Heather war aufgestanden und um den Tisch zu ihr herumgekommen. »Ich halte nichts von eigenmächtigen Entscheidungen. Ich dulde das nicht in meinem Verlag.«

Ihre Augen hatten sie geradezu durchbohrt. Dann plötzlich hatte sie laut aufgelacht.

»Und ich kann mir nicht vorstellen, dass du in Pete einen Freund finden wirst, aber was du aus der Story gemacht hast ... Also, das ist einfach unbeschreiblich!«

Clare hatte noch immer nicht verstanden, was Heather ihr mitteilen wollte, und so hatte sie unsicher gefragt: »Was genau meinst du, Heather?«

Heather hatte sie an den Schultern gepackt und Clare sanft geschüttelt. »Du hast uns einen neuen Bestseller beschert, das meine ich!«

In Clares Ohren hatte es plötzlich nur so geklingelt. Ihre Gedanken waren Achterbahn gefahren.

»Bestseller?«, hatte sie gekrächzt.

»Oh ja! Das ist fantastischer Stoff. Wie du die alten Gemäuer zum Leben erweckt hast. Warum sind wir nicht selbst auf die Idee gekommen, den Text von jemandem schreiben zu lassen, der dort studiert hat? Du hast aus einem langweiligen Geschichtsbuch eine aufregende Reise gemacht. Ich habe dein Skript eigentlich gar nicht lesen wollen, aber gestern Abend habe ich es mir dann doch vorgenommen. Ich konnte schon nach den ersten Seiten nicht aufhören. Ich sage es dir, mein Mann war gar nicht begeistert, dass ich die ganze Nacht die Nachttischlampe anhatte.« Sie lachte.

Nur langsam hatte Clare erfasst, was Heather ihr zu sagen versuchte.

»Dann druckt ihr es?«, hatte sie mit zitternder Stimme gefragt.

»Darauf kannst du dich verlassen.«

Damit war der Weg für Clares Karriere als Autorin bei *Irish Readings* geebnet – auch wenn das Werk nicht mit ihrem Namen beworben wurde, war sie immerhin als maßgebliche Autorin im Impressum ausgezeichnet. Das Buch war ein riesiger Erfolg geworden und stand inzwischen auf den Bücherlisten beinahe sämtlicher Studenten des Trinity College. Pete McMullin hatte getobt, als er erfuhr, was sie getan hatte. Doch Heather hatte ihr Rückendeckung gegeben, und der Erfolg sprach Bände. Fortan waren Clare verschiedene eigene Projekte anvertraut worden, und sie schrieb und schrieb, was das Zeug hielt. Ein erneuter großer Erfolg war allerdings ausgeblieben. Dennoch liebte sie ihre Arbeit. Sie liebte es, die Geschichten anderer Leute zu erzählen, ihnen eine Bedeutung und ihren wohlverdienten Platz in der literarischen Welt zu geben. Sie war mit Leib und Seele Autorin.

Ihr Blick schweifte zur oberen Galerie der Bibliothek. Der Regen musste inzwischen aufgehört haben, denn durch die Fenster stahlen sich goldene Sonnenstrahlen und tauchten die Bücherei in eine märchenhafte Atmosphäre. Sie sah in den Lichtstrahlen die winzigen Staubkörner umherschweben, die von den Touristen aufgewirbelt wurden. Sie verfolgte, wie einzelne Körnchen durch den Raum flogen. Ungewiss, wo sie wohl aufkommen und was dann mit ihnen geschehen würde. Würden sie für die nächsten Jahre still und unentdeckt auf einem Buch liegen? Würden sie erneut von einem Tross Touristen aufgewirbelt werden? Clare seufzte. So unsicher wie die Zukunft dieser Staubkörner zu sein schien, war auch ihre eigene.

Trotz ihres einmaligen Erfolgs und der anschließend zuverlässigen Arbeit für *Irish Readings* war ihre Zeit dort abgelaufen. Sie hatte gekämpft, doch das war nicht genug. Sie wusste, dass ihr Groll Heather gegenüber unfair war. Im Verlag waren dutzende hervorragende Autoren und Lektoren angestellt. Bei irgendjemandem musste sie einen Anfang machen, und Clare war nun mal diejenige, die als Letzte an Bord gekommen war.

Clare kämpfte mit den Tränen. Sie würde nicht weinen. Oh nein! Sie war siebenundzwanzig Jahre alt und hatte mehr erreicht, als ihr so manch einer zugetraut hatte. Dabei dachte sie vor allem an ihre Mum. Als das Buch damals in den Handel gekommen war, hatte sie eine Ausgabe gekauft und ihrer Familie per Post geschickt. Ihre Brüder hatten sie wie erwartet gefeiert. Und selbst ihre Mutter hatte stolz geklungen, als sie daraufhin mit ihr telefonierte. Langsam schien sie zu verstehen, dass ihre Tochter, sosehr es sie auch schmerzte, hierhin gehörte.

Doch nun war es vorbei. Der Ausflug in die Stadt war zu Ende. Sie wusste, wie sehr die Wirtschaftskrise Verlage und Redaktionen getroffen hatte. Es ging meist nur noch darum, möglichst viel Geld mit so wenig Personal wie möglich zu machen. *Irish Readings* hatte sich dem lange entgegengestellt, doch nun konnte sich der Verlag dessen nicht mehr erwehren. Sicher, Clare konnte sich bei anderen Verlagen bewerben, sie hatte immerhin schon ein wenig Erfahrung vorzuweisen. Dennoch wusste sie, dass ihre Chancen in der aktuellen Zeit kaum schlechter stehen konnten. Erneut machte sich ein schweres Seufzen in ihr breit, noch immer unterdrückte sie ihre Tränen.

Clare dachte an ihre Familie. Ihre Brüder arbeiteten gemeinsam mit ihren Eltern in der Familienbrauerei. Seit Generationen stand der Name O'Sullivan für einen der besten Cider Irlands. Das Familienunternehmen hatte es nicht immer einfach, und gerade die letzten Jahre waren besonders turbulent gewesen. Doch die O'Sullivans hatten sich nie unterkriegen lassen und ihr Geschäft nach jeder Schlappe wieder aufgebaut. Das geheime Familienrezept hatte sie bisher noch aus jeder ausweglosen Situation gerettet. Außerdem stand der Familienname für Qualität und Heimatliebe. Ein wichtiger Faktor in Irland.

Obwohl es Clare in die Stadt gezogen hatte, liebte sie das Leben auf dem Hof. Schließlich war er ihre Heimat und ihr Zuhause. Während der Apfelblüte im Frühjahr und der ersten großen Ernte im Sommer nahm Clare sich, wann immer sie konnte, Urlaub und fuhr nach Hause. Sie packte mit an, wo sie gebraucht wurde, und stand ihren Brüdern in nichts nach.

Doch so gerne sie auch zu Besuch kam, jetzt drehte sich Clares Magen bei dem Gedanken um, zurückkehren zu müssen. Sie würde zugeben müssen, dass sie in der Stadt verloren hatte. Dass sie versagt hatte.

Clare wischte sich verstohlen eine kleine Träne aus dem Augenwinkel. Sie beobachtete eine Gruppe asiatischer Touristen, die staunend, zugleich jedoch schnatternd den Gang entlangzog. Ein jeder von ihnen schoss ein Selfie nach dem anderen. Sie sahen sich gar nicht richtig um, nahmen die Atmosphäre der Bibliothek nicht auf und würdigten die Bücher keines Blickes. Stattdessen hier ein Selfie, dort ein Selfie. Clare schüttelte den Kopf. Wie konnte man nur so ignorant sein? Merkten sie denn nicht, an was für einem magischen Ort sie sich befanden? Was für ein Schatz sie umgab?

Die Reisegruppe verließ die Bibliothek, und Clare warf einen Blick auf die Uhr. Überrascht stellte sie fest, dass sie schon knapp zwei Stunden hier war. So war es jedes Mal. In der *Trinity College Library* vergaß sie Raum und Zeit. Sie atmete noch einmal tief ein und machte sich dann auf den Heimweg. Sie hatte viel zu tun. Ganz wollte sie sich dann doch noch nicht geschlagen geben. Und selbst wenn momentan niemand Festangestellte suchte, sie würde einen letzten Versuch wagen, bevor sie klein beigab und verletzt zurück ins Nest ihrer Eltern humpelte.

Schnapsidee! Das war es. Nichts anderes. Eine reine Schnapsidee. James Byrne stand in der Küche seines renovierten Landhauses und schenkte sich ein Glas Cider ein. Mürrisch blickte er seinen besten Freund an. »Michael, du veräppelst mich doch.«

Der schüttelte vehement den Kopf. »Ganz und gar nicht. Ich sage dir, das ist *die* Möglichkeit für uns.«

Michael sah aus, wie sich die Welt einen typischen Iren

vorstellte. Rostrotes Haar, das er durch einen kurzen Schnitt zu bändigen versuchte, helle Haut mit unzähligen Sommersprossen und immer ein Lächeln auf den Lippen. Obwohl er eindeutig kein Adonis war, besaß er einen muskulösen Körper. Er war nicht ganz so groß gewachsen wie James, doch er machte die fehlende Größe mit seinem irischen Charme wieder wett. Außerdem kamen seine Grübchen, die nur hervortraten, wenn er lächelte, bei der Damenwelt ungemein gut an. Der Dreitagebart tat sicherlich sein Übriges.

Michael griff nach James' Cider-Dose und hob sie an seine Lippen. Bevor er einen kräftigen Schluck nahm, sagte er: »Überleg doch mal, James. Wenn wir das machen, dann würde das bei der Einführung der neuen Produktsorte für zusätzliche Publicity sorgen. Und du müsstest nicht mal viel dafür tun.«

»Stimmt. Außer meine Seele verkaufen«, bemerkte James sarkastisch.

Seit einer Woche bearbeitete sein bester Freund ihn nun schon, doch er rang mit sich. Eine Biographie über ihn, James Byrne? Er war verdammt nochmal gerade erst zweiunddreißig Jahre alt geworden. Biographien schrieb man über alte Männer. Männer, die sich in der Vergangenheit suhlten und es in ihrem Leben zu nichts mehr brachten. Sportler und Politiker, deren Karrieren vorbei waren. Was hatte er in seinem Leben bisher schon Großes geleistet?

Sein Freund schien seine Gedanken zu lesen.

»Oh nein! Fang mir bloß nicht auf der Schiene an. Du bist der jüngste Ire, der je ein so erfolgreiches Cider-Unternehmen geführt hat. Vergiss das nicht! Du hast mit nicht mal dreiundzwanzig Jahren die Führung der Firma übernommen, und sieh an, was du daraus gemacht hast. *Byrnes* ist der beliebteste Cider in ganz Irland. Selbst international schenken sie unseren Cider in den Pubs aus. Das hast *du* geschafft. Niemand sonst.«

»Das ist doch Blödsinn«, entgegnete James. »Ohne deine Hilfe wäre das nie möglich gewesen. Und vergiss nicht die Leute, die seit Jahrzehnten für uns arbeiten. Es wäre anmaßend, den Erfolg allein mir zuzuschreiben.«

Michael stöhnte. »Also gut. Was ist damit: Du warst der Erste, der Cider nicht nur aus Äpfeln und Birnen gewonnen hat, sondern auch aus Waldfrüchten. Das hat den Markt revolutioniert. Und dann wäre da noch das optimierte Verfahren, um den Kohlensäureverlust in Dosen und Flaschen zu kompensieren. Oh, und erinnere mich gleich nochmal, wer dafür den Innovationspreis erhalten hat?«

»Erwischt.« James lächelte kurz, bevor sich auf seiner Stirn wieder Sorgenfalten bildeten. »Das ist trotzdem kein Grund, mein Leben auseinanderzunehmen und der Öffentlichkeit zu präsentieren.« Allein bei dem Gedanken bekam er schon Migräne.

Michael stand auf und schnappte sich seine Jacke, die er über einen der Barhocker gelegt hatte. »Das verlangt auch niemand von dir. Du hast es in der Hand, den gesamten Prozess. Du bestimmst, was in diesem Buch steht, und wenn es dir nicht zusagt, wird es so auch nicht veröffentlicht. Ich weiß doch, wie sehr du es hasst, nicht alles unter Kontrolle zu haben.«

Michael hatte tatsächlich den Nerv, zu lachen. Er wandte sich zum Gehen, doch an der Haustür drehte er sich noch einmal um und grinste verschmitzt. »Vielleicht finden wir damit auch endlich eine Frau für dich.«

Hätte Michael die Haustür nicht blitzschnell hinter sich zugezogen, hätte ihn James' leere Cider-Dose nur um Haaresbreite am Kopf verfehlt.

Zwei Wochen nach ihrem Kündigungsgespräch mit Heather saß Clare abends in *Cassidy's Pub* in der Camden Stress Lower. Der Pub hatte sich während ihrer Zeit in Dublin zu ihrem zweiten Wohnzimmer entwickelt. Sie wohnte nicht weit entfernt und mochte den gemütlichen Flair, den das Lokal ausstrahlte. Hier trafen sich abends keine Touristen, sondern die echten Dubliner. Die Sonntage liebte sie besonders. Dann kamen die unterschiedlichsten Menschen aus der Gegend zusammen und musizierten. Sie schoben die Tische beiseite, bestellten sich einen Pint und fingen an, auf ihren Instrumenten zu spielen. Selbst wenn sie nicht mit Freunden herkam, war Clare hier nie lange allein. Es war beinahe unmöglich, in dem kleinen Pub niemanden kennenzulernen. Aus mancher Bekanntschaft waren über die Zeit sogar lockere Freundschaften geworden. Und auch der ein oder andere erfolgreiche Flirt war bis über die Türschwelle des Pubs hinausgegangen.

Wenn Sonntagabend die Sperrstunde klingelte, spielten die Musiker den letzten Song. Es war stets der gleiche: *Ireland's Call.* Zwar galt das Lied nicht als offizielle Hymne Irlands, doch wenn die ersten Töne erklangen, stand ein jeder auf, legte seine rechte Hand aufs Herz und sang voller Inbrunst mit. Dieser eine Moment in der Woche bedeutete Clare mehr, als sie zugeben wollte. Sie war stolz darauf, Teil dieser Gemeinschaft zu sein, Teil dieser Kultur und vor allem zu denjenigen zu gehören, die die Historie und Helden dieses Landes auf Papier verewigten und deren Geschichten erzählten.

Clare bestellte an diesem Abend bereits ihren dritten Pint Cider. Zwei Wochen lang hatte sie bei Verlagen angerufen, Bewerbungen geschrieben und Arbeitsproben verschickt. Sie stieß jedes Mal auf reges Interesse, doch niemand war an einer Festanstellung interessiert. Selbst die freien Aufträge hätten sie nur notdürftig über Wasser gehalten. Die steigenden Mieten in Dublin waren damit schon gar nicht zu bezahlen. Gewiss, sie hatte ein wenig Geld auf die Seite gelegt, doch besonders lange würde sie damit nicht durchkommen. Sie brauchte einen sicheren Job.

Clare überlegte gerade, welche Redaktion sie noch anrufen könnte, als ihr Handy klingelte. Es war bereits halb zehn, doch als sie auf das Display sah, erschien der Name einer ihrer Brüder. Sie nahm ab.

»Cillian, was gibt's?«

»Oh Schwesterherz! Was es gibt? Also, das solltest *du* mir sagen. Seit Wochen hast du dich nicht gemeldet! Sag, wie geht es dir?«

Es tat gut, Cillians Stimme zu hören. Doch gleichzeitig wurde Clare das Herz schwer. Cillian war nicht irgendeiner ihrer sechs Brüder. Er war ihr Zwillingsbruder. Sie hatten die gleichen hellbraunen Haare und grünen Augen. Ihre Gesichtszüge ähnelten sich besonders, auch wenn Cillian ein Stück größer war als Clare. Im Gegensatz zu Clare hatte ihr Bruder allerdings nie mit ein paar Pfund zu viel auf der Waage zu kämpfen. Die körperliche Arbeit auf dem Hof ihrer Eltern hielt ihn schlank und fit.

Seit jeher hatten die beiden eine enge Bindung zueinander gehabt, die sonst niemand in der Familie so wirklich nachvollziehen konnte. Sie mussten nur wenige Worte austauschen, um ihr Gegenüber zu verstehen. Sie hatten sogar dieses schmerzhafte Gefühl, wenn sich einer von ihnen eine Verletzung zuzog. Obwohl zahlreiche Kilometer zwischen ihnen lagen, wusste der andere, dass etwas passiert sein musste. Sie erzählten sich alles. Sie lebten jedes Klischee eines Zwillingspärchens. Und Clare liebte es.

Doch seit ihrem Umzug nach Dublin hatte sich etwas verändert. Noch immer war Cillian ihr am nächsten von ihren Brüdern. Doch sie konnte nicht mehr so ungehemmt mit ihm sprechen wie früher. Er hatte sie in ihrem Plan, nach Dublin zu gehen, immer unterstützt, doch sie spürte, dass es für ihn besonders hart war. Anders als ihre Mutter hatte er jedoch nicht versucht, sie am Weggehen zu hindern. Seitdem hatte sie stets das Gefühl, ihm etwas schuldig zu sein.

Sie legte eine möglichst fröhliche Miene auf in der Hoffnung, sie würde sich auf ihre Stimme auswirken.

»Mir geht's prima! Wirklich! Erzähl mir lieber, wie geht es Catherine und meinem Neffen?« Clare versuchte von sich abzulenken und schnitt stattdessen Cillians Lieblingsthema an.

Letztes Jahr hatte er geheiratet, und vor wenigen Monaten hatten er und seine Frau ihr erstes Kind bekommen, den süßen Liam. Der kleine Fratz war ihrem Bruder wie aus dem Gesicht geschnitten – zumindest, wenn man den Erzählungen ihrer Familie Glauben schenken durfte. Clare war zwar kurz nach der Geburt zu Besuch gewesen, doch Liam wuchs so schnell, dass Clare das Gefühl hatte, bei ihrem Neffen etwas verpasst zu haben. Sie wusste, dass sie längst wieder bei ihrem Bruder hätte vorbeischauen müssen, aber sie war in den letzten Monaten zu sehr in ihre Arbeit vertieft gewesen. Die Wochen zogen nur so an ihr vorbei. Und plötzlich war sie arbeitslos. Mit dieser Nachricht wollte sie erst recht nicht bei ihrer Familie hereinschneien.

Cillian setzte zu einer ausführlichen Lobeshymne auf den Nachwuchs an, und Clare gab pflichtschuldig die begeisterte Tante.

»Ich weiß, du hast viel zu tun, aber du denkst daran, dass in neun Wochen die Taufe ist, nicht wahr? Du bist die Taufpatin, du darfst auf gar keinen Fall fehlen.« Cillians Stimme hatte einen energischen Ton angenommen. Er war nur eine halbe Minute älter als Clare, doch diesen Umstand nahm er äußerst genau und mimte gern den großen Bruder.

»Hallo? Natürlich werde ich da sein! Das Fest lass ich mir doch nicht entgehen. Sag, spielen Mum und Dad schon verrückt?«

Cillian stöhnte. »Du glaubst es nicht. Man könnte meinen, wir feiern die Wiedergeburt St. Patrick's! Mum dreht völlig am Rad, und Dad ist mit seiner enthusiastischen Art nicht gerade eine adäquate Unterstützung, wenn es darum geht, die Feier in einem kleinen Rahmen zu belassen. Und unsere Brüder sind sowieso völlig nutzlos. Meinst du, auch nur einer würde uns den Rücken stärken und dem Wahnsinn ein Ende bereiten? Von wegen ...«

So ging es noch eine Weile weiter. Cillian unterrichtete sie über alle Entwicklungen rund um die Taufe ihres Neffen, und Clare war beinahe froh, dem Familienclan entkommen zu sein. Gleichzeitig spürte sie eine Sehnsucht. Sie liebte ihre Familie über alles, auch wenn es manchmal schwer zu ertragen war, Teil der O'Sullivans zu sein. Ihre Familie war laut, emotional, und jeder meinte, sich in das Leben des anderen einmischen zu müssen. Trotzdem liebte sie sie. Sie merkte, wie ihr die Tränen in den Augen brannten, und nahm einen Schluck Cider.

In diesem Moment kam ihr Zwillingsbruder zum Ende seiner Ausführungen. »Ich rede mal wieder viel zu viel. Erzähl mir lieber, wie es dir in der Großstadt geht? Hast du ein spannendes Projekt am Laufen? Worüber schreibst du gerade?«

Clare schluckte. Sie wollte ihren Bruder nicht anlügen, doch noch weniger wollte sie ihm die Wahrheit erzählen. In seinem Leben lief endlich einmal alles glatt. Sie wollte nicht diejenige sein, die Sorgenfalten auf seiner hübschen Stirn verursachte. Noch bevor sie merkte, was sie tat, hörte sie sich bereits sagen: »Ich habe gerade ein neues Projekt bekommen. Es wird was ziemlich Großes. Ich werde in den nächsten Wochen also sehr beschäftigt sein. Aber du kennst mich ja, das ist es, was ich brauche.«

Sie lachte auf und hoffte, dass ihrem Bruder das Zittern in ihrer Stimme entgangen war. Im selben Moment hörte sie einen lauten wütenden Schrei in Cillians Hintergrund.

»Oh nein, ich glaube, Junior hat gerade übelste Laune. Clare, tut mir leid, ich muss Schluss machen. Freut mich, dass es dir gutgeht. Ich melde mich!« Im nächsten Moment hatte ihr Bruder bereits das Gespräch beendet.

Erleichtert legte Clare ihr Smartphone auf die Theke und hob ihren Pint an die Lippen. Sie hasste es, zu lügen, doch genau genommen hatte sie ja nicht gelogen. Sie befand sich in einer Übergangsphase. So gesehen hatte sie durchaus ein großes neues Projekt an Land gezogen. Nämlich ihr eigenes. Was würde sie nun aus ihrem Leben machen?

Noch bevor sie weiter darüber grübeln konnte, klingelte ihr Handy erneut. Sie hoffte inständig, dass ihr Bruder ihr nur erzählen wollte, was ihr Bald-Patenkind nun schon wieder angestellt hatte.

»Sag bloß, Junior hatte die Hosen voll und hat es überall verteilt?«, scherzte sie, als sie abnahm.

»Ich habe keine Ahnung, wen du erwartet hast, aber ich versichere dir, hier hat niemand die Hosen voll.« Am anderen Ende der Leitung lachte Heather aus vollem Hals.

Clare rutschte das Herz in die Hose. »Oh Heather, entschuldige. Ich dachte, mein Bruder wollte mir von den neuesten Errungenschaften meines Neffen erzählen.«

Clare wurde rot.

»Ach ja, die lieben Kleinen. Was würden wir nur ohne sie machen?« Heather schien auf Smalltalk aus, doch dazu war Clare in ihrer aktuellen Lage nicht fähig.

»Was kann ich für dich tun?«, fragte sie ihren ehemaligen Boss und wünschte sich gute Neuigkeiten.

»Ich wollte hören, wie es dir geht. Hast du schon eine neue Stelle in Aussicht?«

Clare überlegte fieberhaft. Sie wollte sich nicht die Blöße geben, noch immer arbeitslos zu sein. Trotzdem waren sie und Heather immer ehrlich miteinander umgegangen. Daran wollte sie auch im Nachhinein nichts ändern. Also entschied sie sich für eine Zwischenlösung.

»Ich habe verschiedene Positionen in Aussicht. Ich überlege noch, wofür ich mich entscheiden soll. Wieso fragst du?«

Heather räusperte sich. »Nun, ich hätte eventuell einen Auftrag für dich. Er kam eben frisch rein, und bei dem Thema musste ich sofort an dich denken. Was meinst du? Hättest du ein paar Monate Zeit dafür? Es wäre etwas Größeres.«

»Sicher!« Clare zügelte sich. »Ich müsste den anderen natürlich absagen und auf ihr Verständnis hoffen. Aber ich glaube, das ließe sich machen. Um was für einen Auftrag geht es denn?«

»Gott sei Dank!« Heather atmete hörbar auf. »Ich hatte schon Angst, du wärst bereits vergeben. Bei dem Thema wüsste ich wirklich niemanden, der das besser machen könnte als du. Deine Eltern sind doch in der Cider-Produktion tätig, oder?«

»Ja, wieso?« Clare hielt den Atem an, sie wagte es kaum, sich zu rühren.

»Hervorragend! Ich schicke dir alle weiteren Informationen per Mail. Susan hat bereits ein Dossier für dich zusammengestellt. Du müsstest morgen anfangen. Das Zugticket haben wir dir schon gebucht, und die Adresse deiner Unterkunft findest du in den Unterlagen. Ich schicke dir gleich alles rüber.«

Clare war völlig überrumpelt, doch was für eine Wahl hatte sie schon? Sie konnte diesen letzten Auftrag annehmen und sich noch einmal beweisen, oder sie konnte sich morgen offiziell arbeitslos melden, Trübsal blasen und sich selbst bemitleiden. Sie war noch nie ein Fan von Selbstmitleid gewesen – auch wenn sich die letzten zwei Wochen so angefühlt hatten –, also stimmte sie zu und ließ sich von Heather letzte Instruktionen geben.

Sie würde das übliche Autorenhonorar erhalten sowie einen Bonus bei erfolgreichem Abschluss, da das Projekt kurzfristig und möglichst zügig umgesetzt werden müsse. Als Heather fertig war, fügte sie noch hinzu: »Nutze die Chance, Clare. Wenn du daraus was richtig Gutes machst, kann ich dir eine Zukunft bei uns sichern.«

Mit diesen Worten legte Heather auf. Clare klopfte das Herz bis zum Anschlag. Sie durfte das nicht vermasseln, egal was es war. In diesem Moment merkte sie, dass sie immer noch nicht wusste, worüber sie schreiben sollte. Sie checkte ihre Mails auf dem Smartphone. Heather hatte ihr die Nachricht bereits geschickt, und Clare öffnete den Anhang. Als sie den Titel des Dossiers las, setzte ihr Herz für einen Schlag aus: ›James A. Byrne – Biographie‹.

2

Clares Hände zitterten noch immer, als sie am nächsten Morgen im Zug Richtung Norden saß. In weniger als zehn Minuten würde sie in Ballybyrne sein. Ein kleines Städtchen an der Ostküste, kurz vor der Grenze zu Nordirland.

James Arthur Byrne! Sie sollte doch tatsächlich seine Biographie schreiben. Er gehörte zu den erfolgreichsten Unternehmern Irlands. Seit er die Cider-Produktion seines Vaters nach dessen Tod übernommen hatte, hatte er das Unternehmen zurück auf die Erfolgsspur gebracht. Er hatte kleinere Betriebe aufgekauft, den Absatzmarkt vergrößert, ein neues Herstellungsverfahren und neue Produkte eingeführt. Byrne war inzwischen millionenschwer und einer der begehrtesten Junggesellen Irlands. Und Clare konnte ihn absolut nicht ausstehen. Mehr noch, sie hasste alles, wofür er stand. Der Cider war für ihn nur ein Produkt, um Profit zu erwirtschaften. Die langen Familientraditionen, die damit einhergingen, waren ihm schlichtweg egal. Er war oberflächlich und arrogant. Außerdem hätte er beinahe für den Tod ihres Vaters gesorgt, und das würde sie ihm niemals verzeihen – und nun sollte sie seine Biographie schreiben.

Die ganze Nacht hatte sich Clare im Bett hin und her gewälzt. An Schlaf war nicht zu denken gewesen. Stattdessen hatte sie über ihre Vergangenheit und ihre Zukunft gegrübelt. Sicher, sie hätte Heather am nächsten Morgen anrufen können, sich bei ihr entschuldigen und den Auftrag ablehnen können. Eine Ausrede hätte sie schon parat gehabt. Persönliche Verbindungen zum Protagonisten, ein plötzliches Jobangebot in Cork, oder vielleicht hätte sie Heather einfach die Wahrheit gesagt: ›Wie könnte ich ein Buch über den Mann schreiben, der meine Familie ruinieren wollte?‹ Ja, das hätte sie machen können.

Doch gleichzeitig war es Clares Chance, doch noch zu einer sicheren Festanstellung im Verlag zu gelangen. Sie drehte nach den letzten zwei Wochen und unzähligen Telefonaten und Mails mit allen möglichen Verlagen und Redaktionen beinahe durch. Ihre Lieblingsreaktion auf eine ihrer Jobanfragen in einer Magazinredaktion kam von einer älteren Dame. Sie nannte sich Holly und musste schon ihr ganzes Leben an diesem Telefon verbracht haben – so klang es zumindest. »Schätzchen, Sie wollen Autorin in Festanstellung werden? Haben Ihre Eltern Ihnen denn nicht gesagt, dass Sie etwas Sinnvolles lernen sollen? Niemand verdient heute mehr Brot mit Träumen, und schon gar nicht mit Magazinen oder Büchern!«

Clare war keine Alkoholikerin, aber nach diesem Telefonat hatte sie erst einmal einen ordentlichen Schluck Whisky gebraucht. Sie hatte beschlossen, es für diesen Tag gut sein zu lassen. Abends war Heathers Anruf gefolgt.

Clare seufzte und blickte nach draußen. Der Zug war schon fast im Bahnhof angekommen, und am Horizont konnte sie das Meer sehen. Für gewöhnlich mochte sie es, hinaus aufs Land zu fahren, doch heute tat sich ihre Begeisterung einigermaßen schwer hervorzutreten. Wenn sie ehrlich war, hatte sie keine Wahl gehabt. Sie konnte das Beste aus diesem überraschenden Auftrag machen oder sie kroch zurück zum Hof ihrer Eltern und gestand sich ein, gescheitert zu sein. Clare musste lächeln. Normalerweise war sie nicht so pessimistisch veranlagt, aber die Aussicht, die nächsten Monate mit James Byrne zu verbringen, verursachte in ihr eine ungewohnt negative Stimmung. Und Sarkasmus. *Wie schnell man sich über eine Nacht doch verändern kann*, dachte sie.

Da es eine Biographie werden sollte, musste sie viele intensive Gespräche mit James Byrne führen, ihn in seinem Alltag begleiten, Weggefährten interviewen und am besten die Person werden, die am meisten über James Byrne wusste. Sie würde also gezwungen sein, viel Zeit mit ihm zu verbringen. Davor graute es Clare, seit sie die Mail am Abend zuvor geöffnet hatte.

Der Schaffner kündigte über die Lautsprechanlage die Ankunft in Ballybyrne an. Und nein, der Name war kein Zufall. Als Clare sich zu Beginn der Zugfahrt das Dossier ansah, das Heather ihr geschickt hatte, war es einer der ersten Fakten, die sie über die Byrnes lernte. Kurz vor der Geburt von James hatte die irische Wirtschaft einen massiven Aufschwung erlebt. In den Geschichtsbüchern war Irland im Zuge dessen der Beiname ›Keltischer Tiger‹ verpasst worden. James' Eltern hatten mit dem Ausbau ihrer Cider-Produktion für zahlreiche Arbeitsplätze in der Umgebung gesorgt. Sie hatten außerdem hohe Beträge für den Bau einer neuen Schule, die Renovierung des Gemeindehauses sowie die Ausweitung der Bahnstrecke gespendet. Diese Gemeinde lebte praktisch einzig und allein von *Byrnes Cider*.

Und wie schuf man so einer Familie ein Denkmal? Natürlich, man benannte das beschauliche Städtchen nach ihnen. Und so wurde aus Balgherhead schließlich Ballybyrne – übersetzt vom irischen ›Baile de Byrne‹, bedeutete das so viel wie ›Town of Byrne‹, also ›Byrnes Stadt‹.

Der Zug fuhr in den kleinen Bahnhof ein, und Clare

schnappte sich ihren Koffer und ihre Tasche und stieg aus. Das Wetter war ungewöhnlich warm für Anfang April, und Clare hob die Hand, um ihre Augen vor den blendenden Sonnenstrahlen zu schützen.

Sie hatte gar keine Zeit, sich zu orientieren, da hörte sie auch schon ihren Namen.

»Clare! Hier drüben!« Ein Mann, vielleicht Anfang dreißig, hüpfte auf und ab, damit sie ihn sah. Sie ging skeptisch auf ihn zu. Clare wusste, dass man sie abholen würde, trotzdem ließ sie Vorsicht walten.

»Und Sie sind?«, fragte sie.

Das Lächeln des Rotschopfs wurde noch breiter. Er streckte ihr seine Hand entgegen. »Ich bin Michael. Sozusagen die linke Hand von James. Seine Rechte würde er nämlich niemals hergeben.«

Michael lachte schallend, während Clare ihm die Hand schüttelte.

Hervorragend, dachte sie. James war also nicht nur arrogant und ging über Leichen, er schien wohl auch gern die Kontrolle zu behalten. Das konnte ja was werden. Clare bemühte sich, ein optimistisches Lächeln aufzusetzen.

»Dann sind Sie also mein Fahrservice zum Hotel?« Die Frage war rhetorisch gemeint, aber etwas an Michaels Reaktion ließ Clares Skepsis erneut aufflammen.

»Hotel? Äh, ja. Kommen Sie, mein Wagen steht gleich dort drüben.« Michael nahm ihr den Koffer ab und steuerte auf einen alten Land Rover zu. »Hatten Sie eine gute Reise? Von Dublin ist es ja glücklicherweise gar nicht so weit, oder?«

Clare versuchte immer noch herauszufinden, ob sie sich wegen ihrer Unterkunft Sorgen machen musste, deshalb antwortete sie: »Nein, zum Glück nicht. Für meine Arbeit wird es aber sicherlich einfacher sein, nicht jeden Tag zu pendeln. Ist es eine lange Fahrt bis zum Hotel?«

Der bisher so glücklich dreinschauende Michael hielt inne, als er gerade Clares Gepäck in den Kofferraum heben wollte. Er runzelte die Stirn. »Man hat es Ihnen gar nicht gesagt, oder?«

Clares Wachsamkeit wuchs. »Mir was gesagt?«

Ein Lächeln huschte über Michaels Lippen und wich sogleich einem entschuldigenden Hundeblick. »Nun ... Wie Sie vielleicht schon bei Ihren Recherchen festgestellt haben, ist James ein Mann, der gern das Steuer in der Hand behält.« Michael räusperte sich. »Nicht, dass er Ihnen dazwischenfunken wird ...«

Und ob er das wird, dachte Clare.

Michael holte tief Luft. »Wissen Sie, James hat dem Ganzen nur zugestimmt, wenn Sie für den gesamten Schreibprozess ...« Clare sah regelrecht, wie Michael sich wand. Das konnte nichts Gutes bedeuten. »Also, wenn Sie die Zeit über bei ihm wohnen. So, jetzt wissen Sie Bescheid.«

Michael hob den Koffer ins Auto und ließ die Tür mit einem Krachen zufallen.

Clare zuckte zusammen. Nicht sicher, ob es durch den Türknall oder die Gewissheit kam, sie würde die nächsten drei Monate mit James Byrne unter einem Dach wohnen.

Sie wagte einen letzten Versuch. »Michael, ich weiß ja, dass die Iren im Norden einen etwas anderen Humor haben – aber Sie veräppeln mich doch, oder?«

Sie betete inständig, Michael würde laut loslachen, wie zuvor am Bahnsteig, und sie zum nächsten Hotel in Ballybyrne fahren. Sie konnte keinesfalls mit James Byrne zusammenwohnen. Schlimm genug, dass sie so viel Zeit mit einem arroganten und rabiaten Jungunternehmer verbringen musste. Trotz ihrer vielen Geschwister war sie auch nie der WG-Typ gewesen. Gut, das war an dieser Stelle wohl das kleinste Problem. *Aber ehrlich*, dachte Clare, *bitte tut mir das nicht an.*

Michael musterte sie. Dann schüttelte er den Kopf. »Ich habe noch nie eine Frau kennengelernt, die sich so vehement dagegen wehrt, bei James Byrne einzuziehen. Im Gegenteil!«

Michael lachte und schob Clare zur Beifahrerseite.

Sie kletterte auf den Sitz und wollte sich gerade anschnallen, als Michael sich nochmals neben sie stellte. »Es tut mir aufrichtig leid, aber nein, ich veräpple Sie nicht.« Er warf die Beifahrertür zu und sagte mehr zu sich selbst als zu ihr: »Oh, das wird ein Spaß!«

Der Schalk, der Michael dabei in den Augen saß, gefiel Clare überhaupt nicht.

Einen kleinen Funken Hoffnung hatte Clare noch. Vielleicht war das alles wirklich nur ein böser Scherz. Doch als sie schon nach kurzer Zeit die Straße ortsauswärts nahmen, erlosch auch dieser. Sie würde die nächsten Wochen mit James Byrne unter einem Dach leben. Großartig.

»Sie kommen aus Dublin, Clare?«, fragte Michael.

Clare atmete tief ein. Michael konnte wohl kaum etwas für ihre Lage. Und er war bisher äußerst freundlich zu ihr gewesen. Es wäre unfair, ihn nun dafür zu bestrafen.

»Nicht direkt. Ich wohne erst seit ein paar Jahren dort.«

»Dann ist das Landleben hier nichts Neues für Sie?«

Clare lachte bei dem Gedanken an den Hof ihrer Eltern. »Nein, ganz und gar nicht.«

»Sehr gut.« Michael grinste.

»Und Sie? Kommen Sie von hier?« Clare versuchte, das Thema zu wechseln. Wo sie herkam, würde sicherlich noch früh genug für Ärger sorgen.

»Ja, ich bin hier geboren, aufgewachsen, und hier werde ich sterben.« Michael lachte.

Clare musste ebenfalls lächeln.

»Mein Vater hat damals schon bei den Byrnes gearbeitet.

Mit James bin ich in die Schule gegangen. Wir waren so verschieden, da ist es eigentlich ein Wunder, dass wir schon in der zweiten Klasse beste Freunde wurden.«

So verschieden? Michael wurde Clare immer sympathischer. Vielleicht lag das an seiner fröhlichen Art. Kaum ein Moment, in dem er nicht lächelte, lachte oder grinste. Das hieß allerdings auch, dass sich Clare auf weitere schlechte Nachrichten James Byrne betreffend vorbereiten musste. Dann wollte sie wenigstens wissen, wie ein so netter Mensch der beste Freund eines so herzlosen Mannes werden konnte. Ja, vielleicht übertrieb sie ein wenig. Aber das brauchte sie jetzt. Wirklich.

»Wie kam es also dazu?«, fragte Clare und sah Michael neugierig an.

»James hat meiner Schwester, sie war damals schon in der dritten Klasse, ein Bein gestellt. Als guter Bruder muss man seine Schwester verteidigen. Auch wenn sie das wohl anders sah.« Michael lachte. »Schließlich habe ich mich auf dem Schulhof vor ihm aufgebaut und ihm Prügel angedroht, wenn er das nochmal machen sollte.« Er setzte den Blinker und fuhr auf eine weniger ausgebaute Straße. Rund herum fingen auf den Wiesen die ersten Apfelbäume an zu blühen. Doch Clare wollte nur hören, wie es weiterging.

»Das war damals eine große Sache. Niemand droht einem Byrne und schon gar nicht mit einer Tracht Prügel. Aber mir war's egal. Meiner Schwester stellt man kein Bein, wenn man nicht mit den Konsequenzen leben kann.«

Der Land Rover holperte weiter über die staubige Straße.

»Was geschah dann? Gab es eine Prügelei?«

Michael schüttelte den Kopf. »Im Gegenteil. James lud mich zu sich nach Hause ein. Fragte, ob ich gern seine Sammlung von Matchboxautos sehen wolle. Als kleiner Junge sagte man damals nicht Nein zu so einem

Angebot.« Michael grinste. »Bei ihm zuhause verköstigte uns seine Mutter schließlich mit warmem Apfelkuchen, und am Schluss schenkte mir James sogar noch eines seiner Lieblingsautos.«

»Einfach so? Was war mit Ihrer Schwester? Waren Sie nicht mehr sauer?« Clare wollte nicht glauben, dass James so einfach aus der Sache rausgekommen war.

»Wie sich eine Woche später herausstellte, hatte meine Schwester James das Bein gestellt und nicht umgekehrt. So wollte sie seine Aufmerksamkeit wecken. Die Mädels flogen eben schon damals auf ihn. Aber er war zu stolz und wollte meine Schwester schützen, also hat er nichts gesagt.« Michael grinste verschmitzt und zwinkerte Clare zu.

Clare notierte sich die Geschichte innerlich. Sie würde viel Toleranz an den Tag legen müssen, wenn sie diesen Job gut machen wollte. Ihre persönlichen Gefühle durften ihre Arbeit nicht beeinflussen.

Michael bog um eine letzte Kurve auf der unebenen Straße und stoppte den Wagen in einer großen Auffahrt.

»Da wären wir.« Er zog den Zündschlüssel ab und stieg aus.

Clare verdaute immer noch die eben gehörte Geschichte, als auch sie ausstieg und sich umsah. Sie waren auf einer kleinen Anhöhe mit einer Auffahrt. In der Mitte ein Springbrunnen in der Form eines Apfelbaums. Überall dort, wo Äpfel an den steinernen Ästen hingen, spritzte Wasser herunter.

Clare hatte sich ein großes, modernes Betongebäude vorgestellt. Bauhausstil, wenig Schnickschnack, nur klare Linien. Doch sie wurde eines Besseren belehrt. Clares Blick richtete sich auf das vor ihr stehende Haus, gebaut aus den typischen irischen Steinmauern. An den grauen Wänden rankten Efeu- und Rosenbüsche empor. Die Haustür war aus schweren Holzbalken gezimmert und erinnerte Clare an eine Pforte zu mittelalterlichen Folterkammern. Sie war bestimmt die Einzige, die das so empfand, aber gerade kam es ihr genauso vor.

Das Äußere des Hauses passte so gar nicht zu der Vorstellung, die Clare von James hatte. Es war zwar groß und massiv, aber alles, was sie bisher gesehen hatte, erinnerte sie eher an das Anwesen eines Hobbygärtners. Überall waren Blumen und blühende Büsche gepflanzt. Hyazinthen, Tulpen und Osterglocken streckten ihre bunten Köpfe in die Höhe, und weiter hinten erspähte Clare die Knospen von Lilien und Dahlien. Allerlei Schmetterlinge und Hummeln flatterten von Blüte zu Blüte und genossen den Reichtum an süßem Nektar.

Links von der Auffahrt erhob sich ein weiteres kleineres Steingebäude. Zwei große Tore aus dem gleichen Holz wie die Eingangstür verrieten, dass es sich hierbei um die Garage handeln musste. Auf der anderen Seite der Auffahrt ging der Sandboden über in eine weite grüne Wiese mit dutzenden alten Apfelbäumen. Zwei Zitronenfalter spielten miteinander im Schatten der aufgehenden Blüten. An den dicken Stämmen und Ästen erkannte Clare, dass die Bäume schon länger als zwanzig Jahre hier stehen mussten. Durch das Geäst hindurch sah sie etwas Blaues aufblitzen. Fragend drehte sie sich zu Michael um.

Der nickte. »Yep, das ist das Meer. Willkommen in der Welt von James Byrne.«

Michael lachte wieder und ging mit ihrem Koffer auf die Haustür zu, schloss sie auf und verschwand im Inneren.

Clare brauchte einen Moment, um durchzuatmen. Dieser Ort war wunderschön. Müsste sie sich ihn nicht mit James Byrne teilen, sie hätte ihr Paradies gefunden. In Gedanken schalt sich Clare für den letzten Satz. Sie musste realistisch bleiben. Und die Realität sah nun mal so aus: Sie war hier zum Arbeiten. Das war ihre letzte Chance, im Verlagswesen als Autorin Fuß zu fassen. Und wenn dieser unberechenbare James Byrne es nicht komplett vermasselte, durfte sie in wenigen Monaten zurück nach Dublin und ihr Leben weiterleben.

Sie holte noch einmal tief Luft und wollte sich gerade auf den Weg ins Haus machen, als plötzlich ein herannahendes Auto Staub in der Auffahrt aufwirbelte. Clare sah einen edlen Sportwagen, der zum Stehen kam. *Bitte nicht*, dachte Clare. *Gib mir noch ein bisschen Zeit zum Ankommen, James. Bitte sei nicht in diesem Auto*, betete sie. Aber schon wieder hatte das Schicksal seine Freude an ihrer Schmach.

Aus dem neuesten Audi-Modell stieg, wie sollte es auch anders sein, James Byrne. Er trug eine Fliegersonnenbrille, Jeans und ein hellblaues Hemd mit aufgekrempelten Ärmeln. War ihm bewusst, dass die Jeans seine langen Beine massiv betonte, fragte sich Clare in Gedanken, während sie ihn beobachtete. Er hatte sein Hemd in die Hose gesteckt, und die hellbraunen Schnürboots waren mehr offen als geschnürt. Er wollte gerade etwas aus dem Kofferraum holen, als er Clare in der Auffahrt stehen sah. Er schien darüber nicht gerade glücklich zu sein.

»Was machen Sie auf meinem Grundstück?«, rief James ihr zu und runzelte die Stirn.

Ja, ich freu mich auch, dich zu sehen. Clare seufzte innerlich und sprach sich im Geist Mut zu. *Also gut, dann eben auf die harte Tour.*

»Ich bin Clare. Aus Dublin. *Irish Readings*, der Verlag, schickt mich.« Kurze, klare Sätze. Die sollte wohl auch James verstehen, dachte sich Clare.

»*Irish Readings*? Ich dachte, die schicken erst nächste Woche jemanden.« Mit diesen Worten steckte James seinen Kopf wieder in den Kofferraum.

War das alles? Kam da noch irgendetwas? Clare trat verwirrt einige Schritte vor. Schließlich tauchte James nach schier endlosen Minuten wieder hinter seinem Auto auf. Er steckte sich eine Akte unter den Arm und knallte den Kofferraum kräftiger zu als nötig. James ging Richtung Haustür. Ohne Anstalten zu machen, Clare persönlich zu begrüßen, geschweige denn sich für sein unhöfliches Verhalten zu entschuldigen.

Wie gerufen, tauchte Michael im Hauseingang auf.

»Wie schön, ihr habt euch schon kennengelernt!« Michael strahlte, allerdings konnte er eine Spur Unsicherheit hinter seinen Sommersprossen nicht verbergen.

»Ich dachte, da kommt erst nächste Woche jemand. Und wieso ist es eine Frau? Haben wir nicht deutlich gesagt, ich will einen Autor?« James machte seinem Ärger Luft.

Michael versuchte die Wogen zu glätten, während Clare nur sprachlos danebenstand.

»Komm schon, Kumpel. Ich habe dir gestern noch Bescheid gegeben, dass sich das Datum geändert hat. Du weißt, wie wenig Zeit wir für all das haben.«

Michael blickte kurz zu Clare, die immer noch wie angewurzelt in der Auffahrt stand, aber jedes Wort hören konnte. »Und sei nett. Mach es ihr nicht noch schwerer, als sie es mit deinem Starrkopf sowieso schon haben wird.«

Michael klopfte James freundschaftlich auf die Schulter.

Der murmelte etwas Unverständliches, sah zu Clare hinüber, musterte sie von oben bis unten und richtete sich dann wieder an Michael. »Michael, ich habe gesagt, ich brauche jemanden, der Ahnung hat. Ich kann doch nicht überall bei null anfangen.«

Clare erwachte endlich aus ihrer Sprachlosigkeit. Sie hatte am ersten Tag nicht mit so viel Gegenwind gerechnet. Und schon gar nicht mit so viel Unverschämtheit, wie sie James Byrne an den Tag legte.

»Mister Byrne, ich wäre nicht hier, wenn ich keine Ahnung hätte«, setzte Clare an und sah in ein überraschtes Gesicht. Mit, wie sie hoffte, fester Stimme fuhr sie fort. »Sie brauchen jemanden, der schreiben kann? Das wäre dann wohl ich. Sie wollen jemanden, der Ahnung von Ihrem Gewerbe hat? Davon habe ich mehr, als Sie sich vorstellen können. Glauben Sie mir, die Einzige, die es schafft, jemanden wie Sie in ein Buch zu packen, bin ich.«

War das gerade wirklich aus ihrem Mund gekommen? Ach herrje. Clare wollte einfach nur nach Hause. Doch sie trotzte dem bohrenden Blick von James.

Michaels Unsicherheit von vorhin war verflogen. Stattdessen folgte er dem Ganzen nun ausgesprochen vergnügt und lehnte sich gemütlich mit seiner Schulter an den Türrahmen.

James schenkte Clare daraufhin seine ungeteilte Aufmerksamkeit.

»Sie haben also Ahnung von meinem Gewerbe?«, zitierte er sie.

Sie nickte.

»Also gut, dann beantworten Sie mir eine Frage. Wenn Sie das können, gehört Ihnen mein Gästezimmer.« James forderte sie heraus.

Am liebsten hätte Clare ihre Augen verdreht. Männer waren doch alle gleich. Sie musste an ihre Brüder denken, die sie immer wieder herausforderten, und zwar auf genau die gleiche Art und Weise, wie James es gerade machte. Zu dumm nur, dass sie darin Übung hatte. Und dabei wollte sie ja gar nicht in sein Gästezimmer, das hätte sie ihm sagen sollen. Doch sie entschied sich dagegen und spielte mit.

»Also schön, fragen Sie.« Clare verschränkte die Arme vor der Brust und wappnete sich.

James überlegte sichtlich angestrengt und tat es Clare gleich, er verschränkte seine Arme und stellte seine Frage:

»Wie erhalte ich einen süßen Cider und verhindere gleichzeitig, dass der Alkoholgehalt über acht Prozent steigt?«

Clare lächelte siegessicher. »Das kommt darauf an.«

James sah sie prüfend an. »Worauf?«

»Wie Sie zu Zucker stehen«, antwortete Clare. Aus dem Augenwinkel heraus bemerkte sie, wie Michaels Lippen ein Lächeln umspielte, während James sie noch immer skeptisch musterte. Clare fuhr fort: »Nach dem Fermentierungsprozess haben Brauereien oft das Problem, dass der Cider eher trocken ist und nur noch wenig Kohlensäure enthält. Um ihn zu süßen, fügt man ihm daher entweder Süßstoff hinzu oder ein Gemisch aus Wasser und Apfelsaft mit Zucker. Dieser Zucker wird allerdings wieder von den noch vorhandenen Hefepilzen zu Alkohol zerlegt. Deshalb ist man in den Brauereien dazu übergegangen, den Cider ab einer bestimmten Stufe zu pasteurisieren. So tötet man die Hefe ab, die Fermentierung endet, der Cider wird zusätzlich auch noch haltbarer, und alle sind happy.«

James sah zu Michael, dann wieder zu Clare und zurück zu Michael.

»Ich habe ihr nichts gesagt, James. Ehrlich nicht«, meinte Michael lachend.

Clare ging auf die beiden zu, inzwischen schon etwas selbstbewusster als noch vor fünf Minuten. »Übrigens, wenn Sie die Hefe ab einem bestimmten Zeitpunkt herausfiltern, kommt es gar nicht erst so weit.«

Nun war es James, dem die Worte fehlten. Clare hätte am liebsten einen Freudensprung vollführt, war sich aber bewusst, dass das definitiv den falschen Eindruck vermitteln und ihren eben erstandenen Sieg zunichtemachen würde. Also nahm sie Haltung an, fuhr sich mit ihrer rechten Hand durch die vom Wind verwehten Haare und lief an James vorbei ins Haus.

»Michael, Sie wollten mir doch noch das Gästezimmer zeigen.«

Sie war schon im Inneren verschwunden, als James sich zu Michael umdrehte.

»Wie ...?« Ratlos stand er da und sah seinen besten Freund an.

Der lachte und sagte zum zweiten Mal an diesem Tag mehr zu sich selbst als zu den Anwesenden: »Oh ja, das wird so was von ein Spaß!«

Mit diesen Worten ließ Michael seinen langjährigen Freund in der Auffahrt stehen und schickte sich, um Clare ihr Zimmer zu zeigen.

James stand immer noch überrumpelt vor der Haustür und schüttelte den Kopf. Jetzt hatte er wider Willen eine Frau im Haus. Und die bot ihm auch noch Paroli. Er war sich äußerst bewusst, dass sein Auftritt gerade alles andere als höflich gewesen war, zumal er doch eine wesentlich bessere Erziehung genossen hatte, als er eben zur Schau gestellt hatte. Doch die Situation war eindeutig nicht so verlaufen, wie er es erwartet hatte – auch wenn sich Clare gut behauptet hatte, das musste er ihr lassen.

Aber der Gedanke an seine Biographie bereitete ihm noch immer Kopfschmerzen. Wenn er schon jemanden in seiner Vergangenheit herumwühlen ließ, wollte er wenigstens sicherstellen, dass er die Kontrolle behielt. Wie oft hatte er dem Verlagstypen gesagt, er wollte einen männlichen Autor? James war keinesfalls sexistisch, aber er wollte in dieser einen Sache auf jemanden vertrauen können. Und bei Frauen fiel ihm das aus Prinzip schwer. Außerdem hatte er keine Lust auf therapeutische Gespräche über seine Vergangenheit. Er wollte einen Kerl, der das verstand und ihn nicht mit Kleinigkeiten behelligte. Einen Autor, der einfach seinen verdammten Job machte. Und jetzt? Jetzt hatte er diese Clare am Hals. Oder besser gesagt in seinem Haus. Für die nächsten drei Monate. Mindestens! Es war zum Haareraufen.

Es war vermutlich für alle besser, wenn er in dieser Stimmung nicht das Haus betrat. Verdammt, sie war erst zehn Minuten hier, und schon fühlte er sich in seinen eigenen vier Wänden nicht mehr wohl. Er brauchte dringend etwas Aufmunterung. Mit großen Schritten lief er zurück zu seinem Sportwagen, warf die Akte auf den Beifahrersitz und preschte aus der Auffahrt.

Auch Michael hatte sich bald darauf von Clare verabschiedet und überließ sie ihrem neuen Heim.

»Wenn Ihnen mal die Decke auf den Kopf fallen sollte, besuchen Sie uns doch im *Byrnes*. Irgendwer ist immer da!«, rief er ihr auf dem Weg zum Wagen zu.

Natürlich trug der Pub im Ort den heiligen Namen Byrne, dachte Clare und winkte Michael zum Abschied. Als sie die Tür hinter sich schloss, hatte sie Zeit, sich das Haus genauer anzusehen. Als sie zuvor an James vorbeigerauscht war, hatte sie sich nur darauf konzentriert, möglichst schnell möglichst viel Abstand zwischen sich und ihn zu bringen. Sie hatte die erste Runde vielleicht gewonnen, aber sie hatte das Gefühl, als würden noch viele weitere folgen.

Sie mochte es für gewöhnlich nicht, herumzuschnüffeln, doch sie beruhigte ihr Gewissen damit, dass sie durch James' Abwesenheit sozusagen zu einer eigenmächtigen Hausführung gezwungen war.

Die Haustür führte in eine opulente Wohnküche. Mittig befand sich ein großer Block inklusive Herd und Spüle, während drum herum alle möglichen modernen Küchengeräte in den dafür vorgesehenen Schränken untergebracht waren. Gegenüber vom Fenster, das hinaus zur Auffahrt ging, hinter der Kücheninsel, war eine Theke mit zwei Barhockern auf beiden Seiten. Alles sah aus, als wäre es gerade erst eingebaut worden. Keine Kratzer, keine Flecken, nicht einmal ein Krümel hatte sich auf die Oberflächen verirrt.

Clare erspähte die Treppe hinter der Theke. Michael hatte sie dort zuvor zu ihrem Gästezimmer im ersten Stock geführt. Bevor sie ihre Entdeckungstour oben fortsetzte, widmete sie sich dem Wohnzimmer. Wer zur Haustür hineinspazierte, stand nämlich mit einem Bein in der Küche und dem anderen schon im Wohnzimmer. Das Wort ›Zimmer‹ revidierte Clare im Geist. Es war eher eine halbe Etage als ein Raum. Mittig platziert stand eine riesige braune Ledercouch. Obwohl sie aussah, als hätte sie schon dreißig Jahre auf dem Buckel, hatte sie James vermutlich ein Vermögen gekostet. Immerhin hatte dort eine halbe Rugby-Mannschaft Platz.

Doch der Blickfang war nicht das Sofa oder der gegenüberliegende Kamin, nein. Clare sah durch eine riesige Fensterfront hinaus aufs Meer. Nur wenige hundert Meter trennten das Haus von der Küste. Direkt hinter den Fenstern entdeckte Clare eine weitläufige Holzterrasse und einen kleinen Pfad, der Richtung See führte. Keine Bäume, keine Häuser, keine Autos. Es gab nichts, das die Sicht aufs Meer auf irgendeine Art und Weise beeinträchtigt hätte. Obwohl das Haus damit ungemein offen erschien, musste man sich nicht sorgen, dass jemand hineinspähte. Denn auf dem Weg hierher hatte Clare kaum bis gar keine anderen Häuser gesehen. James hatte einen Ort für sich ganz allein geschaffen. Und nun stand sie hier und drang in seine Privatsphäre ein.

Clare sog den Ausblick auf das offene Meer in sich auf. Dann rief sie sich in Erinnerung, dass sie nicht zum Vergnügen hier war. Sie kehrte zurück zur Küche und ging die Stufen hinauf in den ersten Stock des Gebäudes. Ihr Zimmer war gleich das erste auf der rechten Seite. Wie der Rest des

Hauses war auch die Einrichtung im Gästezimmer äußerst modern, aber bodenständig. Während das King-Size-Bett den größten Teil des Raumes einnahm, befand sich in der Nähe des Fensters ein gemütlicher Sessel sowie ein kleiner Schreibtisch. Von ihrem Zimmer gingen gegenüber vom Bett zwei weitere Türen ab. Eine davon führte in einen schmalen, aber dennoch begehbaren Kleiderschrank. Die andere in ihr privates Badezimmer. Sowohl das Bad als auch ihr Gästezimmer hatten Fenster hinaus zur Auffahrt. Wenn die Apfelbäume bald in voller Blüte stünden, würde sie sie von ihrem Zimmer aus bewundern können.

Vom Flur führte rechts noch eine weitere Tür ab. Sie stand halb offen, und Clare entdeckte vollgestopfte Bücherregale und einen modernen Schreibtisch. Das musste James' Büro sein. Obwohl Clare nicht ins Zimmer eintrat, sah sie durch den Türspalt, dass die hintere Wand des Büros, die Richtung Meer zeigte, ebenfalls durch eine offene Fensterfront ersetzt worden war. Ähnlich wie im Wohnzimmer hatte man einen herrlichen Blick über die Wiesen bis hinunter zur Küste und den tosenden Wellen.

Clare riss sich von dem Ausblick los. Da die beiden anderen Türen, die links vom Flur abgingen, geschlossen waren und Clare sich nicht traute, sie zu öffnen, begab sie sich zurück in ihr Zimmer. Sie musste überlegen, wie sie als Nächstes vorgehen sollte.

Es war inzwischen schon Stunden her, seitdem sich James ohne ein Wort aus dem Staub gemacht hatte. Clare hatte in der Zeit ihren Koffer ausgepackt, recherchiert, erste Notizen verfasst, und ganz langsam verlor sie die Geduld. Außerdem bekam sie Hunger. Der Kühlschrank war allerdings erschreckend leer. Cider, Toast, ein halbvolles Marmeladenglas und ein Rest Schinken, mehr war dort nicht zu finden. Sie sah auf ihre Armbanduhr. Sie war gegen zehn Uhr im Haus angekommen. Inzwischen standen die Zeiger auf halb drei. Weiterhin keine Spur von James.

Clare entschied sich daher für die Selbstständigkeit – sie würde hier sicherlich nicht sitzen und warten, bis der werte Herr sich dazu herabließ, in sein eigenes Haus zurückzukommen. Clare hatte Arbeit vor sich. Die konnte sie genauso gut jetzt beginnen. Sie holte sich ihre Lederjacke, ihre Tasche und lief hinüber zur Garage. Irgendwo musste sich etwas finden lassen, womit sie in die Stadt kam. Sie öffnete eines der beiden großen Holztore.

»Wusste ich es doch!« Clare jubelte.

Vor ihr standen ein glänzender blauer Pick-up, ein Fünfundsechziger Ford Mustang Cabrio in Rot und ein Mountainbike. Clare überlegte nicht lange. Im Haus fand sie in einem kleinen Kästchen in der Küche den Autoschlüssel, und schon war sie nicht mehr aufzuhalten. Mochte James sie auch gären lassen, er würde schon bald merken, dass es mehr brauchte, um ihr die Kohlensäure zu entziehen.

Nach etwa zwanzig Minuten Fahrt kam sie in Ballybyrne an. Die Stadt war nicht besonders groß, somit fiel es Clare nicht schwer, den Dreh- und Angelpunkt des gesellschaftlichen Lebens zu finden. Sie parkte den Mustang vor einem gemütlich aussehenden Café. Gleich gegenüber befanden sich der von Michael erwähnte Pub, eine Bäckerei und ein Second-Hand-Laden. Neben dem Café lagen zudem Geschäfte wie ein Schuh- und ein Obst- und Gemüseladen.

Als Clare in das Lokal eintrat, wurde sie von neugierigen Blicken empfangen. Eine junge Frau mit pechschwarzem Haar und einem grünweiß gepunkteten Kleid, das perfekt in einen Film aus den Fünfzigern gepasst hätte, stürmte auf sie zu. Sie strahlte Clare an.

»Herzlich willkommen in Ballybyrne! Sie müssen Clare sein!« Bevor Clare darauf reagieren konnte, bugsierte die junge Frau sie bereits zu einem freien Platz. »Sagen Sie bloß, James lässt Sie mit seinem Mustang fahren?«

Clare wurde ein wenig mulmig. Sie wollte ungern in aller Öffentlichkeit zugeben, dass sie James gerade nur eins auswischen wollte. Wobei … Wenn man es genau betrachtete, wischte er ihr eins aus, denn er hatte sie einfach sitzen gelassen. An ihrem ersten Tag! Clare lächelte die junge Dame an.

»Nicht direkt. Aber ich habe Hunger, und in seinem Kühlschrank findet man nichts außer Cider.«

Clares Gegenüber lachte herzlich. »Oh, Sie sind fantastisch. Wir werden uns gut verstehen! Dann lassen Sie uns mal Ihrem Hunger Beine machen.«

Mit diesen Worten reichte sie Clare eine kleine Speisekarte.

»Ich bin übrigens Lizzy«, fügte sie hinzu und verschwand mit einem breiten Grinsen. Clare sah, wie sie auf die anderen Gäste zueilte und sich mit einigen von ihnen unterhielt. Deren interessierte Blicke auf Clare und das draußen geparkte Auto verrieten, dass Lizzy die Neuigkeiten gerade bestätigte. James Byrne hatte keine Ahnung, dass die Frau, die seit heute bei ihm wohnte, sich seinen Oldtimer geschnappt hatte.

Clare sah auf ihre Uhr, es war kurz nach drei. Sie machte sich bereit für Runde zwei mit James Byrne, doch vorher musste sie wirklich ganz dringend etwas essen. Wie zur Bestätigung knurrte ihr Magen unüberhörbar.

James inspizierte gerade eine neue Ladung Flaschen, die diesen Morgen geliefert worden waren, als Paddy mit einem fetten Grinsen auf ihn zukam. Patrick war schon seit Ewigkeiten bei *Byrnes* angestellt. Mit seinen beinahe sechzig Jahren hätte er schon die Rente verdient. Doch davon hielt er nicht viel. Er war so etwas wie ein Urgestein in der Firma, und James vertraute ihm fast so sehr wie Michael. Und da James es normalerweise nicht so mit Vertrauen hatte, bedeutete das eine ganze Menge.

»Paddy, was grinst'n so?«, fragte James, als Patrick vor ihm stehen blieb.

»Na ja, ich frag mich, seit wann du es deinen Betthäschen erlaubst, deinen Mustang zu fahren?« Paddy kratzte sich an der Stirn und schob dabei seine Schiebermütze in den Nacken. Seine Haare waren inzwischen deutlich ergraut, doch das ließ ihn nur sympathischer erscheinen. Wie immer, wenn Paddy auf dem *Byrnes*-Gelände unterwegs war, trug er eine verwaschene Latzhose und ein Arbeiterhemd. Er war sich selten zu schade, selbst anzupacken. Und so verwunderte es James nicht, dass auf dem neuen Hemd bereits wieder Ölflecken zu sehen waren.

James nahm die nächste Kiste mit Flaschen auf den Arm und öffnete sie. »Wovon redest du?«

Paddy fuhr sich mit einer Hand durch seinen Dreitagebart. »Maggy hat eben im Büro erzählt, dass deine neueste Eroberung, diese Lady aus Dublin, mit deinem Mustang nach Ballybyrne gefahren ist. Sie sitzt jetzt wohl gerade bei Lizzy im Café.«

James ließ die Kiste samt Flaschen fallen. »Wie bitte?!«

Jeder andere wäre jetzt vermutlich in Deckung gegangen, nicht doch Paddy. Er kannte James seit seiner Geburt. Er wusste, wann James bellte und wann er bereit war zuzubeißen.

»So hat's Maggy erzählt.« Paddy zuckte mit den Schultern und richtete seine Schiebermütze. »Vielleicht ist das auch nur wieder irgendeine fixe Idee von ihr, du kennst sie ja.«

Damit drehte sich Paddy um und marschierte in die Fabrikhalle. Den vor Wut schäumenden James und die zerbrochenen Flaschen ließ er zurück.

»Wo ist sie?!«

Clare wusste, dass James das Café betreten hatte, noch bevor sie seine Stimme hörte. Denn als die Türglocke bimmelte, wurde es plötzlich mucksmäuschenstill, und alle Blicke richteten sich auf die Tür. So eine Reaktion konnte nur ein Byrne in diesem Ort hervorrufen. Sie schluckte den letzten Bissen ihrer Pancakes hinunter.

»Ich bin hier«, rief sie, bevor Lizzy oder einer der anderen Gäste antworten konnte.

Mit schnellen Schritten kam James auf sie zu und baute sich vor ihrem Tisch auf. Auf seiner Stirn hatte sich eine böse Falte gebildet. Eine einzige. Wie er das wohl schaffte, fragte sich Clare. Dann ermahnte sie sich innerlich. Sie durfte, auch wenn sie gerade überall sonst lieber wäre als hier vor James, keinesfalls klein beigeben.

»Sie sehen verärgert aus, James. Was hat Ihre Laune verdorben?«, fragte Clare mit so viel Freundlichkeit in der Stimme, dass es schmerzte.

»Meine Laune verdor...?! Was zur Hölle machen Sie hier?« James' Wut hatte sich, seit er die Flaschen in der Fabrik hatte fallen lassen, nur noch gesteigert.

»Ich habe Pancakes gegessen. Übrigens wirklich gute Pancakes. Sollten Sie auch mal probieren.« Clare hoffte inständig, dass sie ruhiger rüberkam, als sie sich innerlich fühlte. Sie setzte schon wieder ihren Auftrag aufs Spiel, doch sie war sich sicher, dass sie nur so James eine Lektion in Sachen Zusammenarbeit beibringen konnte. Man ließ eine Frau nicht einfach in der – zugegeben umwerfend schönen – Pampa sitzen. Noch dazu ohne etwas Vernünftiges zu essen im Haus.

James raufte sich die Haare. »Pancakes? Ich rede verdammt nochmal nicht von Pancakes. Was haben Sie mit meinem Mustang gemacht?«

Clare dachte sich schon, dass es bei seiner Laune weniger

um süßes Gebäck ging als um den roten Stolz aus seiner Garage. Aber einen Versuch war es wert gewesen.

»James, Sie haben mich sitzen lassen. In der Pampa. Was denken Sie, was passiert, wenn ich hungrig werde? Dass ich brav dasitze und warte, bis der Herr des Hauses gnädigerweise zurückkommt?« So hatte Clare es eigentlich nicht formulieren wollen, aber nun war es einmal raus. Und wenn sie ehrlich war, genau das dachte sie.

Den Gästen entfuhr ein Raunen, manch einer schien gar die Luft anzuhalten.

»In der Pampa? Sie waren in meinem Haus!« Dafür, dass James ein so erfolgreicher Erfinder und Jungunternehmer war, schien er ihr ziemlich schwer von Begriff zu sein.

»Jaa ...«, sagte sie gedehnt. »Und ich hatte Hunger.«

»Aber deswegen müssen Sie doch nicht mein Auto klauen!« James rang sichtlich um Fassung.

»Wenn man mich sitzen lässt, neige ich dazu.« Clare holte ein paar Scheine aus ihrer Geldbörse und legte sie auf den Tisch. Sie erschrak, als plötzlich eine große Hand dicht neben ihr auf den Tisch haute. Sie schaute auf, und James' Gesicht war direkt vor dem ihren.

»Wenn Sie es noch einmal wagen, meinen Mustang zu benutzen, ich schwöre bei Gott, werden Sie es bereuen.« James' Stimme nahm einen gefährlich leisen Ton an.

Clare unterdrückte ein Zittern, als sie aufstand. In einem ähnlich gefährlichen Ton, wie sie hoffte, entgegnete sie: »Und wenn Sie mich noch einmal sitzen lassen, schwöre ich, dass Sie es sind, der es bereuen wird.«

Sie nutzte James' kurze Verwirrung und huschte an ihm vorbei.

»Danke für die wunderbaren Pancakes, Lizzy. Sie haben mich heute gerettet!«, rief Clare, bevor sie aus dem Café stürmte und sich im Mustang auf den Weg zurück zu James' Haus machte.

James stand immer noch verdutzt im Café und hielt die Scheine in der Hand, die Clare für ihr Mittagessen hatte liegen lassen. Sie hatte ihn vorgeführt. Vor aller Augen. Doch das Schlimmste daran war, er hatte das Gefühl, dass sie auch noch im Recht war. Verdammt!

Dieser Tag lief wirklich alles andere als geplant. Er hasste das. Er war sich der neugierigen Blicke der Gäste bewusst und überlegte, wie er einen würdigen Abgang hinlegen konnte, ohne den Eindruck zu erwecken, zu flüchten.

»Na, die hat's dir aber gezeigt, was?« Lizzy stupste ihn von der Seite an und riss James aus seinen Gedanken.

Er räusperte sich. »Findest du?«

Lizzy nickte lachend. »Oh ja. Kein Zweifel.« Sie nahm James die Scheine aus der Hand und räumte Teller und Besteck auf ihr Tablett. Möglichst beiläufig fragte sie: »Dann ist das also die Autorin, ja? Sie wohnt bei dir?«

James zuckte mit den Schultern. »Jaa ... Vor einer Woche hielt ich das noch für eine gute Idee. Und ich dachte noch, ich bekäme einen Autor ...«

Lizzy drohte ihm spielerisch mit dem Zeigefinger und zwinkerte ihm zu. »Du wirst doch nicht das schöne *und* schlaue Geschlecht diskriminieren.«

»Niemals, aber denkst du, ein Mann hätte diese Show abgezogen?« James hob seine linke Augenbraue in die Höhe und sah Lizzy fragend an.

Die konterte: »Denkst du, du hättest einen Mann in deinem Haus einfach so mehrere Stunden sitzen und warten lassen?«

Das Tablett war voll, und Lizzy lief in die kleine Küche des Cafés.

James kam ihr nach. »Ich hab's verbockt, oder?«

Er sah für einen Moment so zerknirscht aus, dass Lizzy lächeln musste.

»Lass es mich so sagen, James. Du hast bei der Lady

aus Dublin einiges wiedergutzumachen. Und denk dran, du bist derjenige, der etwas von ihr will. Nicht umgekehrt.« Lizzy schob sich an James vorbei und lief wieder in den Gastraum des Cafés, um neue Kunden zu begrüßen und deren Bestellung aufzunehmen.

Ähnlich wie Michael waren James und Lizzy gemeinsam zur Schule gegangen. Bereits damals waren sie eine unzertrennbare Dreier-Clique gewesen. James hatte Lizzy immer schon gemocht. Allerdings weniger im romantischen Sinne. Sie war für ihn eher eine kleine Schwester, auf die er aufpasste und die ihm hin und wieder den Kopf zurechtrückte. Das war beides mancher Tage auch bitter nötig. Denn während James und Michael zwar wilde Teenagerjahre hinter sich hatten, waren sie im Vergleich zu Lizzy geradezu Musterschüler gewesen. Lizzy zog Schlamassel magnetisch an. Oft merkte sie noch nicht einmal, wenn sie schon mittendrin steckte. Das war eines der Dinge, die James an ihr mochte. Egal, wie aussichtslos ihre Situation schien, sie war optimistisch und kämpfte sich wieder heraus.

Das erinnerte James an seinen aktuellen Hausgast. Er musste das wieder geradebiegen. Am Ende stünden in seiner Biographie nur Mist und der Satz ›Er lässt die Leute sitzen‹. Darauf war er definitiv nicht aus.

Er winkte Lizzy auf dem Weg nach draußen zu und ignorierte die verstohlenen Blicke der Gäste. Spätestens heute Abend würde ganz Ballybyrne sich den Mund über die Aktion zerreißen. Er liebte seine kleine Stadt, aber manchmal würde ein wenig Privatsphäre nicht schaden.

3

Clare lief in ihrem Gästezimmer auf und ab. Sie war furchtbar nervös. War sie mit ihrem Ausflug in die Stadt und der Drohung im Café zu weit gegangen? Sie ignorierte ihr klingelndes Handy. Heather versuchte sie zu erreichen. Aber was sollte sie ihr sagen? Dass sie dabei war, ihre letzte Chance ganz und gar zu vermasseln? Sicher nicht. Es klingelte wieder.

»Wollen Sie da nicht rangehen?«

Clare fuhr herum und vergaß einen Moment lang Luft zu holen. Sie hatte nicht bemerkt, dass James zurückgekommen war. Zu sehr war sie in Gedanken versunken gewesen. Der Schreck über sein plötzliches Auftauchen war ihr ins Gesicht geschrieben.

»Und wollen Sie gefälligst anklopfen?« Clares Ton war schärfer als beabsichtigt.

Sie griff nach dem Handy und schaltete es auf stumm. Dann verschränkte sie die Arme vor der Brust und wandte sich James zu.

Der lehnte lässig im Türrahmen, die Hände in die Hosentaschen gesteckt. »Sie haben recht. Nächstes Mal klopfe ich vorher an.« Er schlug einen versöhnlichen Ton an.

»Gut.« Clare nickte. Mehr wusste sie in diesem Moment nicht zu sagen.

James erwiderte nichts, sondern setzte seine Musterung, die er am Morgen begonnen hatte, fort. Sie wusste nicht, ob ihm gefiel, was er sah. Sie war sich da ja selbst nicht sicher. Sie hatte zwar eine schöne Haut, und ihre braunen halblangen Haare machten meistens das, was sie wollte, aber wie viele Frauen haderte sie mit ihrer Figur. An den Hüften ein paar Gramm weniger, ein etwas flacherer Bauch, straffere Brüste – das übliche Paket eben, das Frau sich wünschte. Worauf sie jedoch stolz war – und das war sie tatsächlich –, waren ihre Beine. Sie waren lang und durch die viele Arbeit auf dem Hof wohlgeformt. An ihnen ließ sich wirklich kein Makel finden. James' Blick, der daran hängen blieb, nach zu urteilen, schien er wohl zu demselben Schluss zu kommen. Zumindest was ihre Beine betraf. Bei dem Rest? Wer wusste schon, worauf ein James Byrne stand, dem die Frauenwelt zu Füßen lag. Sofort schimpfte sich Clare für diesen letzten Gedanken. Sie war keinesfalls hier, um das herauszufinden.

Allerdings gestattete sie sich ebenfalls, einen zweiten Blick auf James zu werfen. Wenn er das so offensichtlich machte, durfte sie das schließlich auch. Er trug die gleichen Klamotten wie heute Morgen. Sein Hemd war jedoch deutlich zerknittert, und auf seinen Schuhspitzen entdeckte Clare winzige grüne Splitter, vielleicht Glas? Seine Jeans saß leider immer noch perfekt auf seinen Hüften, und sein Haar sah einerseits verwuschelt, andererseits perfekt gestylt aus. Wie machten Männer das? Eine Frage, die Clare sich schon bei ihren Brüdern gestellt hatte.

Als hätte James ihren Blick gespürt, fuhr er sich mit der Hand durch die Haare und räusperte sich. »Hören Sie, es tut mir leid, wie der Tag heute für Sie gelaufen ist. Ich habe Sie unfair behandelt. Ich hoffe, wir können nochmal von vorne anfangen. Was denken Sie?«

Hatte Clare ihn im Café überrumpelt, so war sie nun

diejenige, die überrascht war. Sie hatte bereits mit Runde drei gerechnet, nicht aber mit einer ehrlich wirkenden Entschuldigung. Misstrauisch sah sie James an.

»Ja, ich weiß. Kommt nicht so oft vor, dass ich mich bei jemandem entschuldige. Aber bitte, ich meine es ernst.« James verlagerte sein Gewicht. »Sie werden die nächsten drei Monate hier leben und mich Löcher in den Bauch fragen, das hat in mir so etwas wie Torschlusspanik hervorgerufen. Ich bin nicht unbedingt der mitteilsamste Mensch.«

»Das erklärt, warum Sie mich haben sitzen lassen.« Clare kam nicht umhin, das nochmal zu betonen. Erfolgreich, wie sie feststellte.

»Äh ... Ja.« James schob seine Hände tiefer in die Hosentaschen, bevor er seine rechte wieder herauszog und ihr entgegenstreckte. »Ich bin James. Willkommen in Ballybyrne.«

Clare hätte noch weiter auf der Sache herumreiten können, aber der Tag war anstrengend gewesen, und sie hatte keine Lust, weiter zu streiten. Ihr Ziel schien sie vorerst erreicht zu haben. Deshalb hielt sie ihm ihre Hand hin.

»Ich bin Clare, freut mich hier zu sein.« Sie lächelte.

Er nahm ihre Hand und drückte sie, nicht zu seicht, aber auch nicht zu fest. Seine Hand war weich und warm, und Clare hatte das Gefühl, als würde die Geste länger andauern als nötig. Aber vielleicht täuschte sie sich auch. Bei James Byrne musste man selbst in Friedenszeiten Acht geben.

»Jetzt, da wir das geklärt hätten«, James steckte seine Hand wieder zurück in die Hosentasche und drehte sich Richtung Flur, »solltest du deinen Freund zurückrufen.« Er deutete mit dem Kopf auf das Handy, das Clare auf dem Bett hatte liegen lassen.

»Oh, das war nicht mein ...«, setzte sie an, aber James war schon verschwunden – mit einem Schmunzeln auf den Lippen, wenn Clare sich nicht täuschte.

Der Tag neigte sich dem Ende, es war schon fast sieben Uhr. Michael betrat das kleine Café und blickte sich suchend um. Er entdeckte Lizzy im hinteren Teil des Gastraums. Er ging zum Tresen und bestellte sich bei Lizzys Aushilfe Kate einen Kaffee.

»So spät noch Koffein?« Lizzy gab die Bestellung, die sie zuvor aufgenommen hatte, an Kate weiter und setzte sich neben ihn an die Bar.

»Ja, ein aufreibender Tag.« Michael nickte. »Aber nicht nur bei mir, wie ich gehört habe.« Er grinste und strich Lizzy eine Strähne aus dem Gesicht.

Sie lachte. »Wohl wahr. Ich glaube, das wird noch sehr spannend mit den beiden.«

»Sie haben wohl vorhin Frieden geschlossen, hat James mir geschrieben. Mal sehen, wie lange der anhält.«

»Das wird für ihn eine ganz neue Erfahrung. Eine Frau, die ihm Paroli bietet. Das kennt James gar nicht.« Lizzy grinste.

Michael winkte ab. »Was ist mit dir? Du bietest ihm doch auch die Stirn?«

Lizzy schüttelte den Kopf. »Das ist etwas anderes. Ich bin für ihn wie eine kleine Schwester.« Sie sah auf die Uhr und dann zu den letzten Gästen im hinteren Teil ihres Cafés. »Ich hoffe, die gehen bald. Ich will Emy noch ins Bett bringen.«

»Grüß sie von mir! Ich habe ihr versprochen, dass wir am Wochenende etwas zusammen unternehmen. Ist das okay für dich?« Michael nippte an seinem Kaffee.

»Sicher, warum nicht? Nehmt ihr mich Rabenmutter denn mit?« Lizzy sagte es mit einem Grinsen auf dem Gesicht, doch Michael wusste, dass sie sich den Vorwurf noch immer machte.

Kurz nach dem College hatte Lizzy einen reichen Briten getroffen. Er arbeitete irgendwo an der Londoner Börse. Die beiden waren durchgebrannt, und Lizzy hatte das Leben in Saus und Braus bei den vornehmen Engländern genossen. Als sie dann schwanger geworden war, hatte sie gedacht, ihr Glück wäre perfekt gewesen. Börsenmakler George war an Kindern allerdings nicht interessiert. Sobald Emy auf der Welt war, hatte er sich von Lizzy und dem Kind distanziert. Lizzy hatte ein wunderschönes Haus gehabt, ein teures Auto und die beste Betreuung für Emy, doch sie war furchtbar unglücklich gewesen. Sie war zu stolz gewesen, um es sich einzugestehen, und hatte weiter die fröhliche Großstadt-Ehefrau gespielt. Doch Michael und James hatten bald gemerkt, dass etwas nicht stimmte. Dafür kannten sie Lizzy zu gut.

In der Öffentlichkeit hatte George den liebenden und zuvorkommenden Ehemann gegeben. Hinter den Kulissen hatte er Lizzy jedoch blaue Flecke verpasst, wenn etwas nicht so lief, wie er es wollte. Gleichzeitig hatte er ihr vorgeworfen, eine schlechte Mutter zu sein und sich, statt sich um das Kind zu kümmern, auf Empfängen und Partys zu amüsieren. Dass er sie gezwungen hatte, an diesen Anlässen länger als nötig teilzunehmen, hatte er dabei natürlich unerwähnt gelassen.

Es war Emys vierter Geburtstag gewesen, als James und Michael bei ihnen in London zu Besuch waren und Michael zufällig mitbekommen hatte, wie George erneut die Hand gegen seine Frau erheben wollte. Es war eine wilde Prügelei gefolgt, und in einer Nacht-und-Nebel-Aktion hatten sie die Koffer gepackt und Lizzy und ihre Tochter nach Ballybyrne gebracht. In einem zweijährigen Scheidungskrieg hatte George alle Register gezogen, um Lizzy zu schaden. Er hatte ihr Steine in den Weg gelegt, wo er nur konnte, und sogar versucht, ihr Emy wegzunehmen. Ein Kind, das er selbst nie wollte und nur selten ansah. Nach zwei Jahren war Lizzy am Ende ihrer Kräfte gewesen. Die Angst um ihre

Tochter hatte sie so schmal werden lassen, dass Michael und James sich ernsthafte Sorgen um Lizzys Gesundheit gemacht hatten.

Was Lizzy bis heute nicht wusste: Ihre beiden besten Freunden hatten ihrem Fast-Ex-Ehemann zu jener Zeit einen Besuch in London abgestattet. James' Firmenanwalt hatte kurz zuvor herausgefunden, dass George eine Affäre während seiner Ehe mit Lizzy geführt hatte. Wäre das an die Öffentlichkeit gekommen, hätte Lizzy und Emy nicht nur mehr Geld zugestanden, nein, das Ansehen, das George so unendlich wichtig war, wäre dahin gewesen.

George hatte schließlich erkannt, dass er verloren hatte. Ohne weitere Diskussion hatte man sich bald auf die wichtigsten Punkte der Scheidungsvereinbarung geeinigt. Nur wenige Tage später hatte Lizzy die Papiere per Post erhalten. Sie hatte ihr Glück kaum fassen können. Ihr wurde nicht nur mehr als die geforderte Summe zugesprochen, George überließ ihr auch das alleinige Sorgerecht für Emy.

Aber Lizzy wäre nicht Lizzy gewesen, hätte sie das Geld behalten. Sie hatte gerade so viel zurückgelegt, dass sie sich und Emy ein gutes Leben in Ballybyrne aufbauen konnte und für Emys Ausbildung gesorgt war. Den Rest hatte sie an die örtliche Stiftung gespendet. Das waren immerhin knapp vier Millionen britische Pfund. Mit ihrem kleinen Startkapital hatte sie schließlich das Café eröffnet. Alles, was folgte, hatte sie sich ganz allein erarbeitet. Emy ging es gut, sie liebte ihre beiden Patenonkel über alles und vermisste ihren biologischen Vater kein bisschen. Lizzy hatte sich erholt, doch die seelischen Narben, die George bei ihr hinterlassen hatte, waren tief. James war überzeugt, das würde sich mit der Zeit geben. Michael war sich da nicht so sicher.

Er setzte seine Kaffeetasse ab, zog Lizzy in seine Arme und gab ihr einen Kuss auf das schwarze Haar. »Wie könnten wir dich nicht mitnehmen? Irgendjemand muss uns doch nach Haus lotsen, wenn wir uns verlaufen.«

Er lächelte Lizzy zu.

Sie lächelte dankbar zurück und legte ihre Hand für einen Moment auf seine Wange. »Na, wenn das so ist. Am Samstag um neun?«

»Aye aye, Ma'am.« Michael schlug die Hacken zusammen und hob seine Hand an die Schläfe, bevor er sich um hundertachtzig Grad drehte und das Café mit einem lauten Lachen verließ.

Lizzy grinste über die Soldatenmanier und ging, um die letzten Kunden abzukassieren.

Am nächsten Morgen fuhr Clare mit dem blauen Pick-up in die Stadt. Sie hatte sich abends zuvor mit James abgestimmt. Sie brauchte ein Auto, wenn sie sich hier umsehen wollte, und wenn es nicht der Mustang sein durfte – was übrigens beinahe zum nächsten Streit geführt hätte –, dann musste es eben der Pick-up sein. James hatte Clare leise fluchend den Schlüssel rübergeworfen. Als sie nachgehakt hatte, hatte er sich mit einem Grunzen zu ihr und gesagt: »Wehe, das kommt nicht in der Biographie vor.«

Clare wusste nicht so recht, was sie damit anfangen sollte, hatte sich aber für den restlichen Abend zurückgezogen, um an ihren Recherchen zu arbeiten.

Heute wollte sie sich von dem kleinen Städtchen einen Eindruck verschaffen. Vielleicht traf sie auf ein paar redselige Einwohner. Davon gab es immer welche. Clares Meinung nach waren sie eine der besten Quellen, wenn es darum ging, das hervorzuheben, was nicht in den offiziellen Geschichtsbüchern stand.

Sie parkte wieder vor dem Café und sicherte sich einen gemütlichen Sessel in der Sonne. Bevor sie auf Recherchetour ging, wollte sie sich stärken. Trotz einer besseren

Stimmung gab es im Hause Byrne noch immer nichts Richtiges zu essen.

»Guten Morgen! Du hast überlebt, wie es scheint ...« Lizzy legte Clare die Speisekarte auf den Tisch. Mit einem strahlenden Lächeln fragte sie: »Wie wär's mit einem starken Cappuccino?«

Clare lächelte ebenso. »Sehr gern, danke!«

»Fantastisch! Clare, meine Liebe, was mich schon die ganze Zeit interessiert: Wie viel Schiss hattest du gestern, als du James die Meinung gesagt hast?« Lizzy zwinkerte ihr zu.

Das brachte Clare zum Lachen. »Ehrlich?«

Lizzy nickte. »Vorher gibt's keinen Kaffee.«

»Vielleicht so viel?« Clare hob ihre Hand und hielt Daumen und Zeigefinger zwei Zentimeter auseinander. Sie sah Lizzys skeptischen Blick und schob die beiden Finger etwas weiter auseinander. »Ja, vielleicht auch etwas mehr.« Lachend ließ Clare ihre Hand sinken.

»Clare aus Dublin, wir werden gute Freundinnen!« Damit rauschte Lizzy ebenfalls lachend ins Café und kümmerte sich um den Cappuccino.

Nachdem Clare gefrühstückt hatte, studierte sie ihre Notizen. Es war noch nicht viel, und sie konnte dringend sinnvollen Input gebrauchen. Als sie überlegte, wo sie am besten anfangen könnte, setzte sich Lizzy mit einem heißen Tee neben sie.

»Ich brauche eine Pause. Die Ladys da drinnen machen mich noch verrückt.«

Clare beugte sich vor, um die betreffenden Damen durch die Glasscheibe zu begutachten.

»Die sehen so friedlich aus.« Es klang mehr nach einer Frage als einer Feststellung.

Lizzy grinste schelmisch. »Das ist es ja. Sie sehen aus wie Granny von nebenan, die dir leckere Haferkekse macht und ein Glas Milch einschenkt, wenn du durstig bist. Aber in Wahrheit wollen sie nur die Erziehung deines Kindes übernehmen!«

Clare musste ein Lachen unterdrücken. »Und was passiert dann?«

Lizzy nahm einen Schluck Tee. »Dann krempeln sie dich und dein Kind von Grund auf um, und bevor du Slainté rufen kannst, sitzt du mit ihnen auf dem Sofa und strickst Socken, anstatt dich im Pub zu amüsieren.«

»Ich verstehe. Du solltest da wirklich vorsichtig sein«, meinte Clare grinsend.

Lizzy nickte. »Ich bin auf der Hut, darauf kannst du dich verlassen.«

Eine Weile saßen die beiden schweigend da und genossen die Sonnenstrahlen, die ihnen ins Gesicht schienen.

Schließlich setzte sich Lilly aufrecht hin und nahm Clare fest in den Blick. »Also gut, schieß los. Ich weiß, du hast mindestens hundert Fragen zu James.«

Clare atmete erleichtert aus. »So könnte man es auch nennen.« Sie holte ihr Notizbuch und einen Stift aus ihrer Tasche. »Seit wann kennt ihr euch?«

»Also, ich war fünf ...«, begann Lizzy.

Mehr musste Clare gar nicht fragen. Lizzy fing bei der Grundschule an, ging bei der High School einen Umweg über ein gewisses Ferienlager in Frankreich und ließ sich sehr viel Zeit beim College. Danach machte sie einen recht großen Zeitsprung, sodass sie bald wieder im Hier und Jetzt ankamen. Ab und an stellte Clare kurze Zwischenfragen oder hakte nochmal nach, doch Lizzy lieferte bereits ein gutes Gesamtpaket. Dann sah Lizzy entsetzt auf die Uhr.

»Herrje, jetzt habe ich dich ja beinahe zwei Stunden hier festgehalten. Warum unterbrichst du mich nicht?«

Clare lächelte. »Es heißt, Reisende soll man nicht aufhalten. Ich halte es ähnlich, wenn ich mit jemandem für ein

Buch spreche. Je mehr du mir erzählst, desto einfacher ist es später für mich.«

Lizzy nickte. »Verstehe.«

Clare überflog ihre unzähligen Notizen. »Und James hat wirklich nie zugegeben, dass er in Frankreich was mit der Austauschschülerin aus Italien hatte?«

Lizzy kicherte. »Nein, hat er nicht. Obwohl es einfach jeder wusste. Hat aber auch wirklich nicht lange gehalten. Da würde ich vermutlich auch unerwähnt lassen, dass da überhaupt was war.«

Lizzy witzelte noch ein wenig über James' erste Versuche, eine Freundin mit nach Hause zu bringen, als Clare das Gespräch wieder in ernstere Bahnen lenkte.

»Wenn du nur drei Wörter hättest, um James zu beschreiben. Welche wären das?«

Stille folgte. Lizzy dachte angestrengt nach und bekam einen seltsam entrückten Gesichtsausdruck. Bevor Clare sie jedoch danach fragen konnte, antwortete sie mit fester Stimme: »Stolz, aufrichtig und einsam.«

Clare war überrascht. »Das klingt nach einem sehr kalten Menschen.«

Lizzy schüttelte den Kopf. »Nein, er ist nicht kalt. Er lässt nur niemanden an sich heran.«

»Ich merke schon, das wird kein einfacher Job.« Clare seufzte.

»Die Wörter ›einfach‹ und ›James‹ passen nicht in einen Satz. Mein Tipp: Lass dich auf ihn ein, um ihn wirklich kennenzulernen. Sonst wirst du immer nur seine Fassade sehen.«

Clare war sich nicht sicher, in welche Richtung sich dieses Gespräch entwickelte. »Mich auf ihn ... Einlassen?«

Lizzy grinste spitzbübisch. »Nicht so – wobei ich es verstehen könnte. Er ist nicht umsonst bei den Frauen so begehrt ...« Sie nahm einen Schluck Tee. »Nein, ich meine, geh offen und ehrlich auf ihn zu. Zeig ihm, dass er dir vertrauen kann und du ihn verstehen willst. Nur dann hast du die Chance, sein wirkliches Ich kennenzulernen.«

Lizzys Worte stimmten Clare nachdenklich. Wie konnte sie zu dem Mann, der ihrem Vater ohne Weiteres einen Herzinfarkt beschert und den Hof ihrer Eltern hatte übernehmen wollen, offen und ehrlich sein? Und vor allem, wie sollte sie ihm vertrauen? Im Gegenteil, sie musste doch viel eher auf der Hut bleiben. Wer wusste, wie James reagieren würde, wenn er erfuhr, dass Clare nicht nur Autorin, sondern auch eine O'Sullivan war? Die Tochter der irischen Cider-Familie, die zumindest national zur größten Konkurrenz für *Byrnes Cider* geworden war.

»Du schaffst das schon.« Lizzy klopfte Clare aufmunternd auf die Schulter. »Und wenn du noch mehr über die Abgründe des James Byrne wissen willst«, sie breitete die Arme aus, »dann bist du hier genau am richtigen Ort dafür.« Sie lachte und schnappte sich ihre Teetasse. »Du bist hier immer willkommen, wenn du es in diesem perfekten Haus da draußen nicht mehr aushältst.« Lizzy zwinkerte Clare zu und eilte ins Café.

Clare sammelte ihre Sachen zusammen und bezahlte ihre Rechnung bei Kate. Es war erst Mittag, also spazierte sie los, um sich den Ort nun endlich genauer anzusehen. Außerdem brauchte sie Zeit zum Nachdenken – auch wenn sie das lieber übersprungen hätte.

Das Café lag an der Hauptstraße von Ballybyrne. Nach etwa zweihundert Metern gen Norden mündete die Straße in einen kleinen Marktplatz. Stände mit Obst und Gemüse, Pilzen und Blumen sowie Frischgebackenem und Käse verbreiteten einen herrlichen Duft. Clare schlenderte an den einzelnen Ständen vorbei, probierte hier und dort etwas und kaufte eine Tüte Scones. Wie Clare vermutet hatte, gab es kaum jemanden, der nicht bereit war, mit ihr zu sprechen.

Wobei die Frauen meist das Reden übernahmen, während die Männer zustimmend nickten und ab und an eine Ergänzung einwarfen. Clare war das gleich. Hauptsache, sie lernte Dorf und Leute besser kennen. Außerdem konnte sie sich so wunderbar vor dem inneren Zwiegespräch in Bezug auf Aufrichtigkeit und Vertrauen gegenüber James drücken.

Sie probierte gerade einen Apfelblütenhonig aus der vergangenen Saison, als sie einen Wortfetzen aufschnappte, der sie hellhörig werden ließ.

»... sie wohl doch an ihrem Geburtstag besuchen? Ist James etwa so im Zwiespalt mit ihr?« Zwei ältere Damen standen gemeinsam mit einer jungen Mutter am Nachbarstand und unterhielten sich angeregt.

Während das Baby sich in den Armen seiner Mutter in den Schlaf wiegen ließ, meinte diese: »Ich kann mir das nicht vorstellen. Es ist doch immer noch seine Mutter. Schlimm genug, was damals passiert ist, aber sich so von ihr abzuwenden? Ich weiß nicht ...«

Die beiden älteren Frauen stimmten ihr kopfschüttelnd zu. Clare stellte sich an die andere Seite des Honigstandes, um besser zuhören zu können.

»Das wohl dunkelste Kapitel der Familie Byrne«, murmelte die junge Mutter und legte ihren Sohn in den Kinderwagen.

Clare reichte dem Händler das Geld und bedankte sich für das Glas Apfelblütenhonig. Die drei Frauen waren inzwischen weitergezogen, und Clare überlegte, worum es bei dem Gespräch wohl gegangen war. James sollte seine Mutter verstoßen haben? Auch wenn sie ihn immer noch als kaltherzig und arrogant einstufte, war sie nicht sicher, ob sie ihm auch das zutraute. Immerhin handelte es sich um seine Mutter, die Frau, die ihn großgezogen hatte. Clare wusste, dass James keine Geschwister hatte. Sein Vater war gestorben, als James gerade einmal Anfang zwanzig gewesen war, und viel Verwandtschaft schien er sonst nicht zu haben. Sorgte man dann nicht erst recht für eine enge Bindung zwischen den letzten Angehörigen?

Aber Clare war vermutlich nicht die Richtige, um das zu beurteilen. Mit ihren sechs Brüdern und ihren Eltern hatte sie eine so enge Bindung, dass es beinahe wehtat. Zudem kamen sowohl ihre Mutter als auch ihr Vater aus einer irischen Großfamilie. Das Wort ›Einsamkeit‹ in dem Sinne kannte man in Clares Familie nicht.

Bei dem Gedanken an ihre Eltern spürte Clare wieder die kleine, aber beständige Flamme Wut, die in ihr loderte. Nicht gegenüber ihren Eltern persönlich, nein, die könnte sie wirklich niemals hassen. Clare dachte an den Tag, als James Byrne das erste Mal in ihr Leben getreten war. Sie und Cillian waren gerade siebzehn geworden und James' Vater Arthur kurz zuvor verstorben. James hatte das Familiengeschäft mit nur dreiundzwanzig Jahren übernommen und schien sich selbst und allen anderen etwas beweisen zu müssen. Aggressiv und übereilt hatte er eine Familienbrauerei nach der anderen aufgekauft. Nicht jede Familie hatte sie ihm freiwillig überlassen. Doch sein Vater Arthur Byrne hatte mit der Zeit viel Einfluss in den Kommunen um Ballybyrne gewonnen, wovon James nun profitierte. Mit ein paar cleveren Schachzügen hatte er fast jede Brauerei in die Knie gezwungen. Sie waren nicht besonders groß gewesen. Viele von ihnen hatten gerade einmal so viel Cider produziert, dass es für die umliegenden Pubs reichte. Keine der Brauereifamilien hatte Ambitionen gezeigt, das zu ändern. Sie waren also keine potenzielle Konkurrenz für *Byrnes* gewesen. Trotzdem hatte sich James eine nach der anderen einverleibt.

Clares Familie war gerade mit der Apfelernte beschäftigt gewesen, als James mit seinem Anwalt vorgefahren war.

Ihre Eltern hatten allein mit den beiden auf dem Hof gesprochen. Doch auch vom angrenzenden Feld hatte Clare sehen können, wie ihre Mutter blass geworden war und ihr Vater die Dokumente, die James' Anwalt ihm gereicht hatte, in der Luft zerrissen hatte. James' Mimik und Gestik waren dabei unverändert kalt geblieben.

Am nächsten Tag – Clare hatte ihrer Mutter gerade dabei geholfen, das Mittagessen für Familie und Erntehelfer vorzubereiten – war James Byrne noch einmal vorbeigekommen.

»Du bleibst hier, Clare«, hatte ihre Mutter gesagt und war hinaus auf den Hof gelaufen. Clare hatte die Stimme ihres Vaters gehört. Sonst so ein fröhlicher und gemütlicher Mann, war er außer sich gewesen. Sie hatte sich heimlich in die Tür gestellt und die Szenerie beobachtet.

»Was glauben Sie eigentlich, wer Sie sind?« Clares Vater hatte erneut Dokumente in der Hand gehalten und vor Wut getobt. »Denken Sie, nur weil Ihr Vater einen gewissen Ruf hatte, tanzen wir alle nach Ihrer Pfeife?«

James' Blick war starr geblieben, als er geantwortet hatte: »Mister O'Sullivan, Sie wissen, dass Sie nach meiner Pfeife tanzen werden. Etwas anderes können Sie sich gar nicht leisten.« Dann hatte er sich umgedreht und war zu seinem Wagen gegangen. Bevor er eingestiegen war, hatte er gerufen: »Überlegen Sie es sich! Es liegt in Ihrer Hand, ob Ihre Kinder später mal etwas erben werden. Wäre doch schade drum.«

Ohne den Hof noch eines Blickes zu würdigen, war James mit quietschenden Reifen davongefahren. Als Clare wieder zu ihren Eltern hinübergesehen hatte, war ihr Vater am Boden gelegen, die Hand an das Herz gepresst, und ihre Mutter war bleich wie ein Geist gewesen.

Im Krankenhaus hatte man ihnen später mitgeteilt, ihr Vater hätte schon lange Herzprobleme gehabt, aber scheinbar niemanden in der Familie informiert. Die Aufregung hatte bei ihm einen Infarkt ausgelöst. Dass er noch am Leben war, sei pures Glück, hatte der Chefarzt gemeint und ihrem Vater Ruhe und eine Menge verschiedener Medikamente verordnet.

Anstatt sich auszuruhen, hatte Declan O'Sullivan nach seiner einzigen Tochter verlangt.

»Clare, du musst rüber ins Hotel gehen. Sag James Byrne, ich will mit ihm reden.« Dabei hatte er ihre Hand getätschelt und nach Luft gerungen.

Die junge Clare hatte sich geweigert. »Er hat dich beinahe umgebracht! Den Typen werde ich doch jetzt nicht auch noch an dein Krankenbett holen, Dad. Wir schaffen das schon, du musst nicht verkaufen.«

O'Sullivan hatte gelächelt. »Das ist mein Mädchen.« Er hatte ihr einen Kuss auf die Hand gedrückt und mit fester Stimme gesagt: »Du gehst jetzt Mister Byrne holen. Wollen wir doch mal sehen, wer hier wen kauft.«

Clare hatte gewusst, wenn ihr Vater eine Entscheidung getroffen hatte, war er nicht mehr umzustimmen. Also war sie rüber ins Hotel gelaufen und hatte an die Zimmertür von James Byrne geklopft. Sie hatte am ganzen Körper gezittert, nicht aus Angst. Sie war wütend gewesen. Dieser Mann war auf ihrem Hof aufgetaucht, hatte ihre Familie gezwungen, die Brauerei zu verkaufen, und zu guter Letzt hätte er beinahe für den Tod ihres Vaters gesorgt. Clare mochte sich nicht ausmalen, was passiert wäre, wäre ihr Vater wirklich an dem Herzinfarkt gestorben.

Die Tür war geöffnet worden und James vor ihr gestanden. »Bitte?«

Er hatte sie nicht erkannt. Vielleicht hatte er sie auf dem Hof auch gar nicht gesehen, doch diesen Fakt hatte Clare verdrängt. Sie hatte sich so aufrecht gestellt wie nur möglich, um James die Stirn zu bieten. »Sie haben meinen

Vater fast getötet. Ihr Glück, er will Sie trotzdem nochmal sehen.«

Sie hatte James einen Zettel mit Station und Zimmernummer ihres Vaters überreicht und sich zum Gehen gewandt. Sie hatte wirklich keine Sekunde länger mit diesem Mann die gleiche Luft einatmen wollen.

»Wie geht es ihm?«

Clare hatte nicht mit einer Reaktion gerechnet, und so war sie erschrocken, als James die Stimme erhoben hatte. Langsam drehte sie sich wieder zu ihm.

»Den Umständen entsprechend.« Sie hatte gehofft, ihren Worten genug Kälte verliehen zu haben, dass James weiteres Nachfragen unterließ. Dieser hatte zu Clares Glück genickt und die Tür wieder geschlossen.

Noch am selben Tag war er im Krankenhaus erschienen. Zu gerne hätte Clare gehört, was ihr Vater mit James Byrne besprach, doch niemand hatte dabei sein dürfen. Ihr Vater hatte darauf bestanden. Also hatte Clare mit ihren Brüdern und ihrer Mutter im Krankenhausgang gewartet. Sie hatten nichts hören können. Kein Geschrei, kein Fluchen, gar nichts. Nervös hatte Clare ihr Lederarmband durchgeknetet. Nach einer gefühlten Ewigkeit hatte James die Tür geöffnet und war hinaus auf den Flur getreten. Er hatte sich aufrecht vor ihre Mutter gestellt und ihr die Hand gereicht.

»Bitte verzeihen Sie, was ich Ihnen und Ihrer Familie zugemutet habe. Das wird nicht wieder vorkommen.«

Verwirrt hatte Clares Mutter die Entschuldigung angenommen und war zu ihrem Mann ans Krankenbett geeilt. Clares Brüder waren ihr gefolgt, einzig Clare war auf dem Flur stehen geblieben und hatte James angestarrt. Er hatte gerade gehen wollen, als er ihren Blick wahrnahm. Er hatte sich zu ihr umgedreht. »Sie haben einen guten Mann als Vater erwischt. Passen Sie auf ihn auf.«

Verblüfft hatte sie genickt und zugesehen, wie James das Krankenhaus verließ.

Clare strich sich eine vom Wind gelöste Haarsträhne aus der Stirn. Sie hatte in der Nähe des Marktplatzes einen kleinen Park gefunden und sich auf eine Bank gesetzt. Der Gedanke an die Vorkommnisse auf dem Hof bereiteten ihr noch immer Bauchschmerzen. Sie bemühte sich, ihre Wut zu zügeln. Das hatte ihr Vater ihr beigebracht. Bis auf dieses eine Mal mit James Byrne hatte sie ihren Vater nie laut werden hören. Sie versuchte sich daran ein Beispiel zu nehmen. Blinde Wut änderte nichts an der Situation, hatte ihr Vater immer gesagt. Meist machte sie alles nur schlimmer. Man denke an den Herzinfarkt ...

Clares Vater hatte nie jemandem erzählt, worüber er mit James im Krankenhaus gesprochen oder wie er es geschafft hatte, dass James das Verkaufsangebot zurückzog. Bei Familie O'Sullivan herrschte seitdem das unausgesprochene Gebot, diesen Vorfall nie wieder zu erwähnen. Und schon gar nicht danach zu fragen.

Kein Wunder, dass Clare hatte heftig schlucken müssen, als sie das Dossier ihres Auftrags geöffnet und James' Namen gelesen hatte.

Nun saß sie hier. In Ballybyrne. Und wohnte unter dem Dach von James Byrne. Nein, das hätte sie Cillian wirklich nicht am Telefon erzählen dürfen. Er wäre schier ausgerastet. Er hatte es nicht so mit dem Wut-ändert-nichts-an-der-Situation-Mantra ihres Vaters.

Clare versuchte, das Bild des damaligen James mit dem von heute zu vereinbaren. Er schien nicht mehr so eiskalt zu sein. Trotzdem war sie skeptisch, ob er sich wirklich verändert hatte. Durch Lizzys Erzählungen hatte sie einen anderen Einblick in James' Leben erhalten. Außer seinen Freunden hatte er nicht viele Menschen, die sich um ihn sorgten. Er war meist ein Einzelkämpfer und vertraute niemandem. Das konnte Clare ihm nicht einmal verübeln. Wer aus solch einer prominenten Familie stammte, musste aufpassen, ob jemand ein echter Freund oder lediglich ein Nutznießer war. Vertrauen aufzubauen war da schwierig.

Trotzdem wollte Clare es James nicht so leicht machen. Nur weil es einem Mann schwerfiel, Vertrauen zu entwickeln, war das kein Freibrief, andere zu behandeln, wie es einem beliebte. Egal, welche Folgen das nach sich zog.

Seit dem Gespräch mit ihrem Vater hatte sich James scheinbar verändert. Das hatte Clare durch die Schwätzchen mit den Marktfrauen herausgefunden. Als er vom O'Sullivan-Hof zurückgekehrt war, hatte er alle ausstehenden Kaufangebote eingestellt und sich nur noch der eigenen Produktion und deren Optimierung gewidmet. Er hatte aus *Byrnes Cider* ein international erfolgreiches Unternehmen gemacht. Außerdem setzte er sich für den guten Zweck ein. Hier ein Förderverein, dort ein Sportplatz und nicht zu vergessen die Beteiligung der Mitarbeiter am wirtschaftlichen Erfolg der Firma.

Clare starrte ihre Notizen an. Wie passte das zusammen? Sie seufzte und murmelte: »Clare, du kommst nicht drum rum. Du wirst mit ihm sprechen müssen.«

4

Während der Rückfahrt hatte Clare beschlossen, das Thema Aufrichtigkeit noch ein Weilchen vor sich herzuschieben. Sie war noch nicht bereit, sich mit James diesbezüglich auseinanderzusetzen. Solange er nicht herausfand, dass Clare eine von *den* O'Sullivans war, musste sie auch nicht um den Auftrag bangen. Und war die Zeit erst mal vorangeschritten, hätten sie keine Möglichkeit mehr, einen Ersatz für sie aufzutreiben. Das hoffte Clare zumindest.

Als Clare aus dem blauen Pick-up ausstieg, sah sie Licht in der Küche. Sie war so in Gedanken versunken gewesen, dass es schon beinahe sechs Uhr abends war. Sie war lange unterwegs gewesen und verspürte Hunger. Sie dachte an die Scones, die sie auf dem Markt gekauft hatte, doch für ein Abendessen taugten die nicht viel.

Clare öffnete die Haustür und wurde von einem würzigen Duft empfangen.

»Ah, perfektes Timing. Hast du Hunger?« James stand inmitten der Küche und fuchtelte mit einem Messer in der Luft herum.

»Was wird das hier?«

»Ich gebe zu, Toast und Apfelkonfitüre sind auf Dauer nicht sehr nahrhaft. Und damit es im Buch am Ende nicht heißt, ›James Byrne lässt seine Gäste verhungern‹, habe ich eingekauft.« Er legte das Messer beiseite. »Gut, vielleicht habe ich einkaufen *lassen.* Aber gekocht habe ich selbst. Also, wenn es nicht schmeckt, tu einfach so.«

Clare war völlig von den Socken. Hier stand der eiskalte James Byrne, der keine Frau als Autorin haben wollte, und kochte ihr ein Abendessen. Das Schrägste an der Sache: Er schien dabei auch noch Spaß zu haben. Clares Verwirrung war komplett.

James warf Basilikumblätter in einen Topf auf dem Herd. »Du hast doch Hunger, oder?«

»Ja! Ja … Habe ich.« Clare legte ihre Tasche ab und ging hinüber zur gedeckten Theke. Sie fand anthrazitfarbene Tischuntersetzer, edles weißes Geschirr und Weingläser vor.

»Sieht aber nicht nach To Go aus.« Clare setzte sich auf den Barhocker mit dem Rücken zur Treppe, sodass sie James weiterhin im Blick behalten konnte.

Ein kurzer Anflug von Enttäuschung lag auf seinem Gesicht, als er sich zu ihr drehte. »Möchtest du lieber allein essen? Das ist kein Pro…«

»Nein, Quatsch. Ich mach nur Spaß. Was gibt es denn?« Clare brachte ein Lächeln zustande.

James stellte sich vor den Herd und sah in die köchelnden Töpfe, als müsste er überlegen, was er fabrizierte. Halb zum Herd, halb Clare zugewandt, erklärte er: »Also, wir haben frische Bruschetta zur Vorspeise. Als Hauptgang gibt es Spaghetti Aglio Olio – wehe du meckerst über den Knoblauch – und als Nachspeise …« Er öffnete den Gefrierschrank. »Isst du eine Eissorte, die sich *Cookies Dough* nennt?«

Clare musste lachen. »Natürlich, wer isst die bitte nicht?«

»Ich habe keine Ahnung, was das ist.« Er schüttelte den Kopf und stellte die Eiscremepackung zurück in den Gefrierschrank.

»Wen hast du einkaufen geschickt?«, fragte Clare neugierig.

»Maggy, meine Assistentin. Sie übernimmt hin und wieder manche Aufgaben für mich, die nicht unbedingt typische Assistentinnenaufgaben sind.«

»Oh, wenn du wüsstest ...«, murmelte Clare.

James drehte sich aufmerksam um. »Was war das?«

Clare räusperte sich. »Na ja, die Definition von Assistentin ist doch oftmals ›Sie übernimmt Aufgaben für mich, die nicht typische Assistentinnenaufgaben sind‹. Oder?«

»Wenn ich es recht überlege, da ist schon was dran ...« James rührte die Spaghetti um. »Zählt Hemden aus der Reinigung holen auch dazu?«

Clare warf ihm einen spöttischen Blick zu.

»Okay, verstehe. Sag nichts.«

Ein paar Minuten später hatte James aufgetischt. Das Essen war fantastisch. Die Tomaten auf der Bruschetta waren frisch, die Zwiebeln würzig und die Spaghetti al dente. Clare war froh, dass auf dem Tisch keine Kerzen standen. Für jeden hätte es ausgesehen wie ein Date. Und diesen Eindruck wollte Clare tunlichst vermeiden. Es fiel ihr schwer, den Mann, der sich vor ihr lachend Spaghetti um die Gabel wickelte und kein Cookie-Dough-Eis kannte, mit dem unter einen Hut zu bringen, der damals ihren Vater so unter Druck gesetzt hatte.

James riss sie aus ihren Gedanken. »Du warst heute viel unterwegs, habe ich gehört. Hast die Leute über mich ausgefragt.«

»Werde ich beschattet?«, fragte Clare überrascht.

James lachte. »Das ist in einem Ort wie Ballybyrne gar nicht nötig. Man bekommt hier alles mit, ohne danach gefragt zu haben.«

Sie nickte schmunzelnd. Auf diese Weise hatte sie schließlich auch ihre Informationen gesammelt.

»Und was haben sie dir erzählt?« James verbarg seine Neugier hinter einer grinsenden Maske, doch sein Unterton zeigte Clare, dass er viel mehr wissen wollte, als er zugab.

Clare nahm einen Schluck Wein. Sie schindete Zeit, um zu überlegen, wie viel sie ihm erzählen sollte. Dann erinnerte sie sich an Lizzys Tipp. ›Sei aufrichtig, ehrlich und zeig, dass du dich für den Menschen hinter der Fassade interessierst.‹

»Die Marktfrauen haben hauptsächlich von dir geschwärmt. In ihren Augen bist du ein Heiliger – auch wenn du das eine oder andere Mal Äpfel von ihrem Stand geklaut hast.«

James unterdrückte ein Lächeln, indem er sein Weinglas an die Lippen hob.

»Lizzy hingegen hat mir die Wahrheit über dich erzählt.«

James ließ seine Gabel sinken und musterte Clare aufmerksam. Sie wollte ihn damit nur ein bisschen aus der Reserve locken, aber irgendetwas ließ sie plötzlich innehalten. Die winzigen Fältchen um James' Augenwinkel verliehen seinen Gesichtszügen eine gewisse Schärfe. Trotzdem wirkte er nicht angriffslustig. Seine Lippen umspielte immer noch ein Schmunzeln, allerdings musste man sich viel Mühe geben, um es zu erkennen.

Clare wollte den Blick abwenden, doch seine Augen hielten sie fest. Obwohl die sonst so verlässliche Flamme Wut während des Abendessens kleiner geworden war, wurde Clare unangenehm warm. Sie schob es auf den Wein, es war immerhin schon ihr drittes Glas. Meine Güte, sie war eine erwachsene Frau, sie würde ja wohl ihren Satz beenden können, ohne sich komplett lächerlich zu machen, schalt sie sich innerlich. Sie holte tief Luft und zwang sich schließlich, ihren Blick zu lösen. Einfacher gesagt als getan. Ehrlich.

James räusperte sich und nahm endlich den Schluck Wein, den er vor gefühlten zehn Minuten schon hätte nehmen sollen. »Also, was hat Lizzy erzählt?«

Clare lachte etwas zu laut. »Ja, Lizzy. Genau. Also, du scheinst ein ziemlich windiger Bursche gewesen zu sein. Wenn es nach ihr geht, konntest du sie allerdings nie toppen. Darauf hat sie ausdrücklich bestanden.« Clare spielte mit ihrem fast leeren Weinglas. »Oh, und dieses Ferienlager in Frankreich, allein darüber hat sie sicherlich eine Stunde geredet.«

James schmunzelte.

Clare warf ihm einen neugierigen Blick zu. »Und du hast wirklich nicht zugegeben, dass du und diese italienische Austauschschülerin was hattet?«

»Woher willst du denn wissen, dass wir überhaupt was gehabt haben sollen?«, rief James in gespielter Empörung.

»Ich bitte dich. Frauen erkennen sowas, wenn man ihnen davon erzählt.«

James stand auf und stellte die Teller zusammen. »Also ... Das war schon etwas komplizierter, als du vielleicht denkst.«

»Erklär es mir. Ich habe eine schnelle Auffassungsgabe«, erwiderte Clare.

Er kam von der Spüle zurück und lehnte sich an den Barhocker. Dabei fiel Clare unwillkürlich auf, dass er dieselbe Jeans wie am Vortag trug. Eng und leider viel zu gutaussehend. Also die Jeans natürlich. Unter seinem Hemd spannten sich seine Bauchmuskeln, um ihm Halt zu geben. Selbstverständlich zogen sie Clares Blick an. Wofür sie sich innerlich gleich wieder hätte ohrfeigen können. Sie versuchte sich auf die Story zu konzentrieren und ihr Augenmerk oberhalb seiner Schultern zu belassen. Wenn sie allerdings an einige Momente zuvor dachte, war das auch keine sonderlich gute Idee. Es war zum Haareraufen. Dabei mochte sie ihn ja noch nicht mal. Er war ihr Feind. Das durfte sie nicht vergessen. Gut ... ›Feind‹ war vielleicht schon wieder zu viel des Bösen, aber trotzdem.

Sie war hier, um zu arbeiten – an ihrer letzten Chance als Autorin.

»Bevor ich das tue, will ich eines klarstellen. Ich bestimme, was in diesem Buch stehen wird. Du bist die Autorin, aber nur weil von uns einfach niemand einen anständigen Satz zu Papier bringt.« Er verschränkte die Arme vor der Brust. »Wenn ich etwas streiche, dann bleibt es gestrichen.«

Obwohl James sich in diesem Moment äußerst ernst und bestimmt an sie gerichtet hatte, meldete sich die anspruchsvolle Autorin in Clare zu Wort. Vorsichtig begann Clare zu sprechen.

»Also, James ... Du weißt, dass Autoren so nicht arbeiten, oder?«

Er drehte sich um und lief zum Kühlschrank. »Ich dulde bei dieser Sache keine Widerrede.«

Clare hatte Heathers Stimme im Ohr. ›Wenn du das richtig gut machst, hast du eine Chance bei *Irish Readings.*‹ Sie schloss die Augen und atmete durch.

»Da ich glücklicherweise nicht dein Hauself bin, darf ich dir widersprechen. James, eine Biographie umfasst alle Teile deines Lebens. Du kannst nicht nach Belieben Dinge streichen und weglassen. Bei einem Puzzle brauchst du auch jedes Teil, sonst erkennst du das Bild am Ende nicht.«

James sah sie kurz verwirrt an und besann sich dann wieder auf das Thema. »Clare, ich kann. Und ich werde.«

Er war unerbittlich.

»Dann haben wir ein Problem, denn so kann ich nicht arbeiten.«

Er schüttelte den Kopf und zeigte mit dem Finger auf sie. »Nein, *du* hast ein Problem. Denn du wirst deine Arbeitsweise anpassen müssen.«

Und da war er wieder, der kalte, unberechenbare James, der seinen Willen durchsetzen wollte. War Clare zuvor noch warm gewesen, fror sie nun. Sie zog ihren Pulli enger um sich.

»James ...«, setzte sie an.

»Clare, ich meine es ernst.«

Sie wusste, dass sie es hätte gut sein lassen sollen, aber sein eisiger Widerspruch war zu viel für Clare. All die Gefühle, die heute in ihr hochgekommen waren, suchten ein Ventil. In Gedanken entschuldigte sich sie bei ihrem Vater. Sie stand so heftig vom Barhocker auf, dass dieser fast umkippte.

»Meine Güte, wovor hast du Angst? Hast du so viele schreckliche Geheimnisse in deinem jungen Leben?«

James war auf diesen Ausbruch scheinbar nicht vorbereitet gewesen. Wütend zog er die Augenbrauen zusammen, gleichzeitig hob er die Arme, um Clare zu beruhigen. »Das verstehst du nicht. Es ist kompliziert.«

»Das ist das Leben, es ist kompliziert. Wäre es einfach, würde es uns allen besser gehen.« Clare wollte sich zügeln, doch es gelang ihr nicht. »Ist es das? Besuchst du deine Mutter nicht an ihrem Geburtstag, weil es ›kompliziert‹ ist? Sie ist deine Mutter, verdammt nochmal.« Clare biss sich auf die Lippe. Sie war zu weit gegangen. Definitiv zu weit.

James fuhr hoch. Blanke Wut spiegelte sich in seinen Augen. Was Clare zuvor noch anziehend gefunden hatte, war vollkommen aus seinem Gesicht verschwunden.

»Du weißt nicht, was du da redest«, presste er hervor, bemüht, sich unter Kontrolle zu halten.

Clare hob die Schultern und sagte leise: »Genau. Weil du es mir nicht erzählen willst.« Sie ging zur Treppe. »Es liegt an dir, James, was in diesem Buch stehen wird. Aber ich werde es schreiben, und zwar das, was ich für wichtig erachte.«

Wütend warf James das Geschirrtuch auf die Anrichte, nachdem Clare oben im Gästezimmer verschwunden war. Verdammt, wieso war das schon wieder so schiefgelaufen? Der Tag hatte doch gut angefangen. Die Werbekampagne für die neue Cider-Sorte entwickelte sich weiter, er hatte sich damit abgefunden, eine Autorin statt eines Mannes im Haus zu haben, und ihm waren nicht mal die Spaghetti angebrannt.

James fuhr sich durch die Haare und schnappte sich eine Flasche Cider aus dem Kühlschrank. Er hatte mit dem Abendessen bei Clare den vermasselten Start wiedergutmachen wollen. Aber sie war einfach immer nur auf Konfrontation aus. Zugegeben, sie sah wirklich sexy aus, wenn sie sich in Rage redete, aber das war ein anderes Problem. James pfefferte den Flaschenverschluss auf den Tresen und trat hinaus auf die Terrasse. Die abendliche Brise, die vom Meer heraufkam, war ihm jetzt eine willkommene Abkühlung. Er atmete tief ein und sah über die Felder zur See. Das war sein Zuhause. Der erste Ort, an dem er sich wirklich sicher fühlte. Und dann kam Clare. Sie stritt mit ihm, wann immer sie konnte – wie sollte diese Frau je ein gutes Wort in dieser verdammten Biographie über ihn verlieren?

Sie verlangte, dass er sein Innerstes vor ihr offen zur Schau stellte, dabei kannte er sie noch keine achtundvierzig Stunden, und in neunzig Prozent der gemeinsamen Zeit hatten sie sich gestritten. Keine gute Ausgangslage, um ihr seine Geheimnisse preiszugeben.

Und dann war da noch ihr Körper. Der sagte ihm etwas ganz anderes, nämlich, dass er ihr unbedingt näherkommen wollte. Es war ihm bereits gestern aufgefallen, als sie wie ein verschreckter Hund in der Auffahrt gestanden hatte. Sie hatte weiße Levis und eine blaugestreifte Bluse unter ihrer Lederjacke getragen. Obwohl ihr Oberteil nicht eng anlag, hatte er die schmale Taille und die an der richtigen Stelle platzierten Kurven gesehen. Sie war sicherlich der

Meinung, sie müsste schlanker sein, doch davon würde James ihr definitiv abraten. Sie war genau richtig. Ihre feinen Gesichtszüge und die durchdringenden grünen Augen taten ihr Übriges, um Männer um den Verstand zu bringen. Ganz abgesehen von den schwungvollen Lippen, die kein Make-up brauchten, um aufzufallen.

James trat gegen die Balustrade. Das war die Strafe für seine Sünden. Er stieß ein kurzes sarkastisches Lachen aus. Natürlich zog ihn genau die Frau an, die ihn scheinbar überhaupt nicht leiden konnte und an die Welt ausliefern wollte.

Es war weit nach Mitternacht, aber Clare konnte nicht schlafen. Mal wieder. Sie drehte sich von einer Seite auf die andere, schüttelte die Laken auf, doch nichts half. Der Streit mit James ging ihr durch den Kopf. Ja, sie verlangte viel von ihm. Dessen war sie sich bewusst. Doch es ging gegen ihre Berufsehre, sich alles diktieren zu lassen. Wieder musste sie an Lizzys Worte denken. Stolz, aufrichtig und einsam. Sie hatte recht. Doch wie Clare diesen Panzer durchbrechen sollte, war ihr schleierhaft. Sie stand auf und zog sich ihren College-Pulli über. Vorsichtig tapste sie die Stufen hinunter. Die Küche sah unberührt aus. James musste noch aufgeräumt haben, nachdem sie wütend abgedampft war.

Ihre Fingerspitzen fuhren über die Arbeitsplatte, als sie plötzlich eine Idee hatte. Sie öffnete die riesige Tür zum Gefrierschrank und griff nach dem Cookie-Dough-Eis. Mit einem Löffel bewaffnet, schlich sie hinüber ins Wohnzimmer und hinaus auf die Terrasse.

Mit einer großen Decke machte sie es sich auf der draußen stehenden Couch bequem und atmete die frische Meeresluft ein. Sie hatte gerade die Eiscremepackung geöffnet und wollte sich den ersten Löffel in den Mund schieben, als sie plötzlich zusammenfuhr.

»Sag bloß, du wolltest den Nachtisch ohne mich essen.«

James stand in der offenen Terrassentür.

»Nur, wenn du weiter vorhast, dich anzuschleichen und mich jedes Mal zu erschrecken.« Es war zu dunkel, um seinen Gesichtsausdruck zu sehen, aber Clare hoffte, dass sich die Gewitterwolken wieder verzogen hatten. Als er zu ihr rüberkam, bemerkte sie, dass er eine Jogginghose und wie sie einen alten College-Pulli trug. Sie rutschte, um ihm auf der Couch Platz zu machen.

»Was ist so besonders an dem Eis?«, fragte er, als er sich neben ihr niedergelassen hatte. »Deine Augen haben schier geleuchtet, als ich es vorhin erwähnte, und mich entsetzt angestarrt, als ich erklärte, es nicht zu kennen.«

Clare grinste unwillkürlich. »Das ist *das* Eis. Wer steht nicht auf cremiges Vanilleeis mit Schokostückchen? Und nicht zu vergessen, diese wahnsinnig leckeren Keksteigstückchen.«

»Du meinst Cookies?«

Clare ließ sich das Eis auf der Zunge zergehen, bevor sie antwortete. »Nein, Keksteig. Das ist ein wichtiger Unterschied.«

»Okay, das muss ich jetzt probieren. Gib mal her.« James klaute ihr den Löffel aus der Hand und schob sich eine Portion Eis in den Mund.

Clare blieb nur ein empörtes »Hey!« zu rufen.

James hatte ziemlich viel Eis auf den Löffel geschaufelt, dementsprechend dauerte es eine Weile, bis er wieder sprechen konnte. Clare wartete gespannt ab. »Und? Was sagt der Kennergaumen?«

»Hm ...« James wischte sich mit dem Handrücken über die Lippen. »Ja, das ist echt gut. Ich will ...«

Clare hob die Hand, in der sie den Eisbecher hielt, sodass James ihn aus seiner Position nicht erreichte.

»Ich will meinen Löffel zurück«, forderte sie.

James tat, als würde er nachdenken. »Da es genau genommen mein Löffel ist, schlage ich einen Kompromiss vor.« Sie wollte ihn unterbrechen, doch er kam ihr zuvor. »Wir wechseln ab.«

»Was?«

»Na, wir wechseln uns ab. Du hattest einen Löffel, ich hatte einen, also bekommst du als Nächstes wieder einen und danach ich. Weißt du nicht, wie man sich abwechselt?«, fragte er. Sie spürte, dass er sich über sie lustig machte, aber das war okay. Ausnahmsweise. Das schuldete sie ihm für den Abend zuvor.

»Also gut«, murrte sie widerwillig und hielt die Hand auf. »Aber dann hätte ich jetzt gerne *deinen* Löffel zurück.«

James lachte, und sie saßen für einige Zeit schweigend nebeneinander und verdrückten das Eis. Nach einer Weile räusperte sich Clare. Sie wollte den Waffenstillstand nicht stören, doch sie musste das Thema noch einmal ansprechen.

»James, ich wollte mich noch für vorhin entschuldigen. Ich hätte dich nicht so bedrängen dürfen. Das war nicht richtig. Ich habe meiner Wut freien Lauf gelassen, dabei bringt das nichts. Es verschlimmert die Situation meistens nur.«

James schwieg und stellte den eroberten Eisbecher zur Seite. Noch immer war es zu dunkel, um zu erkennen, was sich auf seinem Gesicht abspielte. Als Clare schon befürchtete, er würde ihre Entschuldigung nicht annehmen, reagierte er endlich.

»Danke, dass du das verstehst. Dann wirst du mich bestimmen lassen, was in dem Buch vorkommt?«

Clare atmete tief ein. Das durfte sie jetzt nicht vermasseln. »Nicht direkt.«

»Wie meinst du das?«, fragte James und drehte sich zu ihr.

»Ich werde meine Recherchen zu Ende führen, das Skript verfassen und es dir am Schluss zum Gegenlesen geben. Entweder du veröffentlichst es so oder gar nicht. Das ist meine Bedingung.« Clare hielt die Luft an. Würde James ihrem Deal zustimmen?

Er dachte nach. Für Clares Geschmack viel zu lange, aber sie hatte gesagt, sie würde ihn nicht bedrängen. Also musste sie wohl oder übel abwarten.

»Ich habe auch eine Bedingung«, erklärte James schließlich.

Clare horchte auf.

»Du wirst sehr private Dinge über mich und meine Familie erfahren. Ich weiß, dass du eine Geheimhaltungsklausel unterschrieben hast, aber das reicht mir nicht. Um dir zu vertrauen, braucht es mehr.« Er streckte seine langen Beine aus. Für so eine ernste Sache wirkte er viel zu entspannt auf Clare. Besonders, wenn man sein Vertrauensproblem in Betracht zog.

»Ich werde dich enger in meinen Tagesablauf einbinden. So lernst du meine Arbeit und mein Leben besser kennen.«

»Das klingt zu leicht, um wahr zu sein«, warf sie ein. Clare ging nicht darauf ein, dass er weder Familie noch Freunde erwähnte.

James stand auf und lief ein paar Schritte vor zur Brüstung. »Ich war ja auch noch nicht fertig.« Er lehnte sich mit der Hüfte ans Geländer und sah Clare an. »Ich will dich kennenlernen.«

Clares Alarmglocken fingen aus unerfindlichen Gründen an zu schrillen.

»Mich?«

James stützte sich mit seinen Händen rücklings ab. »Ist doch nur fair, oder? Wenn ich dich in mein Leben lasse, muss ich auch etwas über dich wissen. Quid pro quo.«

Sie war unsicher, was sie davon halten sollte.

»Aber über mich wird keine Biographie geschrieben …« Clare merkte selbst, wie lahm das klang.

»Das ist der Deal, Clare. Nimm es oder lass es.«

James schlenderte auf sie zu, griff nach dem Eisbecher und zog Clare den Löffel aus der starr gewordenen Hand. »Nimmst du es mir übel, wenn ich das hier leermache? Ist wirklich gut, dieses Cookie-Dough-Zeug.«

Clare saß noch immer auf der Couch und versuchte ihre Gedanken zu ordnen, als James von der Treppe aus dem Inneren des Hauses rief: »Übrigens, Clare, welche Eissorte magst du am liebsten? Ist es wirklich *Cookie Dough*? Ich erwarte morgen früh deine Antwort.«

Lachend verhallte seine Stimme im Wohnzimmer.

War das gerade Runde drei? Clare fühlte sich so. Und James hatte sie vollkommen aus dem Hinterhalt getroffen, ohne Rücksicht auf Verluste. Innerhalb weniger Minuten hatte er das Spiel zu seinen Gunsten gedreht und ihr die Regeln diktiert.

Die Sonne schien durch die Küchenfenster, und die Efeuzweige warfen tanzende Schatten auf den Küchentresen. Clare klammerte sich an ihre Tasse Kaffee und beobachtete eine kleine Amsel, die sich an den Sonnenstrahlen in der Auffahrt wärmte.

Clare hörte ein Knarzen. Es war James, der soeben die Treppe herunterkam.

»Guten Morgen«, sagte er und goss sich einen Becher von dem frisch gebrühten Kaffee ein. Clare erwiderte nichts und behielt die Amsel im Blick. Die streckte ihre Flügel von sich und grub sich tiefer in den Sand der Auffahrt. Wie gerne würde Clare mit ihr tauschen.

Oh nein, rief Clare innerlich. *Wir fangen gar nicht erst mit Selbstmitleid an, Clare.* Sie straffte ihre Schultern und sagte, ohne sich zu James umzudrehen: »Dunkle Schokolade.«

Er sah von seinem Smartphone auf. »Wie bitte?«

»Dunkle Schokolade«, wiederholte Clare und nahm einen Schluck aus ihrer Tasse.

Stille folgte, doch sie wagte noch nicht, sich vom Fenster abzuwenden. Sie hatte sich entschieden. Sie würde James' Spiel mitspielen. Vorerst. Eine Wahl hatte sie nie wirklich gehabt. Trotzdem gefiel ihr der Gedanke besser, die Entscheidung halbwegs selbst getroffen zu haben. Solange sie ihre Familiendetails umschiffte und sie nicht auf ihren Vater zu sprechen kämen, rechnete Clare sich gute Chancen aus, von diesem Deal zu profitieren.

Sie roch James' frisches Aftershave, noch bevor er sich mit der Hüfte neben sie an den Tresen lehnte. Sie wandte sich ihm zu.

»Dann haben wir einen Deal?«, fragte er in einem unschuldigen Ton, der eine Spur zu viel Siegessicherheit verriet.

Clare nickte. »Sofern du dich dran hältst, haben wir einen Deal.«

Ein Hauch gespielter Empörung zog über sein Gesicht. »Ich halte mich immer an meinen Teil der Abmachung!«

Clare lächelte und stellte ihre Tasse ab. »Sehr gut.«

Um möglichst schnell wieder Abstand zwischen sich und James zu bringen – er war ihr an der Theke wesentlich nähergekommen, als nötig gewesen wäre –, lief sie zur Treppe.

Hinter sich hörte sie ihn rufen. »Wo willst du hin?«

»Du nimmst mich heute mit in die Firma. Ich hole nur noch schnell meine Sachen«, antwortete Clare.

Und weg war sie. Dafür, dass diese Frau nicht gerne sitzen gelassen wurde, verschwand sie ganz schön oft ohne Ankündigung, dachte James. Doch er schwamm noch auf seiner Siegeswelle, daher machte er sich diesmal nicht viel daraus. Auch wenn Clare schon wieder das Kommando an sich riss. Was James zum nächsten Problem brachte. Er hatte ihr zugesichert, sich zu öffnen und ihre Fragen – wahrscheinlich hatte sie schon eine ganze Liste vorbereitet – zu beantworten. Er bezweifelte, dass sie sich mit oberflächlichem Gequatsche zufriedengab.

James stellte seine Tasse in die Geschirrspülmaschine und nahm seine Lederjacke vom Haken. Er würde einen anderen Weg finden müssen, ihre unbequemen Fragen zu umgehen.

Sie überstanden die Fahrt nach Ballybyrne ohne einen einzigen Streit. Vor dem Gebäude aus altem grauen Stein, ähnlich wie James' Haus, parkte er seinen Sportwagen auf dem für ihn reservierten Stellplatz. Als sie gemeinsam über das Gelände liefen, folgten ihnen viele neugierige Blicke. Clare konzentrierte sich auf ihre Aufgabe: herausfinden, wer James Byrne wirklich war. Sie beobachtete jede seiner Gesten und war verblüfft, dass er jeden Mitarbeiter, egal ob männlich oder weiblich, ob alt oder jung, mit Namen und persönlicher Frage nach der Familie grüßte. Als sie im Hauptgebäude die Treppe zu seinem Büro hinaufgingen, fragte Clare: »Du kennst wirklich alle beim Vornamen?«

James nahm zwei Stufen auf einmal, sodass Clare Mühe hatte, mitzuhalten.

»Natürlich. Ich weiß, wie sie heißen, wann sie Geburtstag haben und wie es ihren Familien geht. Das sind meine Mitarbeiter«, sagte er, als wäre es das Selbstverständlichste der Welt.

»Aber du verwechselst die Woche, in der ich in Ballybyrne ankomme?« Clare konnte ihre Verwunderung nicht verbergen.

»Das ist was anderes.« James öffnete die Tür zum Vorzimmer seines Büros. »Maggy, guten Morgen! Wie läuft's mit Alec? Ist er wieder zuhause?«

Seine Assistentin lächelte ihn an und reichte ihm eine Mappe mit Unterlagen.

»Hallo James, ja, ist er. Und so schnell lasse ich ihn bestimmt nicht wieder weg.« Maggy lachte und wandte sich an Clare. »Oh, du musst die berühmte Autorin sein. In Ballybyrne spielen alle verrückt, seit du hier bist.«

Clare war es unangenehm, so viel Aufsehen zu erregen. »Na ja, *berühmt* würde ich jetzt nicht unterschreiben ...«

»Papperlapapp, ich habe mir schon dein Buch über das Trinity College im Internet bestellt. Du signierst es mir doch sicher, oder?« Maggy wirkte wie ein übereifriger Welpe, doch Clare mochte sie auf Anhieb. James' Assistentin hatte viel Sinn für Mode. Sie trug einen dunkelgrünen Jumpsuit, der ihren Kurven schmeichelte und Clare daran erinnerte, endlich mehr auf ihre Figur zu achten. An den Armen baumelten schmale Reifen und eine stylische Smartwatch. Wüsste Clare es nicht besser, hätte das hier auch die Assistentin des Google-Chefs in Dublin sein können. Maggys kompliziert wirkender Haarknoten minderte den Eindruck keinesfalls. An ihr war alles ein bisschen zu viel, aber sie hatte eine so große Herzlichkeit an sich, dass man sie einfach mögen musste.

James war heute Morgen scheinbar anderer Meinung, als er sie zurechtwies. »Clare ist nicht hier, um Autogramme zu verteilen, Maggy.«

Maggy zog die Augenbrauen hoch und antwortete gespielt höflich. »Verzeihung, Mister Byrne. Ich vergaß, dass sich Clare ganz und gar um Ihre Herrlichkeit kümmern wird.«

»Achte auf deinen Ton, meine Liebe.« Mit einem Lachen ging James in sein Büro.

Clare zwinkerte Maggy zu, bevor sie ihm folgte. »Keine Sorge, du bekommst deine Unterschrift.«

Sie war schon in James' Büro, als Maggy rief: »Sie ist so viel netter, als du sie beschrieben hast, James!«

Der beeilte sich, die Tür hinter Clare zu schließen.

»Wie hast du mich denn beschrieben?«, fragte Clare neugierig und musterte den Raum. Die Wände waren hellgrau gestrichen. Das große Gemälde einer Apfelplantage sog deren Kühle in sich auf und verlieh dem Zimmer eine warme Atmosphäre. Unter dem Gemälde standen eine kleine Couchgarnitur und zwei moderne, schlanke Sessel. Diesen gegenüber befand sich ein Schreibtisch aus rustikalem Holz, dahinter ein ergonomischer Stuhl. Das Büro war schön, doch es hätte jedem gehören können. Clare fand nichts Persönliches, weder an den Wänden noch auf dem Sideboard oder den Fensterbänken. Selbst auf dem Schreibtisch sah sie nur eine futuristische Lampe, einige Kugelschreiber, die in einer aus Holz gefertigten Schale lagen, und einen silbernen Laptop. Sonst nichts.

James murmelte etwas Unverständliches und bot ihr dann einen Platz an. »Es kann sein, dass ich dich ... Nicht unbedingt freundlich dargestellt habe.«

Clare grinste. »Ach ja?«

Er hob schützend die Hände. »Du musst zugeben, der erste Tag lief eben nicht gerade optimal.«

Clare wollte darauf bereits antworten, doch James schien zu ahnen, dass es nichts Gutes für ihn verhieß, und wechselte schnell das Thema. »Also, wie willst du vorgehen? Fragst du mir Löcher in den Bauch oder soll ich stundenlang darüber reden, wie ich als Kind von der Schaukel gefallen bin?«

»Das liegt ganz bei dir. Bist du denn als Kind von der Schaukel gefallen?«

James lachte. »Jedes Kind ist doch mal von der Schaukel gefallen.«

»Hat es wehgetan?«

»Eine Schürfwunde. Nichts Schlimmes. Mein Dad hat die Wunde versorgt.«

Clare horchte auf. »Nicht deine Mum?«

James verspannte sich leicht, doch dann grinste er. »Wer von uns beiden ist jetzt sexistisch?«

»Okay, anders gefragt: Mama- oder Papa-Kind?« Clare holte ihren Notizblock hervor.

»Wirklich? Macht man das so? Das ist ja wie beim Therapeuten. Bist du sicher, dass du das richtig machst, Clare?« James versuchte sie zu provozieren.

Sie lächelte und sagte bestimmt: »Wer von uns beiden ist die *berühmte* Autorin?«

James zuckte die Achseln und gab sich geschlagen. »Papa-Kind.«

»Warum?«

»Warum nicht? Er hat mir alles beigebracht, mich zurechtgestutzt, wenn es sein musste, und in die Brauerei-Tradition unserer Familie eingeführt.« Seine Stimme nahm einen sehnsüchtigen Klang an.

»Du vermisst ihn, oder?«, fragte Clare behutsam.

James versuchte zu lächeln, doch so recht klappte es nicht. »Natürlich. Ohne ihn wäre ich nicht der, der ich heute bin.«

»Magst du den, der du heute bist?« Clare war sich bewusst, dass sie auf einem schmalen Grat balancierte.

James räusperte sich und gab sich betont gelassen. »Du würdest aufschreiben, ich wäre arrogant, wenn ich jetzt Ja sagen würde, oder?«

»Nein.« *Auf jeden Fall.*

»Und wenn ich sage, ich mag den Menschen, der ich bin, *nicht*, schreibst du auf, ich sei psychisch unausgeglichen und unzufrieden mit der Welt.«

»Niemals.« *Ganz genau.* Clare schüttelte den Kopf, sie musste aus ihren eingefahrenen Spuren raus. Außerdem war es James gegenüber nicht fair. »Sich selbst zu mögen, so wie man ist, ist ein hohes Gut. Manche Menschen erreichen diesen Punkt nie in ihrem Leben. Und wenn du unzufrieden mit dir bist, zeigt das nur, dass du eben noch nicht am Ziel bist. Eigentlich ist es eine ganz einfache Frage.«

»Magst du dich?«

Clare wehrte ab. »Wir sprechen hier nicht von mir.«

James spielte mit den Fingern auf der Sessellehne und sagte leise. »Aber wir haben einen Deal.«

Sie atmete tief ein und schaute auf das Gemälde an der Wand. Es erinnerte sie an zuhause. An ihre Familie, den Hof, ihre Freunde dort. Mochte sie sich, so wie sie heute war? Abgesehen von einigen physischen Mängeln, die ihr die Modeindustrie in den Kopf gesetzt hatte, war sie zufrieden. Ging es um ihre inneren Werte, war sie sich nicht so sicher. Aktuell belog sie ihre Familie über ihre berufliche Zukunft und ihr neues Buchprojekt. Beinahe das Gleiche machte sie mit James. Sie verschwieg ihm wichtige Fakten, und dann gab es da ja noch die Wutflamme, die in ihr brannte. Manchmal schwächer, aber immer da.

Clare sah hinüber zu James, der sie aufmerksam beobachtete. Sie wollte, dass er ehrlich zu ihr war. Dann musste sie das auch sein. Wenigstens im Ansatz.

»Nein, derzeit mag ich mich nicht besonders«, gab sie zu.

»Warum?«

Heute Morgen war sie noch optimistisch gewesen, diese gefährlichen Gewässer umschiffen zu können. Und jetzt hatte sie sich verfahren. Sie versuchte es mit Verallgemeinerung, ein unschönes, aber nützliches Stilmittel. »Welcher Mensch ist schon mit sich im Reinen? Wir machen alle Fehler, die wir eigentlich lieber nicht machen würden.«

James nickte, ließ sie dabei aber nicht aus den Augen. Er mochte wer weiß was über sie denken. Sein Gesicht verriet es ihr jedenfalls nicht.

»Nun, wie steht es um dich?«, fragte Clare, dezent nervös.

Er dachte noch einen Augenblick nach, bevor er antwortete. »Ähnlich, glaube ich.«

»Das heißt?«

»Ich mag mich, wie ich bin. Aber an gewissen Tagen erscheinen Züge von mir, die es lieber nicht geben sollte.« Die Art, wie James das sagte, zögernd und leise, zeigte, dass er ernsthaft über Clares Frage nachgedacht hatte.

Sie traute sich gedanklich einen weiteren Schritt nach vorne. »Was für Züge sind das?«

»Warum magst du dich derzeit nicht?«

Wäre das Thema nicht so ernst gewesen, hätte Clare gelacht. James verstand es, den Spieß umzudrehen. Hatten sich so die Familien gefühlt, denen er die Brauereien abgenommen hatte? Sie versuchte bei der Wahrheit zu bleiben, ohne zu viel davon zu verraten.

»Ich habe meine Familie belogen. Das hat sie nicht verdient.« Clare griff nach dem Lederarmband an ihrem Handgelenk. James entging das nicht, und er beobachtete, wie ihre Finger das schon abgewetzte Leder durchkneteten.

»Es muss einen guten Grund dafür gegeben haben. Du wirkst nicht wie jemand, der seine Familie leichtfertig belügt.« Clare sah auf. *Wenn du wüsstest …*

Sie begegnete James' Blick, der direkt auf sie gerichtet war. Sie schaute ihm tief in die Augen und legte die Hand schützend über ihr Armband.

»Den gibt es.«

Maggy wählte just diesen Moment, um ins Büro zu platzen. Clare war ihr dafür ungemein dankbar. James schien eher verärgert. »Was ist?«

»Tut mir echt leid, James. Aber Paddy meint, es gäbe ein Problem mit der neuen Linie. Sie brauchen dich unten in der Produktion.« Seine Assistentin schien ernsthaft zerknirscht.

Bevor James antworten konnte, sprang Clare auf. »Das

ist überhaupt kein Problem. Ich wollte mir sowieso mal das Gelände ansehen und mit ein paar Mitarbeitern sprechen.« Mit Blick auf James' zusammengezogene Brauen und eine ärgerliche Falte auf seiner Stirn fügte sie hinzu: »Wenn das in Ordnung ist.«

»Sicher.« James nickte. An Maggy gerichtet sagte er: »Richte Paddy aus, ich bin gleich bei ihnen. Und wenn das kein wirklich ernstes Problem ist, geht die nächste Runde im Pub auf ihn.«

Clare beeilte sich, ihre Sachen zusammenzupacken und aus dem Büro zu fliehen. Eine Pause kam ihr sehr gelegen. Das Gespräch verlief nicht unbedingt nach Plan. Kein Wunder, dass er das Geschäft seines Vaters so hatte nach oben pushen können. Wenn er jedes Geschäftsgespräch so lenkte wie gerade sein eigenes Interview, unterschrieb ihm sicherlich jeder sofort, was er ihm vor die Nase hielt, nur um seinen Fragen zu entkommen. Als Clare sich im Büro gesetzt hatte, hatte sie noch das Gefühl umgeben, in einer guten Ausgangslage zu sein. Das hatte sich viel zu schnell zu James' Gunsten gewendet.

Clare trat aus dem Hauptgebäude und schlenderte über die Anlage. Neben dem Anwesen, auf dem in erster Linie Büros untergebracht waren, gab es noch eine lange, flache Halle, vermutlich die Produktionsstätte und Abfüllanlage, sowie eine etwas höhere Halle, vor der einige Lastwagen mit dem Logo von *Byrnes Cider* standen. Das musste das Lager sein. Die Fabrik lag zwar in der Stadt, trotzdem umgaben das Gelände an der Rückseite keine Häuser, sondern ein Feld mit Apfelbäumen. Ähnlich wie auf dem Hof ihrer Eltern baute *Byrnes* seine eigenen Äpfel an. Da die Produktion deren Ertrag jedoch weit überstieg, kaufte die Brauerei von zahlreichen Bauern aus der Umgebung deren Ernten auf. Mancher Farmer hatte für seine gesamte Ware nur einen einzigen Abnehmer: *Byrnes*.

Der Erfolg des Unternehmens war nicht nur für die wirtschaftliche Zukunft der Einwohner von Ballybyrne ausschlaggebend. Ähnlich wie in anderen Industriezweigen hingen auch hier lange Produktionsketten dran. In *Byrnes'* Fall waren es vor allem die Bauern und Farmer der umliegenden Kommunen.

Clare näherte sich einer Gruppe Arbeiter, die im Sonnenschein eine Pause einlegten. »Hallo!«

Die Männer nickten ihr zu. Alle trugen Schirmmützen und verwaschene Latzhosen. Einige von ihnen rauchten und unterhielten sich, während vor allem die Jüngeren zuhörten. Clare war mit Jungs wie ihnen aufgewachsen. Deshalb hoffte sie, auch die weniger Redewilligen zum Sprechen zu bringen. »Darf man sich dazugesellen?«

»Tá ar ndóigh!«, rief einer der älteren Männer und winkte sie zu sich herüber. Clare war zunächst verwirrt. In dieser Ecke Irlands hätte sie nicht damit gerechnet, dass sie jemand auf Irisch ansprechen würde. Da in der Gegend rund um den Hof ihrer Eltern die meisten Menschen das Irische noch als Muttersprache kannten – viele Alte beherrschten bis heute kein Wort Englisch –, fühlte Clare sich in dem Wortschatz zuhause und konnte sich problemlos unterhalten.

»Go raibh míle maith agat«, erwiderte sie dankend und setzte sich zu der Gruppe. »Ich wusste gar nicht, dass man in dieser Gegend noch Irisch spricht.«

Der Mann, der sie zu sich gerufen hatte, paffte an seiner Zigarette und grinste sie fröhlich an. »Was wäre unser schönes Irland ohne ein paar Überraschungen?«

Und die unzähligen Gegenfragen, dachte sich Clare und lächelte. Es dauerte nicht lange, und sie kannte jeden der Arbeiter beim Namen und wusste, welche Aufgabe er bei *Byrnes Cider* übernahm. Besonders die beiden älteren Männer hatten viel Interessantes für Clare zu berichten. Sie waren schon knapp vierzig Jahre für das Unternehmen tätig. Doch auch die Jungen, manche von ihnen noch Lehrlinge, gaben ihr Bestes, um in Clares Notizen zu landen.

Nach einer Weile holte einer von ihnen einen Kasten, und man stieß mit *Byrnes* Apfelcider an. Es war immerhin nach elf Uhr, und das hieß, es war schon fast zwölf, und fast zwölf war ja eigentlich schon wieder Mittagszeit. Ein bisschen Cider war also absolut in Ordnung, beschloss Clare und hob lachend die Flasche an ihre Lippen.

Gar nicht zum Lachen zumute war James. Er kam einige Zeit später aus der Produktionshalle. Eine der Saftpressen hatte sich verkeilt und drohte die gesamte Maschinerie lahmzulegen. Glücklicherweise konnten er und Paddy den Fehler gemeinsam finden und lösen. Sein Hemd war nach dieser Aktion zwar reif für den Wäschekorb, aber das war es nicht, was James störte. Er hatte Clares Lachen gehört und sie nach einigen Metern inmitten einer Gruppe seiner Arbeiter entdeckt. Er wusste, dass unter seinen Jungs ein paar Charmebolzen waren, trotzdem verstand er nicht, dass plötzlich scheinbar jeder von ihnen Clare etwas mitzuteilen hatte. Der Wind trug immer wieder Wortfetzen zu ihm herüber. Erstaunt musste er feststellen, dass viele davon auf Irisch waren. Clare schien keine Probleme damit zu haben, im Gegenteil.

»Kumpel, du siehst aus, als hätte Clare schon wieder deinen Mustang angefasst.« Michael kam um die Ecke und klopfte James mit gewohnt guter Laune auf die Schulter. »Ich dachte, das Problem mit der Saftpresse konntet ihr lösen.«

James nickte und beobachtete Clare und seine Arbeiter. »Ja, konnten wir.«

Michael sah ihn fragend an. »Und? Was ist dann das Problem?«

James schüttelte den Kopf. »Ach, nichts.« Gemeinsam liefen sie auf das Hauptgebäude zu. »Sag mal, wusstest du, dass Clare Irisch spricht?«

»Ich glaube, es stand in ihrem Lebenslauf, den *Irish Readings* uns geschickt hat. Wieso fragst du?«, entgegnete Michael.

»Nur so.« James wechselte das Thema. »Was machst du am Wochenende?«

Michaels Gesicht umgab ein Strahlen. »Oh, ich fahre mit Lizzy und Emy an den Strand.« Er überlegte kurz und fügte hinzu: »Wollt ihr nicht mitkommen?«

»*Wir*?«, fragte James.

Michael nickte mit seinem Kopf in die Richtung von Clare, die sich immer noch angeregt mit den Arbeitern unterhielt. »Na, du und Clare.«

»Hm …« James grübelte. »Ja, warum nicht? So kann ich Emy vorschicken, um Clares Fragen zu beantworten.«

Sein bester Freund lachte schallend. »Wie kommt ihr denn voran?«

»Ich habe zum ersten Mal Cookie-Dough-Eis gegessen.«

Skeptisch sah Michael zu James. »Und das bedeutet?«

»Ich hab so viel in meinem Leben verpasst!« James grinste und lief die Stufen zu seinem Büro hoch. Michael hechtete ihm hinterher.

»Das beantwortet meine Frage aber nicht.«

James drehte sich um und grinste immer noch wie ein kleiner Junge mit einer Tüte Eis in der Hand. »Michael, du klingst schon wie Clare. Muss ich mir Sorgen machen?«

Michael holte ihn ein und verpasste seinem Boss spielerisch einen rechten Haken. »Vermassle das nicht, James. Davon hängt viel ab, daran muss ich dich sicherlich nicht erinnern.«

James wurde wieder ernst. »Nein, musst du nicht. Keine Sorge, ich bekomm das schon hin.«

»Guter Mann!«, rief Michael und machte sich auf den Weg zu seinem Büro. Kurz bevor er dort war, kam ihm das vorherige Thema wieder in den Sinn und er rief: »Samstag um neun, seid pünktlich!«

James hob den Daumen und bedeutete seinem Freund, verstanden zu haben. Er ging in sein Büro und setzte sich an den Schreibtisch. Er öffnete den Laptop und blickte auf das Gemälde, das an der Wand gegenüber hing. Er hätte bester Laune sein können. Die Produktion lief ohne größere Ausfälle, trotz des technischen Problems heute Morgen. Er war am Wochenende mit seinen beiden besten Freunden verabredet, und er hatte Clare dazu gebracht, seine Bedingungen zu akzeptieren. Dennoch ... Etwas in ihm war unzufrieden. So wenig er andere normalerweise in seine Karten schauen ließ, so wenig erkannte er momentan sein Blatt auf der Hand. War es gut? Schlecht? Und mochte er es überhaupt? Clares Frage, ob er den Mann mochte, der er heute war, hatte ihn ins Grübeln gebracht.

Er war stolz auf das, was er aus *Byrnes Cider* gemacht hatte. Auch wenn der Weg dahin nicht besonders rühmlich gewesen war. Dieser Umstand nagte immer noch jeden Tag an ihm. Trotzdem hatte er einiges erreicht, da hatte Michael schon recht. *Byrnes* war international bekannt und sein Patent für die Optimierung beim Kohlensäureprozess heiß begehrt. Ganz allmählich konnte er sich auch mit dem Gedanken an diese Biographie anfreunden. Obwohl ›anfreunden‹ vermutlich zu viel gesagt war. Akzeptieren vielleicht, das klang realistischer.

Was den Rest anging, den hatte er gut verpackt in einer Kiste untergebracht. Gewisse Erinnerungen taten gut daran, tief vergraben zu werden, und er würde nicht zulassen, dass Clare sie wieder hervorholte.

Durch das offene Fenster hörte er Clare unten auf dem Hof lachen. James holte sich aus dem Sideboard ein neues Hemd und beschloss, Clare und ihre Fragen erst heute Abend wieder an sich heranzulassen. Es gab viel zu tun. Er wechselte das Hemd, schloss das Fenster und gab das Passwort in seinen Laptop ein. Zu viele rote Zahlen warteten dort auf ihn.

5

Später an diesem Tag, es war fast sieben Uhr, saß Clare wieder neben James im Auto, und gemeinsam fuhren sie nach Hause. Sie hatte heute viel über ihn erfahren, manchmal mehr als ihr vielleicht lieb gewesen wäre. Trotzdem wusste sie, dass es längst nicht ausreichen würde, mit Freunden und Mitarbeitern zu sprechen. Sie musste *mit ihm* reden. Mit James.

Clare blickte aus dem Fenster und beobachtete das Farbenspiel am Himmel. Es war ein wolkenloser Tag gewesen, und am Horizont ging die Sonne nun in einem Meer aus Rosa, Rot und Orange langsam unter. Sie näherten sich der letzten Abzweigung, und Clare konnte bereits die alten Apfelbäume sehen, die das Haus umgaben. Der Anblick wirkte so friedlich. Clare konnte gut verstehen, dass James sich hierhin zurückgezogen hatte. In den Gesprächen, die sie heute in der Brauerei geführt hatte, hatte sie schon bald festgestellt: James war allseits beliebt und geschätzt. Er war ein Vorzeigeboss, ein Freund und für jeden da, der in der Klemme steckte. Zu jeder Zeit. Das musste anstrengend sein, dachte Clare.

›Er stellt sein Licht gern unter den Scheffel‹, hatte Michael ihr heute erzählt. ›James hält es für selbstverständlich, das Wohl aller vor sein eigenes zu stellen. Er würde nie auf die Idee kommen, jemanden für seinen eigenen Vorteil zu missbrauchen.‹

Clare hätte es gern geglaubt, ihre Erfahrungen waren andere. Bevor sie etwas Falsches hatte entgegnen können, hatte sie die nächste Frage an Michael gerichtet. Sie musste ihre persönliche Geschichte unbedingt ausklammern. Doch in diesem Moment hatte sie wieder einmal gespürt, wie schwer ihr das fiel.

Die Apfelbäume zogen an ihr vorüber, und James parkte das Auto vor dem Haus. Clare stieg aus und atmete tief ein. Sie liebte die Mischung aus salziger Meeresluft und dem süßen Duft der Apfelblüten. Sie straffte die Schultern und schaute zu James, der ebenfalls ausgestiegen war und seine Tasche aus dem Kofferraum holte.

»Du hast sicher viel zu tun, aber wir sollten uns trotzdem unterhalten.« Clare versuchte einen lockeren Ton anzuschlagen und hoffte, James würde ihre Anspannung nicht bemerken.

Er schloss den Kofferraum und lief auf sie zu.

»Ich komme wahrscheinlich nicht drum herum, oder?« Er versuchte ihr ein Lächeln zu entlocken, doch Clare mied seinen Blick und ging Richtung Haustür. James folgte ihr, und ein paar Minuten später saßen sie mit einer Flasche Wein und zwei Gläsern draußen auf der opulenten Terrasse.

Clare kuschelte sich tiefer in ihren Sessel, einen Notizblock auf der Lehne, und trank einen Schluck von dem Weißwein, den James ihr soeben eingeschenkt hatte. Er nahm ihr gegenüber Platz.

»Warum wohnst du hier draußen? Der Fahrtweg in die Brauerei ist doch bestimmt zeitaufwendig, oder?«, fragte Clare und eröffnete das Gespräch.

James sah auf die Felder hinaus, die in der Abendsonne golden schimmerten. »Siehst du das?«

Clare folgte seinem Blick. In der Ferne brandeten die

Wellen, und eine leichte Brise ließ die ersten Wildblumen des Jahres auf den Wiesen gemütlich schwanken.

»Hier draußen ist nichts. Nur Felder, Apfelbäume und das Meer. Niemand, der etwas von dir will. Niemand, der dir ein Gespräch aufdrücken will. Niemand, der nur mal eben vorbeischauen will.« James machte eine kurze Pause. »Hier ist es friedlich.«

Clare beobachtete ihn. Sein Blick drückte weit mehr aus, als James mit seinen Worten preisgab. Er mochte für alle ein offenes Ohr haben und mit *Byrnes Cider* das Rückgrat der Gemeinde sein, aber im Grunde schien er nur nach Ruhe zu suchen. Ruhe vor alldem.

»Ich bin dran.« James wandte sich von dem Ausblick ab und nahm Clare in seinen Fokus. »Wo kommst du her?«

Sie versuchte vage zu bleiben. »Aus der Gegend. Eine knappe Stunde von hier.«

»Du bist von hier?« James war überrascht.

Clare nickte. »Sozusagen.«

»Deshalb verstehst du so viel von Cider ...« James ließ es nach einer Frage klingen, doch Clare ignorierte es und konzentrierte sich auf ihre eigenen.

»Wolltest du das Familienbusiness schon immer übernehmen?«

James ließ sie damit durchkommen. »Ich habe nie wirklich eine Wahl gehabt.«

»Man hat immer eine Wahl.« Ha! Wen wollte Clare jetzt auf den Arm nehmen? Sich selbst? Sie unterdrückte den inneren Sarkasmus und wartete auf James' Antwort.

Er hob das Weinglas an seine Lippen, doch bevor er einen Schluck nahm, ließ er es wieder sinken. »Vielleicht. Aber manchmal hat es auch etwas mit Verantwortung zu tun.«

»Dann hast du nur aus Verantwortungsbewusstsein gehandelt?«

James zuckte die Schultern. »Als mein Vater starb, habe

ich das Unternehmen geerbt. Wie hätte ich mich da aus der Verantwortung ziehen können?«

»Gehörte zu dieser Verantwortung auch andere Brauereien in den Ruin zu treiben?« Clare biss sich auf die Lippen. Sie ging zu weit.

Ein wenig irritiert sah James sie an. »Vermutlich nicht.«

»Trotzdem hast du es getan.« Clare sollte das Thema wechseln.

Langsam nickte er. »Ja. Dieser Abschnitt in meinem Leben gehört nicht unbedingt zu meinen Glanzleistungen.«

»Wie sehen das wohl die betroffenen Familien?« Sie verlor die Kontrolle über ihr eigenes Interview. Clare schalt sich innerlich.

James räusperte sich. Dann sagte er: »Mit den meisten habe ich eine Wiedergutmachung vereinbaren können.«

»Reicht das?«

»Ich hoffe es.« Er schaute ihr direkt in die Augen. »Ich bin nicht mehr so wie damals, Clare. Ich war jung und musste mich beweisen. Das war vielleicht nicht der ideale Weg, aber es ist nun mal geschehen.«

Ihr Magen verkrampfte sich. Sie fühlte sich ertappt. Wie hatte das passieren können, sie saßen keine zehn Minuten auf der Terrasse, und schon lief alles schief? Clare versuchte sich zu retten.

»In Ballybyrne scheint dir das niemand krummzunehmen. Du bist ein Held, wenn es nach den Leuten hier geht.«

James lächelte. »In ihren Augen war ich jung und wild. Und ein Byrne. Unsere Brauerei ernährt rund achtzig Prozent der Gemeinde. Da drücken die meisten schon mal ein Auge zu und erinnern sich nur an die guten Dinge.«

Clare wollte etwas erwidern, doch James fiel ihr ins Wort. »Warum bist du Autorin geworden und schreibst über das, was man dir sagt? Hast du nie das Bedürfnis, dein eigenes Ding zu machen?«

»Ich mache mein eigenes Ding«, entgegnete Clare mit einem Anflug von Trotz.

»Und trotzdem sitzt du hier.« James warf ihr einen provozierenden Blick zu.

»Ich bin Auftragsautorin. Man mag mir zwar die Themen vorgeben, aber für die Umsetzung bin ich selbst verantwortlich. Ich kann die Geschichten so erzählen, wie ich es will.« Das stimmte zwar nicht ganz, aber das musste sie James ja nicht auf die Nase binden. »Ich schreibe gern. Ich mag es, die Geschichten von anderen Menschen zu erzählen. Die meisten haben es verdient, dass man über sie schreibt.«

»Die meisten?«

»Manche zahlen auch einfach viel Geld dafür ...« Clares Augen blitzten auf, und sie konnte sich ein freches Grinsen nicht verkneifen.

»So wie ich?« James grinste ebenfalls.

»So wie du.« Sie nutzte den Moment, um zurück auf James zu sprechen zu kommen. »Dafür, dass du so viel Geld dafür bezahlst, sträubst du dich ganz schön dagegen.«

James seufzte. »Es war auch nicht meine Idee, sondern Michaels. Er hält es für gute PR.«

»Du nicht?«, hakte Clare neugierig nach.

Er fuhr sich mit der rechten Hand durch die Haare und schenkte ihnen Wein nach. Dann nahm er einen Schluck. »Ich weiß nicht. Wen interessiert schon, was man über mich schreibt. Ich bin nichts Besonderes. Ich mache meine Arbeit wie jeder andere in diesem Land auch.«

Clare lachte. »Oh, stimmt. Du bist nur der gewöhnliche Typ von nebenan.«

»Genau!« James reagierte so ernst, dass Clare sich an ihrem Wein verschluckte vor Lachen.

»Und nebenbei noch der begehrteste Junggeselle Irlands. Einer der erfolgreichsten Geschäftsmänner des Landes. Bla, bla, bla ... Muss ich weiterreden?«

James grinste. »Interessant, dass dir als Erstes der Junggesellentitel einfällt. Michael hat wenigstens von meinen Innovationen geschwärmt, als er mich zu dem Buch überredet hat.«

»Tja, ich lege den Fokus gern auf die weniger wichtigen Dinge.« Clare schmunzelte. »Die Leute wollen etwas über dich erfahren, nicht über deine xte Erfindung.«

»Ist das nicht furchtbar oberflächlich?« James schüttelte den Kopf.

Clare zuckte die Schulter. »Keine Sorge, ich rücke dich schon ins richtige Licht.«

»Und doch weiß ich kaum etwas von dir. Das war nicht unsere Abmachung.« James schlug einen beleidigten Ton an, doch in seinen Augen blitzte es auf.

»Was willst du wissen?« Clare gab sich betont locker, doch innerlich war sie auf der Hut.

James musterte sie. Hatten sie eben noch eine entspannte Unterhaltung geführt, änderte sich die Stimmung zwischen ihnen plötzlich. Es dauerte eine Weile, bis er sprach. »Warum weißt du so viel über Cider und seine Produktion?«

Clare gab vor, auf ihre Notizen zu starren. »Ich habe mich eben informiert, bevor ich herkam. Recherche ist das A und O in meinem Job.«

Damit gab James sich nicht zufrieden. »Das glaube ich dir nicht. Dafür sahst du viel zu siegessicher aus, als du meine Frage an deinem ersten Tag hier beantwortet hast.«

»Siegessicher?« Clare blickte auf. »Dann schauspielere ich besser, als ich gedacht habe.«

»Das war keine Schauspielerei.« James beugte sich vor und ließ sie nicht aus den Augen.

Clare überlegte fieberhaft, wie sie sich aus der Situation wieder hinausmanövrieren könnte. Sie schoss einen Täuschkörper ab. »Die Familie eines guten Freundes ist im Cider-

Business. Ich habe zu viel Zeit mit ihm verbracht. Das ist alles.«

Was für eine Lüge. Die Absolution dafür würde sich Clare zu einem späteren Zeitpunkt holen. Jetzt hoffte sie, James damit von seiner Fährte abzubringen.

Er schwieg und beobachtete sie. Schließlich nickte er. »Was für ein Glückspilz.«

Es hätte unschuldig klingen können, doch Clare bildete sich ein, einen gewissen Unterton in James' Stimme gehört zu haben. Sein Blick zeugte ebenfalls von anderen Hintergedanken.

Clare überkam eine Gänsehaut, doch sie versuchte es zu ignorieren. Sie griff nach ihrem Weinglas und leerte es in einem Zug.

Die Sonne war inzwischen untergegangen, und Dunkelheit umgab die beiden. Trotz des wolkenlosen Tages waren die Nächte kühl. Clare hätte frieren müssen, stattdessen verspürte sie Hitze in sich aufsteigen. Sie schob es auf den Alkohol. Es war höchste Zeit, das Gespräch zurück in sichere Bahnen zu lenken.

»Michael und du seid ein gutes Team. Er meinte, ihr kennt euch schon seit der Schulzeit?«

James musterte Clare, ließ ihr den Themenwechsel jedoch durchgehen und lehnte sich zurück.

»Ja, das stimmt ...«, begann er und erzählte von seiner Freundschaft zu Michael.

Den restlichen Abend über beantwortete James Clares Fragen, und sie erhielt zunehmend einen besseren Einblick in das Leben, das er führte. Die ganze Zeit über achtete Clare darauf, dass das Gespräch auf einer professionellen Ebene verlief. Weitere Ausrutscher durfte sie sich nicht leisten.

Rund zwei Stunden saßen die beiden gemeinsam draußen, bevor es schließlich zu kalt wurde und James sich entschuldigte, auf ihn warte noch ein Haufen Arbeit. Während er im Haus verschwand, überflog Clare ihre Notizen. Sie war zufrieden, es ging voran mit ihrem Projekt. Und sie hatte das Schlimmste bisher verhindern können. James schöpfte keinen Verdacht. Zumindest glaubte Clare das.

Die nächsten beiden Tage verliefen ähnlich. Clare begleitete ihn morgens in die Firma und unterhielt sich mit Gott und der Welt über ihn. Abends saßen sie gemeinsam bei einem Glas Wein oder Cider auf der Terrasse, und James erzählte ihr, was sie wissen wollte. Seine Gegenfragen konnte Clare meist guten Gewissens beantworten, ohne Gefahr zu laufen, aufzufliegen.

James zeigte sich sehr interessiert an ihrer bisherigen Arbeit und dem Leben in Dublin. Mehr als einmal entglitt Clare dabei eine Liebeserklärung an die irische Hauptstadt. Die Fragen zu ihrem Familienleben umschiffte Clare mit allgemeinen Formulierungen, jeder Politiker wäre neidisch auf ihren Einfallsreichtum gewesen.

Heute war Freitag, Clare war bald eine knappe Woche in der Stadt. Die Sonne ging bereits unter, als sie ins Büro von James kam. Sie hatte den gesamten Tag mit den Arbeitern verbracht. Nachdem sie sich an ihrem ersten Tag auf dem Gelände mit ihren Irisch-Kenntnissen bei ihnen bewiesen hatte, hatten sie sie aufgenommen, und Clare war fortan eine von ihnen. Nachdem sie sich all die Geschichten der Männer angehört hatte, schlugen ihr diese heute eine geführte Tour durch die Brauerei vor. Da sagte sie nicht Nein. Vieles kannte Clare bereits von zuhause, doch bei *Byrnes* war alles noch ein Stück größer. Kein Wunder, *Byrnes* war schließlich Marktführer. Außerdem erfuhr sie, dass das hier nicht die einzige Brauerei war. In mindestens vier weiteren größeren Werken in Irland wurde *Byrnes Cider* produziert und von dort ins Ausland exportiert.

Clare durfte überall mal anpacken und probieren. Wenn sie alle Gläser und Flaschen zusammenrechnete, hatte sie heute im Laufe des Tages bestimmt drei Flaschen Cider getrunken. Selbst die neueste Sorte, die im Sommer auf den Markt kommen sollte, durfte sie kosten. Und wie alles, was James anfasste, war auch diese Geschmacksrichtung ein Volltreffer. Auf Basis des Apfelciders hatte er eine Mischung aus Limetten- und Zitronensaft hinzugefügt, ein bisschen an der Zusammenstellung gebastelt und schließlich das perfekte Sommergetränk geschaffen. Es war süß und spritzig zugleich. Erfrischend und durch den hohen Kohlensäuregehalt auch lange nach der Öffnung noch prickelnd. Das würde einschlagen wie eine Bombe. Davon war Clare überzeugt.

Außerdem war Clare angetrunken. Sie hatte einfach zu wenig im Magen für so viel Cider. Maggy schien bereits Feierabend gemacht zu haben, und so lief Clare direkt weiter in James' Büro. Der telefonierte, als sie eintrat, und signalisierte ihr zu warten.

»... ich weiß. Aber Matt, wie lange kennen wir uns schon? Vertrau mir, wir haben das im Griff.« James fuhr sich mit der Hand durch die Haare, doch eine widerwillige kurze Strähne fiel ihm zurück in die Stirn. Er merkte davon nichts und versuchte weiter, seinen Gesprächspartner zu überzeugen. »Komm schon, das ist doch ganz normal. Diese Phase macht jede Firma mal durch, das muss ich dir doch nicht erzählen ...«

Clare lehnte sich an das Sideboard und versuchte nicht den Eindruck zu erwecken, sie würde lauschen. Gleichzeitig war sie schrecklich neugierig, worum es bei diesem Telefonat wohl ging.

James nickte und sagte erleichtert: »Ich weiß das zu schätzen. Danke! Der nächste Pint geht auf mich!«

Er legte auf und atmete angespannt aus.

»Alles okay?«, fragte Clare.

Er stand auf, klappte den Laptop zu und griff nach seiner Lederjacke. »So gut wie. Alltagsprobleme eines Unternehmers.«

Clare spürte, dass mehr hinter dem Telefonat steckte, als James zugab, doch jetzt war nicht der richtige Zeitpunkt, tiefer zu graben.

James führte Clare aus dem Büro und schloss die Tür ab. »Hast du Hunger? Ich könnte was zu essen vertragen.«

»Ja, unbedingt!« Clare merkte, dass sie viel zu laut gesprochen hatte.

James musterte sie amüsiert. »Sag bloß, die Jungs haben dich abgefüllt?«

Clare versuchte beleidigt auszusehen. »Von wegen. Das hätte den ganzen Abend so weitergehen können. Überhaupt kein Problem für mich.«

»Verschrei es nicht.« James lachte und spürte, wie sich sein Ärger vom Mittag verflüchtigte. »Wie viel war es?«

Sie überlegte. »Je nachdem, wie du zählst ...«

»Es gibt eine andere Zählweise als eins, zwei, drei? Erklär mir das.« Grinsend ging James die Treppe hinunter.

Langsam und auf jede Stufe bedacht, versuchte Clare nicht zu stolpern und gleichzeitig ihr Gesicht vor James zu wahren. »Na ja, also, man kann ja in Schlucken zählen, Pints, Flaschen ... Da hat man viele Möglichkeiten.«

»Ich verstehe.« Er hielt ihr die Tür zum Hof auf. »Und für welche hast du dich entschieden?«

»Flaschen. Ganz klar.«

»Also gut. Wie viele *Flaschen* haben dir die Jungs verabreicht? Muss ich einen von denen morgen feuern?«

Clare sah James entsetzt an. »Auf gar keinen Fall! Du

wirst niemandem kündigen. Sonst mach ich aus deinem Mustang einen roten Schrotthaufen.«

James lachte aus vollem Hals. Er wirkte wesentlich gelöster als noch eben im Büro, bemerkte Clare.

»Keine Sorge. Ich werde niemanden vor die Tür setzen«, sagte er. Murmelnd fügte er hinzu: »Zumindest noch nicht.«

Clare nickte zufrieden. Sie hielt das vorerst für ein gutes Zeichen. »Also, wo gibts was zu essen? Ich sterbe vor Hunger.«

James sah auf die Uhr seines Smartphones. »Was hältst du von Burgern?«

»Niemand sagt zu Burgern Nein, außer diesen ganzen Vegetariern. Die wissen einfach nicht, was gut ist.« Clare versuchte die Beifahrertür von James' Audi zu öffnen, doch diese war noch immer verschlossen. Sie sah zu ihm hinüber und musste feststellen, dass er sie mit einem eigenartigen Blick bedachte. Panik überfiel sie. »Oh Gott, bitte sag mir, dass du kein Vegetarier bist. Auch wenn es komisch wäre, wenn du dann Burger vorschlägst. Aber wer weiß, ist die vegane Küche auch schon in diesem Teil von Irland angekommen?«

James' Lippen umspielte ein Grinsen. »Redest du immer so viel, wenn du getrunken hast?«

»Absolut nicht.« Sie musste wirklich die Klappe halten. Das war nicht nur peinlich, sondern hochgradig unprofessionell.

Endlich öffnete James den Wagen, und sie fuhren vom Firmengelände hinaus auf die Hauptstraße von Ballybyrne.

»Warum Zitronen?«, fragte Clare unvermittelt.

»Wie bitte?«

Clare sah aus dem Fenster und dann zu James. »Warum verwendet ihr für eure neue Sorte ausgerechnet Zitronen und Limetten?«

»Emy, Lizzys Tochter, hat mich auf die Idee gebracht. Sie

trinkt im Sommer am liebsten eisgekühlte Zitronenlimonade. Da dachte ich, das müsste man mal ausprobieren. Also haben wir herumexperimentiert.«

»Hm …« Clare dachte darüber nach.

»Wie schmeckt sie dir? Also die neue Sorte?«, fragte James. Er versuchte es beiläufig klingen zu lassen, doch Clare hörte in seiner Stimme, dass ihm ihre Meinung etwas bedeuten musste.

Sie ließ sich Zeit. Dann sagte sie: »Es ist gut. Wirklich gut. Die Leute werden es euch aus den Händen reißen …«

James nickte zufrieden. Kurz darauf parkte er das Auto vor einer der kleinen Boutiquen, die Clare auf ihrer Stadttour bereits gesehen hatte. Clare stieg aus und folgte James auf die andere Straßenseite.

»Also, wo gibt es hier Burger? Doch nicht etwa bei Lizzy im Café?«, fragte sie.

»Nein.« James schüttelte den Kopf und legte ihr kurz die Hand auf den Rücken. »Komm.«

Clare verspannte sich, verbot sich aber, sich über die kleine Geste Gedanken zu machen. Stattdessen konzentrierte sie sich auf ihren knurrenden Magen. Nach ein paar Schritten standen sie schließlich vor *Byrnes Pub*. Natürlich. Das hätte sich Clare auch gleich denken können. Umso besser, hier waren viele Leute, und sie konnte James in seinem Umfeld beobachten. Das würde ihr sicherlich für ihre Arbeit helfen.

James öffnete die Tür zum Pub und ließ sie eintreten. Clare roch eine Mischung aus frisch gezapftem Bier, verschwitzten Gästen, altem Leder und Holz sowie Bratfett aus der Küche. Sie liebte den Geruch. Der Pub wirkte nicht sehr groß, doch dank zahlreicher Winkel und Ecken hatten hier erstaunlich viele Menschen Platz. Links vom Eingang befand sich eine Bühne – wobei das eine Übertreibung war. Eine kleine Erhöhung, auf der alte Stühle standen, traf es eher. Zwei Jugendliche in schwarzen Shirts packten gerade ihr Equipment aus. Es würde heute also noch Musik geben. Clares Stimmung hob sich augenblicklich.

Abseits der Bühne war auf der linken Seite entlang der Wand eine Theke mit Barhockern untergebracht. Hinter der Bar waren zahlreiche Flaschen, darunter verschiedene Whisky-Sorten, auf mehreren Holzbrettern aufgereiht. An der Rückseite des Regals befand sich wiederum ein Spiegel, der den Raum optisch größer wirken ließ. Auf der rechten Seite standen kleine Tische und Bänke aus dunklem Holz. Ein alter verstaubter Kronleuchter und dutzende Wimpel mit dem Logo von *Byrnes Cider* baumelten von der Decke. Die Wände zierten etliche Fotos, viele davon schon verblichen oder sogar noch in Schwarzweiß. Im Pub gab es nur wenige Lichtquellen, sodass sich eine gemütliche Atmosphäre bildete. Viele Tische waren bereits besetzt, und aus jeder Ecke hörte man Grußworte, die an James gerichtet waren. Der nickte den Gästen zu, vereinzelt erwiderte er die Grüße. Wieder legte er Clare die Hand auf den Rücken und schob sie vor sich her, wobei er darauf achtete, dass sie mit ihm Schritt hielt und nicht zu viele Gäste anrempelte.

Weiter hinten erwischten sie noch einen freien Tisch und setzten sich.

»Ich kann übrigens noch sehr gut alleine laufen.« Clare musste das kurz betonen.

Verwirrt sah James sie an. »Ja, das weiß ich. Warum sagst du mir das?«

»Oh … Nur so. Ich wollte … Sichergehen. Also …« Clare bekam keine vernünftige Erklärung zustande. Sie konnte schlecht zu ihm sagen, er solle seine Hand bitte von ihrem Rücken nehmen, sie könne alleine gehen, und außerdem löse die Geste verwirrende Gefühle bei ihr aus. So betrunken war sie dann glücklicherweise doch nicht. Clare griff nach dem rettenden Anker, der Speisekarte, und vertiefte sich darin.

Während Clare betont langsam das Menü, also die Auswahl zwischen Burger, Cheeseburger, Burger mit Bacon und noch mehr Burgern sowie Mac'n'Chees studierte, kamen immer wieder Leute an ihren Tisch. Sie hielten einen kurzen Plausch mit James, stellten sich Clare vor und verabschiedeten sich dann wieder höflich. James wusste jeden mit einer kleinen Anekdote vorzustellen und sprach mit allen, als würden sie schon ewig befreundet sein. Das Verhalten sah nicht aufgesetzt aus, sie schienen James wichtig zu sein. Trotzdem umgab ihn eine gewisse Einsamkeit inmitten der vielen Menschen.

Nachdem Clare sich für den Cheeseburger mit Bacon und ein Glas Wasser entschieden hatte, ging James an die Bar und gab ihrer beider Bestellung auf. Ein Mann an der Theke verwickelte ihn in ein Gespräch, sodass es wohl noch etwas dauern würde, bevor er zurückkommen würde. Gut so. Dann hatte Clare ein bisschen Zeit, ihre Gedanken zu ordnen. Was hatte es mit dem Telefongespräch vorhin im Büro wohl auf sich? Steckte *Byrnes* etwa in finanziellen Schwierigkeiten?

»Clare!«, rief eine weibliche Stimme. »Sag bloß, er hat dich schon wieder sitzen lassen?« Ein bekanntes Lachen ertönte.

Sie blickte auf und sah Lizzy und Michael auf sich zukommen.

»Dürfen wir uns zu dir gesellen?«, fragte er, während Lizzy sich bereits setzte.

Clare lachte und freute sich ehrlich, die beiden zu sehen. »Natürlich, setzt euch!«

»Also?«, erkundigte Lizzy an Clare gerichtet und gespannt wie ein Flitzebogen.

»Was?«

»Hat James dich hier sitzen lassen?« Lizzy fragte das mit viel zu viel Hoffnung in der Stimme.

Clare schüttelte den Kopf. »Nein, hat er nicht. Er gibt unsere Bestellung auf.«

Sie nickte Richtung Theke.

»Schade! Ich hatte mich schon auf den nächsten Streich von dir gefreut.« Lizzy sah ehrlich enttäuscht aus.

»Streich?«, vergewisserte Clare sich lachend.

»So nennt sie das, was du mit James gemacht hast, ›ihm einen Streich gespielt‹ – mit dem Mustang und so.« Michael schaute sich um und entdeckte James, der immer noch an der Bar festgehalten wurde.

Clare sah Lizzy an, die unschuldig ihre Achseln zuckte.

Michael stand auf. »Lizzy, das Übliche für dich?«

»Ja, aber ich kann es mir auch gleich selbst holen.« Michael winkte ab und machte sich bereits auf den Weg durch die anwachsende Menge im Pub. Für wenige Sekunden verärgert, runzelte Lizzy die Stirn. Dann strahlte sie Clare wieder an. »Und, schon was rausbekommen aus James?«

»Puh ... Ja, doch. Ich glaube schon. Ich denke aber, ein bisschen Zeit brauche ich noch«, sagte Clare.

Lizzy nickte verständnisvoll. »Ja, er bestimmt auch.« Sie strich ihren burgunderfarbenen Rock glatt. »Wie gefällt es dir in Ballybyrne?«

Clare sah über Lizzys vorherige Bemerkung hinweg und freute sich über sichereres Terrain. »Gut, es ist wirklich nett. Die Leute reden ziemlich viel ...«

Lizzy stöhnte und rollte mit den Augen. »Wem sagst du das? Manchmal erfahre ich Dinge über mich von meinen Gästen, bevor ich sie selbst weiß.«

Clare lachte und dachte dabei an die Stunden, die sie gemeinsam vor Lizzys Café gesessen hatten.

Lizzy streckte sich. »Aber sosehr sie auch tratschen,

wenn du in der Klemme sitzt, sind sie alle für dich da. Wie eine große Familie. Wirklich.«

Michael und James kamen endlich mit den Getränken zurück.

»Lizzy, wer hat dir erlaubt, dich hier aufzudrängen?« James stellte die Gläser ab und umarmte seine Schulfreundin.

»Die einzige Frau, die hier Verstand besitzt, neben mir natürlich.« Lizzy lachte und zeigte auf Clare, als sie sich wieder setzte.

James nahm ebenfalls Platz und reichte Clare ihren Pint. Skeptisch betrachtete sie den Inhalt des Glases. »James?«

»Ja?«

»Das sieht mir irgendwie nicht nach Wasser aus ...«, sagte Clare gedehnt.

»Hat man dir nicht erklärt, dass in Ballybyrnes Leitungen nur Cider fließt?«, entgegnete er, als wäre das völlig selbstverständlich.

Clare legte den Kopf schief. Aber Michael pflichtete seinem Freund bei.

»Wirklich, Clare. Keiner weiß, woran das liegt.« Beide Männer sahen sich grinsend an und nickten.

»Ich hätte da eine Idee ...«, murmelte Clare.

Lizzy hob ihren Pint. »Lasst uns anstoßen! Auf eine fantastische Biographie und eine herrliche Apfelblüte!«

Wie konnte Clare dem widersprechen? Sie hob ihr Glas und stieß mit den anderen an. Allerdings kam sie nicht umhin, James noch einen bösen Blick zuzuwerfen. Der lachte nur und schien sich zu amüsieren.

»Lizzy, wo ist Emy heute?«, fragte James.

»Freitag ist Granny-Day, sie ist bei meinen Eltern und übernachtet bei ihnen. Ich darf also ganz offiziell ausgehen und spät nach Hause kommen.« Lizzy warf ihr Haar affektiert nach hinten und lachte.

»Emy?«, fragte Clare neugierig und erinnerte sich daran, dass James vorhin erwähnt hatte, dass Lizzy eine Tochter hatte.

Auf Lizzys Gesicht breitete sich Stolz aus. Sie zog ihr Smartphone hervor und zeigte Clare ein paar Bilder von einer süßen Sechsjährigen, die wie eine Miniaturversion von Lizzy aussah. Schwarzes Haar, tiefblaue Augen und immer ein Lachen im Gesicht. »Das ist meine Emy, mein Ein und Alles.« Lizzy schaute liebevoll auf das Handy. »Manchmal raubt sie mir den letzten Nerv, aber ich könnte mir keine tollere Tochter wünschen.«

»Darauf trinken wir!«, rief James. Michael und Lizzy hoben bereits ihre Gläser, also ließ auch Clare nicht auf sich warten. Doch der böse Blick, den sie James dabei zuwarf, gewann an Schärfe. Er ignorierte ihn, weiterhin amüsiert.

Lizzy war also nicht nur erfolgreiche Cafébesitzerin, sondern auch Mutter. Clare notierte sich das in Gedanken – und hoffte, der Burger würde bald kommen. Ihr Magen vertrug nicht mehr viel Cider ohne eine vernünftige Grundlage.

Wie gerufen, kam eine junge Kellnerin in einem viel zu kurzen Top und knallengen Jeans mit zwei voll beladenen Tellern auf ihren Tisch zu. Sie stellte sie mit einem breiten Lächeln vor James ab und beugte sich dabei so weit nach vorne, dass er einen einprägsamen Blick auf – oder auch *in* – ihr Top werfen konnte. Sie richtete sich schließlich wieder auf und legte einen Arm um James' Schultern.

»James, wann zeigst du mir endlich die Brauerei? Seit Wochen hältst du mich hin.«

Sie war ein Naturtalent. Sie wirkte beleidigt und verführerisch zugleich. Clare schnappte sich ihren Teller, lehnte sich zurück und steckte sich eine Fritte in den Mund. Auf dieses Spektakel war sie gespannt.

»Weißt du, Tiff, ich habe momentan leider wirklich viel

zu tun«, sagte James. Seine offensichtliche Zerknirschtheit kaufte Clare ihm allerdings nicht ab.

Tiff rückte noch ein Stück näher an ihn heran, sofern das überhaupt möglich war. Clare gönnte sich zwei weitere heiße Fritten. »Es ist diese Frau aus Dublin, oder? Ich habe gehört, was sie mit deinem Auto gemacht hat. Das ist *unfassbar*!«

Tiff war sich offenbar nicht bewusst, dass besagte Frau am gleichen Tisch saß. Urteilte man Tiffs Verhalten nach, saß allerdings sowieso niemand hier außer James.

Der räusperte sich. »Ja, das hat mich echt getroffen. Ich denke, ich brauche jetzt etwas Zeit, um das zu verdauen, weißt du?«

Lizzy und Michael mussten sich arg zusammenreißen, um das Spiel der beiden nicht mit einem lauten Lachen zu unterbrechen.

Tiffs Gesicht zeigte großes Bedauern und ein Fünkchen Hoffnung. »Das versteh ich. Aber wirklich, lass dir von dieser dummen Kuh nichts vorschreiben. Die weiß gar nich', was sie an dir hat.« Der Barkeeper rief durch die Menge nach Tiff. »Sorry, muss wieder arbeiten. Aber meld dich, ja? Ich bin immer da, wenn du was brauchst.«

James nickte. Als Tiff verschwunden war, prusteten Lizzy und Michael los wie zwei Teenager.

»James, was zur Hölle war das denn? Bitte sag mir nicht, dass du mit der was am Laufen hast?« Michael schüttelte verblüfft den Kopf.

»Gott bewahre, nein!« James hob abwehrend die Hände. »Ich habe ihrem Dad letztens das Auto repariert, als er auf der Straße nach Norden liegen geblieben ist. Seitdem«, James überlegte, »zeigt sie sich etwas zu dankbar.«

So einfach ließ Lizzy ihn nicht davonkommen. »Und als du Daddys Auto wieder flottgemacht hast, hast du sie zu einer privaten Brauereiführung eingeladen.«

James lachte. »Leute, was denkt ihr von mir?«

Er griff nach seinem Burger.

»Ist das Tiff gegenüber nicht ein bisschen gemein?« Überrascht schaute James zu Clare, die sich ein Grinsen verkneifen musste.

Michael kam ihm erneut zur Hilfe. Er senkte seine Stimme. »Na ja, man muss vielleicht dazusagen, dass Tiff es sicherlich schon mit halb Ballybyrne versucht hat. Sie ist da …« Michael wägte ab, was er als Nächstes sagen sollte. »Lockerer. Ja, das trifft es ganz gut.«

Lizzy nickte zustimmend. »Sie versucht es bei James immer mal wieder, aber eigentlich weiß sie, dass ihre Chancen da aussichtslos sind. Trotzdem ist es ein großes Vergnügen, ihr dabei zuzusehen.«

»Schön, dass ihr euch auf meine Kosten amüsiert«, warf James ein.

»Immerhin hat sie mich als ›dumme Kuh‹ bezeichnet, da ist das doch das Mindeste, oder?« Clare sah James herausfordernd an.

Lizzy pflichtete ihr bei. »Da hat sie recht. Wo sind deine Manieren, James?«

Sie zwinkerte Clare zu. Diese schob zum Dank für die Unterstützung ihren Teller zwischen sich und Lizzy, sodass die von Clares Pommes naschen konnte.

James wollte etwas erwidern, doch er wurde von einem knackenden Mikrofon unterbrochen, gefolgt von einer jungen Männerstimme aus dem Lautsprecher. »Ladies and Gentlemen, freut ihr euch genauso auf diesen Abend wie wir?«

Die Menge johlte, und die beiden Jugendlichen, die zuvor noch ihr Equipment sortiert hatten, spielten ihren Eröffnungssong.

Lizzy und Michael frotzelten James noch etwas, während Clare sich ihren Cheeseburger schmecken ließ. Es war kein besonderer Burger, doch in diesem Moment hatte sie das Gefühl, lange keinen so guten mehr gegessen zu haben. Lizzy half ihr anschließend, die restlichen Fritten zu vernichten. Eine wahre Freundin, dachte Clare und lächelte.

Während die Jungs sich vorne mit den nächsten Songs warm spielten, widmeten sich die vier wieder alltäglichen Gesprächsthemen. Michael erzählte von dem Problem, das sie heute Morgen in der Produktionskette hatten beheben müssen, und Lizzy berichtete von einem Touristenpärchen, das sich völlig verfahren und bei ihr im Café nach Hilfe gesucht hatte.

Nach einer Weile rief Lizzy: »Zeit für die zweite Runde!«

Clare wehrte ab. »Oh nein, ich hatte genug für heute. Lizzy, sei die Freundin, die ich brauche, und bestell mir nur ein Wasser.«

Clare sah Lizzy fast schon flehend an. Die schien ehrlich abzuwägen und guckte zwischen ihren Freunden hin und her.

Clare vermutete nichts Gutes und stand auf. »Weißt du, ich komm einfach mit. Vier Pints sind sicherlich ganz schön schwer für eine Person allein.«

Lizzy erhob sich gespielt empört. »Vertraust du mir etwa nicht?«

Clare blinzelte sie an. »Ehrlich? Irgendwie nicht so richtig.«

Lizzy warf lachend den Kopf in den Nacken und hakte sich bei Clare unter. »Na los, zeigen wir den Jungs hier mal, wie man feiert.«

»Oh nein, Lizzy …« Clares Widerworte wurden von Oasis' *Don't Look Back in Anger* übertönt, und Lizzy zog sie durch die Menge in den vorderen Teil des Pubs.

»… and so Sally can wait, she knows it's too late as we're walking on by …« Der ganze Pub sang aus vollem Hals mit. Lizzy riss bei der nächsten Zeile ihre und Clares Hand in

die Höhe und lachte über das ganze Gesicht, als sie mitsang. *»... Her soul slides away, but don't look back in anger, I heard you say ...«*

Clare versuchte sich noch zu wehren, doch es war vergeblich. Das war es, was sie an Irland liebte. Egal, an welchem Ort man sich befand, man war umgeben von Freunden. Im Pub konnte man sich nicht zurückhalten. Wenn die Stimmung einmal da war, musste man mitsingen. Es war wie eine Sucht. Und der war Clare eindeutig verfallen.

Lizzy hüpfte begeistert, als sie spürte, dass Clare sich nicht länger sträubte. Arm in Arm schwankten sie im Takt des Liedes hin und her. Die beiden Jungs hatten es drauf, das musste Clare ihnen lassen. Mit Akustikgitarre und Cajon, einer Art Holzkiste, die als Schlaginstrument diente, hatten die beiden alle in ihren Bann gezogen. Hinzu kam, dass sie ordentliche Stimmen vorweisen konnten, sodass ihrem erfolgreichen Abend nichts im Weg stand.

Lizzy flippte schier aus, als sie mit Ed Sheerans Version von *Galway Girl* starteten. Es waren Standardstücke, die die beiden Jungs spielten. Songs, die in jedem Pub zu hören waren, doch wer brauchte nicht zwischendurch das Gewohnte, das Bekannte, an dem man sich festhalten konnte? Clare brauchte es unbedingt. Vor allem jetzt.

Nach einer Weile hatte sie das Zeitgefühl verloren. Irgendwann stießen Michael und James zu ihnen, und gemeinsam feierten sie, als würde es nur diesen Moment geben. Clare fühlte sich wie im Rausch. Sicher, der Alkohol trug seinen Teil dazu bei, doch dank der Mahlzeit zuvor war Clare wieder auf den Pfad der Nüchternen getreten – zumindest bis zu dem Moment, als sie und Lizzy einen weiteren Cider in der Hand hielten. Das süße Getränk kühlte ihre Stimmbänder und machte sie bereit für den nächsten Song. Noch eine Stunde verging.

James und Michael hatten sich für eine Pause an die Theke verzogen. Viel sprechen konnten sie nicht, dafür war es im Pub inzwischen deutlich zu laut geworden. Daher begnügten sie sich mit einem Pint und dem Beobachten der Menge. James ließ seinen Blick über die Gäste schweifen. Beinahe jeden, der hier war, kannte er persönlich. In Ballybyrne war sonst nicht viel los, daher waren die Freitagabende im *Byrnes* legendär und wurden jede Woche, vor allem von den Jüngeren, sehnsüchtig erwartet. Er hatte die beiden Jugendlichen auf der Bühne vor einigen Monaten auf dem Marktplatz während ihrer Straßenshow gehört. Er hatte ihr Potenzial erkannt und sie eingeladen, sich unter die Freitagsmusiker zu mischen. Die gute Laune im Pub bestätigte seine Entscheidung, sie zu engagieren.

James' Blick glitt weiter über die Menge und blieb an Clare hängen. Ihre Wangen waren gerötet, und ihr ordentlicher Zopf hatte sich längst in einzelne lockere Strähnen aufgelöst. Sie versuchte erst gar nicht, diese zu bändigen. Die ganze Woche, während sie nun schon in Ballybyrne war, hatte er sie nie so gut gelaunt erlebt. Sicher, sie lachte und lächelte hin und wieder, aber häufig bemerkte er auf ihrer Stirn Sorgenfalten. In manchen Momenten glaubte er gar Wut in ihren Augen zu erkennen. Sie musste in ihrem Inneren einige Kämpfe ausfechten, überlegte James.

Doch bald schob er diesen Gedanken zur Seite und beobachtete, wie Clare voller Inbrunst einen Beatles-Song und anschließend *Marie's Wedding* von der irischen Band The High Kings mitsang. Sie hatte ein gutes Taktgefühl und bewegte sich völlig unbekümmert. Sie schien keinen Wert darauf zu legen, was andere von ihr dachten. Dabei bekam sie auch nicht mit, wie sie die Aufmerksamkeit mehrerer männlicher Gäste auf sich zog. Lizzy, die wie eine Löwin nicht von der Seite ihrer neuen Freundin wich, sorgte mit den richtigen Blicken allerdings dafür, dass sich kaum einer an Clare herantraute. Arme Clare, ob ihr bewusst war, welche Chancen Lizzy ihr gerade verdarb? Gleichzeitig fühlte James eine gewisse Erleichterung bei der Gewissheit, dass Clare dank Lizzys Eingreifen Enttäuschungen erspart blieben. Nicht, dass die Kerle von Ballybyrne nichts zu bieten hätten, aber Clare war irgendwie etwas Besonderes. Sie sollte bei der Last, die sie scheinbar sowieso schon mit sich herumtrug, nicht auch noch einen Fehlgriff bei Männern machen.

Außerdem gefiel James die Vorstellung von Clare im Bett eines anderen nicht. Er konnte nicht einmal sagen, weshalb. Schließlich kannte er sie kaum eine ganze Woche, und in der Zeit hatten sie sich häufiger gestritten, als James zählen konnte. Sie war schrecklich neugierig, vermutlich berufsbedingt, und hielt immer dagegen. Selbst wenn sie nach kurzer Zeit merkte, dass sie gar nicht recht hatte. Dann ging es ihr plötzlich ums Prinzip.

James' Gesichtszüge verdunkelten sich, als sich ein gutaussehender Kerl trotz Lizzys warnenden Blicken an Clares Seite schob. Die war so in ihrem Musikrausch gefangen, dass sie den Bewunderer zunächst gar nicht bemerkte. Erst als sie sich zufällig umdrehte und gegen ihn stieß, wurde sie seiner gewahr. Sie hatte wohl etwas von ihrem Cider auf sein Hemd verschüttet. Ganz die höfliche Lady aus der Stadt, entschuldigte sie sich bei ihm und lächelte ihn an. James atmete scharf ein. Nicht nur wegen des Kerls, der sich an Clare ranmachte. Nein, er ärgerte sich darüber, dass er sich dafür überhaupt interessierte. Er war der Letzte in dieser Stadt, der sich Sorgen machen musste, eine Frau abzukriegen. Trotzdem missfiel ihm die Aussicht, dass Clare etwas mit einem Mann aus Ballybyrne anfing.

Michael hatte den Flirtversuch des armen Kerls inzwischen auch bemerkt. Er stieß James an und zeigte grinsend auf die beiden. Als er jedoch James' Blick sah, verschwanden das Grinsen und seine berühmten Grübchen. Michael versuchte Lizzy ein Zeichen zu geben, doch es war schon zu spät.

James schob sich durch die Menge. Als er Clare erreichte, hörte er sie sagen: »Oh, ich weiß nicht. Das sollten wir vielleicht lieber nicht machen ...«

Er wusste nicht, worum es ging, dennoch brauchte es nicht mehr, um James zum Handeln zu bewegen. Er stellte sich an Clares Seite und legte einen Arm um sie.

»Gibt es irgendein Problem?«, fragte er betont freundlich.

Clare riss ihre Augen auf und zog ihre Stirn in Falten. »Nein, alles gut.«

»Bist du sicher, Clare?«

Der Kerl erkannte innerhalb von Sekunden, wer ihm plötzlich gegenüberstand, und brachte bereits Abstand zwischen sich und Clare.

»Bin ich. Ganz sicher«, erwiderte Clare. Der Kerl hatte James' Wink jedoch verstanden, entschuldigte sich scheinheilig bei Clare und verschwand in der Menge.

Clare drehte sich schwungvoll zu James herum. Etwas zu schwungvoll, sodass James sie auffangen musste. Ärgerlich wollte sie sich abwenden.

»Was soll das? Vergönnst du mir nicht mal ein bisschen Spaß?«, rief sie ungehalten.

»Ich denke, wir sollten jetzt gehen«, sagte James.

Clare dachte nicht daran, doch James hatte die stärkeren Arme.

»Lass mich los.« Verzweifelt versuchte sie sich von James zu lösen. Doch der verstärkte seinen Griff und schob sie Richtung Ausgang.

»Ich muss mich noch von Lizzy verabschieden«, rief Clare in einem letzten Versuch, nochmal zurückzugehen.

James stellte sich ihr in den Weg. »Die siehst du morgen wieder. Wird eure neue Freundschaft es zwölf Stunden aushalten, wenn ihr euch nicht seht?«

James blickte so ärgerlich drein, dass Clare ausnahmsweise nicht widersprach. Doch sobald sie auf der Straße waren und die geschlossene Tür den Lärm aus dem Pub verschluckte, richtete Clare ihren ganzen Ärger auf James.

»Warum hast du das gemacht? Ich bin eine erwachsene Frau und werde mich doch wohl noch mit jemandem unterhalten dürfen!« James führte sie – wenn auch mühsam, da sie sich immer noch ein wenig wehrte – zum Auto. »Du bist nicht mein Aufpasser, James. Und schon gar nicht einer meiner Brüder. Denen würde ich das noch irgendwie verzeihen.«

Clare stolperte, doch in ihrem Ärger merkte sie gar nicht, wie James sie auffing und so verhinderte, dass sie fiel.

»Du bist so arrogant, James. Du denkst nur an dich. Kaum hat jemand anders mal ein bisschen Spaß, drängst du dich dazwischen.«

James ließ Clare reden. Er wusste, dass sie angetrunken war und jetzt vermutlich keinerlei Widerworte ertrug. Gut, wenn er ehrlich war, ertrug sie die im nüchternen Zustand auch nicht. Endlich waren sie an seinem Wagen angekommen, und er holte die Schlüssel aus seiner Hosentasche. Clare schimpfte währenddessen weiter auf ihn ein. »... ist wirklich kein Wunder. Ich fasse es nicht, dass du denkst, du hättest das Recht –«

James fuhr zu Clare herum, den Autoschlüssel in seiner Hand.

»Wirst du endlich die Klappe halten?«, sagte er so leise, dass Clare ihn beinahe nicht verstand. Irritiert verstummte sie.

Erst jetzt spürte sie die Autotür im Rücken und merkte, wie nah sie und James sich standen. Ihr war furchtbar heiß, doch sie schob es auf das Tanzen und die anschließende Wut auf James.

»James, ich ...«, setzte sie an und versuchte von ihm

abzurücken, doch zwischen sie und das Auto passte kein Blatt Papier mehr. Die Straßenlampe sorgte nur dürftig für Licht, sodass Clare nicht sehen konnte, was sich auf James' Gesicht abspielte. Sie spürte nur seinen Körper, der dem ihren noch ein Stück näherkam, sodass ihre Hüfte an seine stieß.

Sie hätte sich wehren können, doch aus irgendeinem Grund blieb sie, wo sie war. In ihrem Magen breitete sich ein flatterndes Gefühl aus. Während sie auf Abkühlung durch die nächtliche Luft hoffte, war es ihr, als würde ihr Körper überhitzen. Sie ahnte, was gleich passieren würde, doch das durfte sie nicht zulassen. Mit einem Schlag wurde sie nüchtern. Es hing zu viel von diesem Projekt ab. Wie hatte sie die professionelle Distanz vergessen können? Sie startete einen neuen Versuch, diesmal allerdings wesentlich friedlicher.

»James, ich verstehe ja, dass du sauer bist. Also vielleicht, ich bin mir eigentlich gar nicht sicher. Aber ganz ehrlich, das nächste Mal, wenn du –«

Weiter kam Clare nicht. James rückte minimal von ihr ab und ließ ihren Arm los. Gleichzeitig beugte sich sein Kopf zu ihr herab, und er legte seine Lippen auf ihre.

»James, wir dürfen nicht …« Clares Alarmglocken schrillten unaufhörlich. Doch ihr Verstand und ihr Körper schienen unterschiedlicher Meinung zu sein. Während ihr Kopf immer wieder sagte, dass das nicht geschehen dürfe, gab ihr restlicher Körper ganz andere Signale.

James ließ ihr Zeit. Er drängte sie nicht. Als Clare die Lippen ein Stück weiter öffnete, nahm er die unausgesprochene Einladung jedoch ohne Zögern an. Clare hatte das Gefühl, als würde die Zeit für einen Moment stillstehen. Sie spürte James' Atem auf ihrer Haut und seine Zungenspitze, die ihre neckte. Sie wollte dem ein Ende bereiten, doch sie schaffte es nicht. Stattdessen kam sie James ein weiteres Stück entgegen. Sie spielte sein Spiel mit. Was mit neckenden Lippen anfing, entwickelte sich schnell zu einem wesentlich tieferen Kuss. Keiner von beiden schien sich noch der Umgebung bewusst zu sein.

Plötzlich riss jemand die Tür des *Byrnes* auf, eine Gruppe Jugendlicher kam heraus auf die Straße, vermutlich auf dem Weg nach Hause, und grölte *Lemon Tree*.

James und Clare fuhren erschrocken auseinander. Clare rang nach Luft. Sie spürte immer noch seine Lippen auf ihren.

»Wir sollten jetzt fahren.« Seine Stimme hatte einen heiseren Ton angenommen.

Clare war völlig aus der Bahn geworfen. Stumm nickte sie und stieg ganz automatisch ins Auto.

Keiner der beiden sagte ein Wort auf der Fahrt zu James' Haus. Clare hatte das Fenster einen Spalt geöffnet. Sie hoffte, durch die nächtliche, kühle Luft wieder einen klaren Kopf zu bekommen.

Sie sah in die Dunkelheit hinaus. Das hätte nicht passieren dürfen. Sie hatte ganz offensichtlich die Kontrolle verloren. Sie konnte James nicht einmal die Schuld dafür geben. Das ärgerte Clare am meisten. Sie hatte sich den Schlamassel ganz allein eingebrockt. Im Geiste ließ sie die letzte halbe Stunde Revue passieren.

Natürlich wäre sie nie auf das Angebot des gutaussehenden Typen aus dem Pub eingegangen. Aber es war schön, mal wieder ein wenig hofiert zu werden. Clare hatte die Aufmerksamkeit genossen, die sie und Lizzy im Pub auf sich gezogen hatten. An diesem Abend hatte sie einfach nur gelebt. Und dann war James aufgetaucht, hatte den armen Kerl brüskiert und sie hinaus zum Auto geschleppt. Und dann ... Ja, was dann?

Schmerzhaft erinnerte sich Clare an all die Dinge, die sie James an den Kopf geworfen hatte. Er hatte darauf mit keiner Silbe reagiert. Und plötzlich hatte er sie geküsst. Und sie hatte nur mangelhaft versucht, ihn davon abzuhalten. Ohne es zu wissen, hatte ihr Körper sich scheinbar danach gesehnt, und sie hatte nachgegeben.

Clare schloss die Augen. James hatte sie nicht bedrängt, im Gegenteil. Er hatte ihr alle Zeit der Welt gelassen, und als sie es schließlich zugelassen hatte, hatte es sich leider viel zu gut angefühlt. Allein der Gedanke daran sorgte in Clares Magen wieder für Furore.

Die Scheinwerfer des Audis erfassten die Auffahrt und kurz darauf das Garagentor. James stellte den Motor ab. Keiner der beiden beeilte sich auszusteigen.

Clare holte tief Luft. So gut sich das in diesem einen Moment angefühlt haben mochte, es durfte sich nicht wiederholen, geschweige denn in eine Richtung weiterentwickeln, die Clare sich gar nicht zu benennen traute. Sie war hier wegen eines Jobs, und von dem Ergebnis hing ihre berufliche Zukunft ab. James mochte danach immer noch Irlands begehrtester Junggeselle und innovativer Brauereibesitzer sein. Clare nicht. Sie würde ihren Traum verlieren. Das durfte sie nicht riskieren. Außerdem konnte sie James nicht leiden, sagte sie sich immer wieder. Er hätte den Tod ihres Vaters in Kauf genommen, um zu bekommen, wonach er verlangte. Clare tat gut daran, das nicht zu vergessen oder zu verdrängen. Egal, wie ihr Körper auf James reagierte.

»Wir sollten darüber reden«, sagte er leise.

Clare wollte nicht reden. Ihr Gequatsche hatte sie in diese Situation gebracht. »Nein, es gibt nichts zu besprechen. Ich habe zu viel getrunken, es war ein langer Tag und …« Sie versuchte langsamer zu sprechen, doch es gelang ihr nicht. »Ich denke, dabei sollten wir es belassen. Ich habe einen Auftrag, den werde ich zuverlässig ausführen. Daran wird heute Abend nichts ändern.«

Sie hielt kurz inne, wollte James jedoch nicht die Möglichkeit geben, sie zu unterbrechen, und so öffnete sie schnell die Beifahrertür, um auszusteigen. Sie lief zur Haustür, doch bevor sie eintreten konnte, hörte sie James' Stimme hinter sich.

»So einfach ist das? Du läufst weg?«

Wieder holte Clare tief Luft, sie hatte das Gefühl, ihre Lungen würden ihr den Dienst versagen. »Ich laufe nicht weg. Ich sorge nur dafür, dass ich morgen noch einen Job habe und wir nichts bereuen.«

»So müsste das nicht laufen, weißt du«, erwiderte James.

Clare öffnete die Haustür und trat ein. Sie musste Abstand zwischen sich und James bringen. Mal wieder. »Doch. Und wir wissen beide, dass es so besser ist. Außerdem«, Clare versuchte überzeugend zu wirken, »mag ich dich noch nicht mal sonderlich.«

James lächelte. »Daran können wir arbeiten.«

Er machte es ihr mit Absicht schwer. Hatte Clare sich im Auto noch hin- und hergerissen gefühlt, entzündete sich nun ihre Wutflamme. Ihre Hände ballten sich unbewusst zu Fäusten.

»James, du kannst nicht immer alles haben, was du willst. Das solltest du inzwischen gelernt haben«, sagte sie angespannt. »Es geht nicht immer nur um das, was du willst.«

Er öffnete den Mund, um darauf etwas zu erwidern, doch Clare schnitt ihm das Wort ab.

»Wir sollten vergessen, dass das heute Abend passiert ist.« Clare wandte sich zur Treppe, um ins Gästezimmer zu gehen. Ohne sich umzudrehen, fragte sie: »Bleibt es morgen bei halb neun?«

Lizzy hatte sie im Pub zuvor unterrichtet, dass sie und James morgen mit Lizzy, Michael und Emy einen gemeinsamen Ausflug machen würden. In jenem Moment hatte sich Clare noch auf den überraschenden Trip gefreut. Jetzt würde sie alles dafür geben, sich in ihrem Zimmer verkriechen zu können.

»Sicher.« James' Stimme verriet nichts über seine Gefühle. Kein Anzeichen, ob er sauer war, wütend, enttäuscht, oder ob er es vielleicht sogar ähnlich sah wie Clare.

Egal, sie hatte sich um sich selbst zu kümmern.

James stand in der Küche und hätte sich ohrfeigen können. Was war ihm nur eingefallen, Clare auf der Straße zu küssen? Er hatte es nicht geplant, es war einfach so über ihn gekommen. Aber verdammt, es hatte sich so gut angefühlt. Ihre Lippen waren weich und fordernd, und sie schmeckte nach süßem Cider. Wären diese Kids nicht aufgetaucht ... James biss sich auf die Unterlippe. Und dann? Kaum hatte er vorhin den Motor abgestellt, hatte sie wieder angefangen zu streiten. Clare hatte der Kuss definitiv gefallen, das hatte James gespürt. Sie wollte mehr, doch erlaubte es sich nicht. Was war ihr Problem?

James schenkte sich ein Glas Whisky ein und nahm einen kräftigen Schluck. Ja, es war vielleicht nicht die beste Idee, mit der Autorin zu schlafen, die die eigene Biographie schreiben sollte, aber es war auch nicht unbedingt die schlechteste.

Clare hatte ihm eine deutliche Absage erteilt, aber er hatte ihr angesehen, dass ihr diese Entscheidung nicht leichtfiel. Zumindest bis sie ausgesprochen hatte, ihn nicht zu mögen. Danach war irgendetwas schiefgelaufen. James hatte keinen Schimmer, was.

Er nahm noch einen Schluck von der rauchigen goldenen Flüssigkeit und sah auf seine Uhr. Es waren keine sechs Stunden mehr, bis er wieder aufstehen musste. James war sich nicht sicher, wie er den morgigen Ausflug mit Michael, Lizzy und Emy unbeschadet überleben sollte.

Nun ... Da war er immerhin nicht der Einzige.

6

Mit Müh und Not war Clare am nächsten Morgen aus dem Bett gekommen. Ihr Kopf fühlte sich an, als wäre ein Traktor drübergefahren. Sie und James hatten nicht mehr als ein höfliches ›Guten Morgen‹ miteinander gewechselt, und Clare war froh, dass James während der Autofahrt das Radio einschaltete.

Das Wetter war perfekt für den geplanten Ausflug. Die Sonne schien, und am Himmel war keine einzige Wolke zu entdecken. Der Wind hatte etwas aufgefrischt, doch für April war es ungewöhnlich warm. Clare versuchte die positiven Seiten dieses Tages zu betrachten. Sie würde Lizzy und Michael wiedertreffen und außerdem Emy kennenlernen. Darauf war sie äußerst gespannt. Zudem würde sie etwas mehr von der Umgebung sehen und viel Zeit an der frischen Luft verbringen, das würde ihr sicher guttun. Clare versuchte dem Tag dafür etwas Positives abzugewinnen.

Nach einer Dreiviertelstunde waren sie am Ziel. James stellte den Wagen auf einem kleinen, sandigen Parkplatz ab. Gerade als Clare ausstieg, kam Michael mit Lizzy und einem fröhlich hüpfenden Mädchen um die Ecke.

»Da seid ihr ja endlich!«, rief Lizzy und hielt ihren Strohhut mit einer Hand fest, damit die Windböe ihn nicht davonwehte.

James begrüßte Michael und sagte dann in Lizzys Richtung: »Wir sind doch pünktlich, ich weiß gar nicht, was du hast.« Anschließend ging er in die Hocke und breitete die Arme aus. »Wo ist mein Champion?«

Die schwarzen Locken wippten, als das junge Mädchen rief: »Hier! Hier ist sie!«

Währenddessen setzte sie zum Sprint an und flog James regelrecht in die Arme. Der fing sie auf und hob sie lachend in die Höhe.

»Onkel James, Mum hat gesagt, du zeigst mir heute, wie man taucht. Stimmt das?«

Die Kleine war so begeistert, niemand hätte ihr in diesem Moment einen Wunsch abschlagen können. James tat, als würde er überlegen, während er sie wieder auf dem Boden absetzte. »Nun, ich denke, wenn deine Mum das gesagt hat, wird es wohl auch so sein.«

»Faust drauf?« Das Mädchen hielt ihm eine Faust hin und schaute ihn erwartungsvoll an.

James formte seine rechte Hand ebenfalls zur Faust und stupste ihre viel kleinere damit an. »Faust drauf.«

Dann entdeckte die jüngere Ausgabe von Lizzy den Neuankömmling aus der Stadt. Kritisch beäugte sie Clare. Sie winkte James zu sich herunter und flüsterte ihm etwas ins Ohr. Der grinste und antwortete gerade so laut, dass alle Anwesenden es hören konnten. »Ich glaube schon, dass sie lesen kann. Vielleicht testest du sie später mal?«

Das Mädchen überlegte und flüsterte James erneut etwas ins Ohr. Der schien ehrlich darüber nachzudenken. Dann sagte er: »Sie ist eine Freundin. Definitiv eine Freundin.«

Das musste die richtige Antwort gewesen sein, denn die Kleine lief daraufhin strahlend auf Clare zu und umarmte sie.

»Hi, ich bin Emy«, rief sie, als sie Clare wieder losließ.

Die erwiderte lachend: »Hi, ich bin Clare.«

»Ja, ich weiß. Mum hat mir von dir erzählt. Sie sagt, du schreibst ein Buch über Onkel James.«

Clare nickte. »Das stimmt.«

»Dann musst du unbedingt reinschreiben, dass er der beste Onkel auf der ganzen Welt ist. Schreib das da rein, ja?« Emy mochte vielleicht erst sechs Jahre alt sein, doch sie schien in dieser Sache nicht zu Verhandlungen bereit.

»Ich werde es mir überlegen«, sagte Clare.

»Hey, und was ist mit mir?«, rief ein empörter Michael. »Wieso bin ich nicht der beste Onkel auf der Welt?«

Emy sah ihn mit einem verständnislosen Blick an, wie ihn nur Kinder verteilen konnten. »Du hast mir heute Morgen einen kalten Kakao mitgebracht, dabei hatte ich doch gesagt, ich will einen warmen.« Emy schüttelte vernichtend den Kopf, sah dann strahlend zu James. »Deshalb ist Onkel James jetzt auf Platz eins.«

»Es ist ein hartes Leben.« Lizzy klopfte Michael tröstend auf die Schulter.

Gemeinsam und mit vielen Taschen bepackt, machte sich die Truppe auf zum Meer. Statt der ursprünglich geplanten Wanderung hatte Lizzy kurzfristig beschlossen, das schöne Wetter zu nutzen und an den Strand zu fahren. Sie hatte Clare morgens gerade noch rechtzeitig eine Nachricht geschrieben, sodass die sich kleidungsmäßig darauf hatte einstellen können. Über ihrem dunkelgrünen Badeanzug trug sie weiße Shorts und ein weites schwarzes Shirt. Ihren Wanderrucksack hatte sie gegen einen Jutebeutel getauscht und ihr festes Schuhwerk gegen Flipflops, an denen vorne eine kleine weiße Blüte befestigt war.

Nach kurzem Marsch fanden sie einen guten Platz, um ihre Picknickdecken und Handtücher auszubreiten. Es war noch früh, doch die Sonne sorgte bereits für erste Schweißtropfen.

Emy wurde ungeduldig und wollte ins Meer. Lizzy war noch dabei, die Sachen auszupacken, die sie mitgebracht hatte, deshalb schlug Clare vor, gemeinsam mit Emy schwimmen zu gehen.

Emy war begeistert und Lizzy sichtlich dankbar. »Du musst dir auch keine Sorgen machen, Emy ist eine super Schwimmerin.«

Da Clare all ihren jüngeren Brüdern das Schwimmen beigebracht hatte, wusste sie mit tollpatschigen kleinen Menschen im Wasser umzugehen. Sie streifte ihre Shorts und ihr Shirt ab und rief Emy zu: »Wer Erster im Wasser ist!«

Emy stürmte los, und Michael foulte Clare, sodass Emy bald schon einen weiten Vorsprung hatte. Doch Clare ließ sich davon nicht abhalten und rannte ihr hinterher. Im kühlen Nass angekommen, begannen sie eine teuflische Wasserschlacht.

Am Strand blieb Lizzy mit den beiden Männern zurück. Während sie Dinge umherräumte und Boxen mit allerlei Leckereien öffnete, setzte sich Michael mit einer Flasche Wasser zu James.

»Schien, als wäre Clare gestern Abend ein bisschen sauer gewesen …« Er ließ den Satz offen im Raum stehen.

»So?« James zog seine Schuhe aus.

»Bei euch alles in Ordnung?«

James fuhr hoch. »Frag mich das nicht so, als wären Clare und ich ein Paar. Sie hatte gestern einfach nur zu viel Cider. Das ist alles.«

Michael guckte zu Lizzy hinüber. Beide wechselten einen skeptischen Blick.

»Puh, da ist heute ja jemand richtig gut drauf«, meinte Lizzy ironisch.

»Ich –« Clares vom Wind herübergetragenes Kreischen unterbrach James. Er richtete seinen Blick hinaus aufs

Meer und sah Emy und Clare in einer gnadenlosen Wasserschlacht. Dann drehte er sich wieder seinen Freunden zu. »Es ist alles gut. Wirklich.«

Lizzy zog ihre Augenbraue in die Höhe, ließ es für den Moment jedoch gut sein. Michael schloss sich ihr an und wechselte das Thema.

Nach etwa einer halben Stunde kehrte Clare mit einer aufgedrehten Emy zurück.

»Michael, stell dir vor! Ich habe Clare so richtig fertiggemacht!«

»Emy!« Lizzy sah ihre Tochter streng an.

Clare lachte. »Schon gut, Lizzy. Sie hat ja leider recht. Für die nächste Schlacht muss ich definitiv besser gerüstet sein.«

Nach Luft ringend, legte sich Clare auf ihr Handtuch. Mit dem Finger zeigte sie auf Emy. »Beim nächsten Mal zeig ich's dir, du kleine Wasserratte!«

Emy lief zu ihr hinüber. »Faust drauf?«

Verblüfft sah Clare zu Lizzy. Die nickte lächelnd.

»Also gut. Faust drauf«, entgegnete Clare und stupste Emys Hand mit ihrer eigenen an.

Emy strahlte und fiel dann über James her, der auf der anderen Seite der Picknickdecke sein Lager aufgeschlagen hatte.

»Los, los! Du wolltest mir doch Tauchen beibringen.« Mit ihren schmalen Fingern pikste sie James, der sich gequält aus seiner liegenden Position hochraffte.

»Na, warte! Wenn ich dich erwische! Komm, Michael, jetzt zeigen wir der jungen Dame mal, wo es langgeht …«, knurrte er.

Michael ließ sich nicht zweimal bitten.

Kreischend lief Emy Richtung Meer, dicht gefolgt von James und Michael.

Clare konnte ihr Lächeln nicht verbergen. Es tat gut, so ungezwungen mit Emy umgehen zu können. Neben ihr räkelte sich Lizzy.

»Wie geht's dem Kopf?«

Clare sah zu ihr hinüber. »Frag nicht. Dieses kalte Wasser bringt mich noch um.«

»Sag bloß, du hattest gestern einen Pint zu viel?«

Gequält legte sich Clare den Arm auf die Stirn, um ihre Augen vor den blendenden Sonnenstrahlen zu schützen. »Einen? Und *du* bist schuld!«

Lizzy kicherte. »Ja, ja ... Und lernen werden wir doch nicht draus.«

»Oh doch ...«, murmelte Clare.

Lizzy stützte sich auf ihre Ellbogen und musterte Clare neugierig. »Was ist passiert?«

Clare schloss die Augen und überlegte, wie viel sie ihrer neuen Freundin erzählen konnte. Die nebenbei auch noch die beste Freundin von ihrem aktuellen Problem war. Sie entschied sich für die Fast-Wahrheit.

»Ich habe zu viel getrunken, das ist passiert.«

»Und?«

»Und nichts.« Lizzys Schweigen zeigte Clare, dass sie ihr das nicht abnahm. Also fuhr Clare fort. »Fast nichts. Ich habe einfach zu viel geredet, das passiert immer, wenn ich zu viel trinke.«

»Dann habt ihr also nur geredet?«

»Sozusagen.«

Lizzy sah Clare grinsend an. »Das glaube ich dir nicht.«

Clare richtete sich auf und setzte sich in den Schneidersitz. »Was sollen wir sonst gemacht haben?«

»Oh, ich bin mir sicher, euch wäre etwas eingefallen ...«

»Ich bin hier, um zu arbeiten. Nicht, um mich zu amüsieren«, stellte Clare klar. »Und schon gar nicht mit ihm«, rutschte ihr leise heraus.

Lizzy setzte sich ebenfalls. »Warum habe ich schon jetzt das Gefühl, dass da mehr dahintersteckt?«

Clare grinste Lizzy an. »Weil du eine besorgte Mutter bist, die auf ihre Spatzen aufpasst.«

Lizzy lachte. »Recht hast du.«

Der Tag verging wie im Flug. Nachdem sich alle mit Lizzys Köstlichkeiten gestärkt hatten, wurden Sandburgen gebaut, Federball gespielt und weitere Wasserschlachten geführt. Clare hatte wesentlich mehr Spaß, als sie erwartet hatte, wenngleich sie stets darauf achtete, dass zwischen ihr und James ausreichend Abstand war. Nicht immer gelang ihr das.

James und Emy hatten sich bei einer der letzten Schlachten gegen sie verschworen, und Clare hatte Mühe, ihnen standzuhalten. Schließlich überfiel James sie von hinten, während Emy ihr von vorne einen Schwall Wasser nach dem anderen entgegenschubste. James griff mit beiden Armen um Clares Taille und zog sie Richtung Grund. Prustend befreite sie sich und zahlte es ihm mit einer heftigen Welle Meerwasser heim. Das ließ sich James natürlich nicht bieten und griff erneut nach Clare. Während sie seinem zweiten Versuch noch entwischte, schnappte er sie dafür beim nächsten Angriff. Emy unterstützte währenddessen Michael in der Wasserschlacht gegen ihre Mutter, sodass Clare und James unter sich waren. Clare strampelte, merkte jedoch bald, dass sie so nicht weiterkam. Sie versuchte sich in seinem Griff umzudrehen. Sie wollte ihm die Leviten lesen, doch als sie sich zu ihm umwandte, ließ er seine Hände hinunter zu ihren Hüften gleiten. Die Berührung rief bei Clare ein Flattern in der Magengegend hervor. Was auch immer sie sagen wollte, war aus ihrem Kopf verschwunden. Sie schnappte nach Luft und wollte sich von James wegdrücken, doch sobald sie ihre Hände auf seine

Brust gelegt hatte und seine Muskeln und die Wärme seiner Haut spürte, war sie wie versteinert. James blickte zu ihr herunter.

Glücklicherweise hatte Emy in diesem Moment beschlossen, wieder die Seiten zu wechseln. Sie schwamm von hinten an James heran und drückte seinen Kopf unter Wasser. Er hatte sich so auf Clare fokussiert, dass ihn der Angriff vollkommen überraschte. Er gab Clares Hüften frei, und mit zwei Schwimmzügen baute sie wieder ihren Sicherheitsabstand zu ihm auf. Doch das Bauchflattern spürte sie immer noch.

Gegen späten Nachmittag wurde es kühler, und Emy hatte sich ausgetobt. Sie kuschelte sich an Clare und war bald darauf eingeschlafen. Lizzy legte ihr ein Handtuch über, damit sie nicht auskühlte. Michael und James waren in ein Gespräch über Apfelsorten vertieft.

»Du kannst stolz auf deine Tochter sein, Lizzy«, bemerkte Clare leise und strich Emy über die sonnengebräunte Wange.

»Das bin ich. Oh ja, das bin ich.« Lizzy schluckte und wischte ihrer Tochter eine nasse Strähne aus der Stirn.

»Lebt Emys Vater auch in Ballybyrne?«, fragte Clare.

Sofort versteifte sich Lizzy. »Nein.«

Clare schien eine offene Wunde getroffen zu haben. »Verzeih mir, Lizzy. Ich wollte nicht …«

Lizzy schüttelte den Kopf. »Nein, schon gut. Du hast nichts falsch gemacht.« Liebevoll sah sie auf ihre Tochter hinab. »Es ist nur … Ein bisschen kompliziert.«

Clare lächelte ihr aufmunternd zu. »Ist es das nicht immer irgendwie?«

Abwesend nickte Lizzy und schwieg eine Weile. Clare ließ ihr Zeit und beobachtete die Wellen.

»Weißt du, es war so …« Leise und mit langen Pausen

erzählte Lizzy Clare ihre Geschichte, immer darauf bedacht, dass Emy auch wirklich schlief und nichts davon hörte.

An den schlimmsten Stellen drückte Clare mitfühlend Lizzys Hand. Als Lizzy mit ihrer Kurzfassung fertig war, rann ihr eine Träne über die Wange. Doch als sie wieder auf Emy hinuntersah, sagte sie: »Wie schlimm es auch gewesen ist, Emy ist das Beste, das mir jemals passieren konnte.«

Clare nahm ihre Freundin in den Arm. »Und du bist eine unfassbar starke Frau. Du wirst ein großartiges Vorbild für Emy sein.«

Dankbar blickte Lizzy Clare an. »Es tut gut, das mal einer Freundin zu erzählen.«

»Sprichst du mit James und Michael nicht darüber?«

Lizzy lachte kurz auf. »Das sind Männer. Zur Tat schreiten können sie, aber über Gefühle sprechen ist nicht so ihr Ding.«

Clare nickte, wohl wissend, was Lizzy meinte. »Ich bin froh, dass du mir das erzählt hast. Das bedeutet mir wirklich viel.«

Lizzy setzte sich auf und atmete tief durch. Nach einer Weile sagte sie: »Nächstes Mal bist *du* aber dran, Lady aus Dublin.«

»Versprochen.«

Als die Sonne sich schließlich verabschiedete, packte der Ausflugstrupp seine Sachen. Michael trug die schlafende Emy zum Wagen. Bevor Lizzy ins Auto stieg, kam sie noch einmal zu Clare und umarmte sie fest.

»Danke fürs Zuhören«, flüsterte sie.

Clare erwiderte die herzliche Geste.

Als Lizzy sich von ihr löste, sah sie hinüber zu James, der darauf wartete, dass Clare in den Pick-up stieg. Sie zeigte mit dem Finger auf James und rief: »Pass gut auf sie auf.

Wenn ich nur eine Beschwerde über dich höre, mache ich Kleinholz aus dir.«

Unschuldig hob James die Arme. »Ihr kennt euch eine Woche, und du verrätst mich, deinen besten Freund, für sie?«

Lizzy grinste schelmisch. »Ist so ein Frauending, James. Das verstehst du nicht.«

»Großartig«, murmelte er, stieg in seinen Pick-up und fuhr mit Clare schließlich davon.

Auch Michael und Lizzy machten sich auf den Heimweg. Nachdem sie eine Weile schweigend gefahren waren, warf Michael Lizzy einen kurzen Blick zu. »Du und Clare, ihr versteht euch ziemlich gut.«

»Ja, es ist schön, weibliche Unterstützung zu haben.«

Michael lachte, und seine kleinen Grübchen, die Lizzy so gern mochte, traten wieder hervor. »Sind wir so schlimm?«

»Manchmal.« Lizzy lächelte und sah aus dem Fenster.

Michael griff nach Lizzys Hand und hielt sie locker in seiner, während sie die nächsten Kilometer schweigend hinter sich brachten.

Sie kannten sich schon so lange, doch seit sie aus London zurückgekehrt war, hatte sich zwischen ihr und Michael etwas verändert. Lizzy spürte es schon seit einiger Zeit. Statt der brüderlichen Gefühle, die sie James gegenüber hegte, erwischte sie sich immer häufiger dabei, wie sie Michael als den attraktiven Mann wahrnahm, der er war.

Während sie mit George zusammen gewesen war, hatte sich Michael in Ballybyrne vom jungen schlaksigen Rotschopf zu einem äußerst gutaussehenden Mann entwickelt. Die wirren Locken bändigte er inzwischen mit einem Kurzhaarschnitt, er trieb regelmäßig Sport, was sich an seinen wohldefinierten Muskeln bemerkbar machte. Er war nicht so aufgepumpt wie manche Typen, vielmehr schmiegten sich seine Muskeln angenehm an seinen Körper und sorgten dafür, dass er eben nicht mehr so schlaksig wirkte.

Sein Job bei *Byrnes* hatte ihm außerdem viel Selbstvertrauen verliehen. Er wusste, wo seine Fähigkeiten lagen und was er lieber bleiben lassen sollte. Bei seinem irischen Charme, der hervorragenden Erziehung und seiner stets guten Laune – seine Grübchen nicht zu vergessen – war es kein Wunder, dass er inzwischen viel Aufmerksamkeit bei der weiblichen Bevölkerung von Ballybyrne erregte.

Lizzy spürte Michaels warme, leicht sandige Haut auf ihrer und wünschte sich, er würde endlich einen Schritt weiter gehen. Seit Monaten spielten sie ein Katz-und-Maus-Spiel. Sie kamen einander näher, und dann schien Lizzy doch nur wieder die gute Freundin für ihn zu sein. Das machte sie schier wahnsinnig. Hinzu kam, was besonders an Lizzys Ehre kratzte, dass Michael sie trotz der endgültigen Scheidung von George weiterhin wie ein rohes Ei behandelte. Ja, sie war zu jener Zeit in einer wirklich schlechten Verfassung gewesen, doch sie hatte sich wieder hochgekämpft. Darauf war sie stolz. Doch Michael schien zu denken, sie bräuchte immer noch seinen Schutz. Es war frustrierend.

Er parkte direkt vor Lizzys kleinem Domizil. Es war ein altes, kleines Landhaus, das sie gemeinsam mit James, Michael und einigen Leuten aus der Gemeinde wieder auf Vordermann gebracht hatte. Es lag am Stadtrand von Ballybyrne, aber trotzdem nicht weit von ihrem Café.

»Warte, ich nehme Emy«, sagte Michael, als Lizzy die hintere Autotür öffnete. Emy schlief noch immer friedlich und hatte ein weiches Lächeln auf den Lippen. Lizzy strich ihrer Tochter über die Wange und ließ sie dann von Michael ins Haus tragen. Ein weiterer Punkt, den sie an ihm so liebte. Er kümmerte sich um Emy, als wäre sie sein eigen Fleisch und Blut. Beinahe täglich rief er an, um mit Emy zu sprechen, oder er kam vorbei und spielte mit ihr Karten. Die beiden waren unzertrennlich.

Lizzy nahm die restlichen Taschen und lief ihnen hinterher. Michael kam gerade die Treppe herunter, als sie das Gepäck in der Küche abstellte.

»Ich habe sie gleich ins Bett gebracht, ich hoffe, das ist okay für dich. Ich denke, wir sollten sie einfach schlafen lassen. Ihre Zähne werden es überleben, einen Abend mal nicht geputzt zu werden«, schlug Michael vor.

Lizzy nickte. »Ja, ich glaube auch.«

Sie goss sich ein Glas Wasser ein und nahm einen Schluck.

»Brauchst du noch Hilfe beim Auspacken?« Michael kam auf sie zu.

Lauter als geplant stellte Lizzy das Glas auf der Anrichte ab. »Wie lange wollen wir dieses Spiel noch spielen, Michael?«

Er blieb stehen und sah sie irritiert an. »Welches Spiel?«

Lizzy breitete die Arme aus.

»Na, das hier. Ich bin es langsam leid ...«, wisperte sie.

»Lizzy, ich ...« Er ging einen Schritt auf sie zu, blieb dann jedoch zögernd stehen und steckte seine Hände in die Hosentaschen. »Ich hab' dich wirklich gern. Aber ...«

»Das meine ich.« Lizzy ließ ihre Arme frustriert sinken. »Wie lange willst du mich noch wie ein rohes Ei behandeln?«

»Das mache ich doch gar nicht«, entfuhr es Michael lauter als gewohnt. »Entschuldige, ich ...«

»Siehst du!«, rief sie. »Du machst es schon wieder!«

Verdattert stand Michael in der Küche. »Was denn?«

»Du bist einmal kurz laut geworden, und schon entschuldigst du dich dafür bei mir. Verdammt, Michael, ich bin kein zerbrechliches Wesen mehr.«

»Was erwartest du denn von mir?«

»Ich will, dass du dich entscheidest. Bin ich nur eine gute Freundin für dich oder wagst du – wagen wir – endlich mehr?«

Beruhigend legte Michael seine Hand auf Lizzys Schulter und flüsterte: »Du weißt, dass du mehr für mich bist.«

Verzweifelt sah Lizzy Michael in die Augen. »Tu ich das?«

»Ich will doch nur nichts überstürzen –«, setzte er an, doch er wurde von Lizzy unterbrochen, die seine Hand von ihrer Schulter schubste.

»Entscheide dich. Ich spiele da nicht länger mit, Michael. Ich will das so nicht mehr.« Sie schob sich an ihm vorbei und lief die Treppe hinauf.

Michael stand in Lizzys Küche und wusste nicht, wie ihm geschah. Er war so darauf bedacht gewesen, Lizzy vor weiterem Kummer zu bewahren, und jetzt machte sie ihm das zum Vorwurf? Er verstand die Welt nicht mehr. Mit wütenden Schritten verließ er das Haus und knallte die Tür zu.

Lizzy, die oben im Schlafzimmer am Fenster stand, beobachtete, wie Michael ins Auto stieg und aufgebracht davonfuhr.

Na endlich, dachte Lizzy. Der Mann konnte also auch wütend sein. Ob sie sich mit ihrem Ultimatum allerdings einen Gefallen getan hatte, bezweifelte sie. Trotzdem ... Lizzy war nicht allein, sie hatte eine Tochter, an deren Zukunft sie denken musste. Und weder ihr noch Lizzy würde ein ewiges Hin und Her guttun. Einer musste in dieser Sache endlich Klartext sprechen. Hoffentlich würde Michael die richtige Entscheidung für sie drei fällen.

7

In den nächsten zwei Wochen widmete sich Clare voller Inbrunst ihrer Arbeit. Sie verbrachte viel Zeit in der örtlichen Bibliothek sowie dem Stadtarchiv, um mehr über die Geschichte der Byrnes und Ballybyrne zu erfahren. Mit James sprach sie nur, wenn es um ihre Recherchen über ihn ging. Geduldig beantwortete er ihre Fragen, auch wenn sie ihm dafür das eine oder andere über sich erzählen musste. So war der Deal. Clare hielt sich dran.

Sie sprach mit ehemaligen Kindergärtnerinnen und Lehrern von James, besuchte seine Dozenten und interviewte noch einige seiner Mitarbeiter. Bei fast allen stieß sie auf freundliche Unterstützung für ihre Arbeit, nur einer machte ihr das Leben schwer. Paddy, wie er von allen genannt wurde, schien nicht viel von dem geplanten Buch zu halten. Das verdeutlichte er nachdrücklich, als Clare ihn um ein Gespräch bat.

»Wissen'se, Lady, ich arbeite schon mein ganzes Leben für die Byrnes. Ich hab' se nie in die Pfanne gehauen. Und damit werd' ich heut' sicher nich' anfang'. Schönen Tach noch.«

Damit rückte er seine Schiebermütze zurück und ließ Clare auf dem Brauereigelände stehen. Sie dachte jedoch nicht daran, ihn abzuschreiben. Paddy gehörte zum lebenden Inventar von *Byrnes.* Wenn jemand wusste, wie es um die Brauerei stand, dann er. Und er hatte sicherlich noch viel mehr über James zu erzählen. Clare hatte gehört, dass Paddy James in die Braukunst eingeführt hatte. Mehr als sein Vater hatte Paddy ihm gezeigt, worauf es bei der Cider-Produktion ankam und was es zu beachten galt. Clare würde sich Paddy später noch einmal vornehmen.

Im Stadtarchiv hatte Clare zudem versucht, mehr über James' Mutter in Erfahrung zu bringen. Die Unterhaltung der Frauen auf dem Markt in ihrer ersten Woche in Ballybyrne ging ihr nicht mehr aus dem Kopf. James erwähnte seine Mutter äußerst selten, und dann lediglich in Szenen aus seiner frühen Kindheit. Clare hatte das Gefühl, dass er einen kalten Ton anschlug, sobald er sie auch nur am Rande nannte. Ähnlich ging es Clare mit allen anderen, die sie zu James' Mutter befragte. Kaum einer sprach über sie, und wenn, dann stets in Bezug auf frühere Zeiten und häufig mit einem verachtenden Beigeschmack. Nur wenige zeigten Verständnis, wie die Frauen in ihrem Gespräch auf dem Markt.

Gegen Ende ihrer dritten Woche in Ballybyrne wurde Clare schließlich fündig. In einer alten vergilbten Zeitungsausgabe der *Ballybyrne Daily* hieß es in einer Randspalte: ›Laurell Byrnes in IRA-Schmuggel verwickelt.‹

Aufmerksam las Clare den Artikel. Der Staatsanwaltschaft zufolge sollte sich James' Mutter am Waffenschmuggel über die irisch-nordirische Grenze beteiligt haben. Abnehmer besagter Waffen sollte ein Ableger der *Provision Irish Republican Army* gewesen sein, der für seine Brutalität bekannt war. Bereits einhundertneunzig Opfer konnten auf Anschläge der Gruppe zurückgeführt werden. Wegen mangelnder Beweise wurde gegen Laurell Byrne keine Anklage erhoben. Zwischen den Zeilen des Artikels las man allerdings deutlich heraus, dass es sehr wohl ausreichend Material für eine Verurteilung gegeben hätte.

Verblüfft legte Clare die Zeitung beiseite. War das der Grund, warum niemand in Ballybyrne über James' Mutter sprach? Clare musste unbedingt mehr darüber in Erfahrung bringen. Doch wenn sie gehofft hatte, im Archiv auf weitere Berichte zu stoßen, wurde sie enttäuscht. In keiner weiteren Zeitungsausgabe wurde das Thema aufgegriffen. Selbst im Internet, wo sich bekanntlich kaum etwas verstecken ließ, fand Clare nicht mehr heraus, als sie in dem ersten Artikel bereits gelesen hatte. Sie nahm sich vor, Lizzy danach zu fragen.

Täglich sah Clare neben ihrer Arbeit in deren Café vorbei. Obwohl Lizzy stets gut gelaunt zum Plaudern an ihren Tisch kam, bemerkte Clare seit dem Ausflug zum Strand eine gewisse Anspannung bei ihrer Freundin. Sie würde daher noch etwas warten, bevor sie Lizzy mit ihrem neu errungenen Wissen konfrontierte.

Als Clare an diesem Freitagnachmittag schließlich aus dem Stadtarchiv trat, versuchte sie immer noch einzuordnen, was sie soeben erfahren hatte. Völlig in Gedanken versunken, wurde Clare plötzlich angerempelt.

»Entschuldigung!«, rief ein kleines Mädchen und rannte weiter Richtung Marktplatz. Erst jetzt bemerkte Clare, wie geschäftig alle umherliefen. Die Hauptstraße von Ballybyrne wurde herausgeputzt. Die Menschen pflanzten frische Blumen, hängten Wimpel an den Häusern auf und putzten Fenster. Als Clare an Lizzys Café Halt machte, fragte sie neugierig nach dem Grund für die Aufregung.

»Sag bloß, du weißt nichts davon?« Lizzy sah sie überrascht an.

Clare schüttelte den Kopf.

»Morgen ist Apfelblütenfest. Eine Tradition bei uns in Ballybyrne. Wenn die Apfelbäume auf den Feldern in voller

Blüte stehen, feiern wir den Start der neuen Saison. Hier geht es einfach immer um Äpfel«, sagte Lizzy lachend.

Clare erinnerte sich davon gelesen zu haben. James' Vater Arthur hatte das Event seinerzeit eingeführt.

»Die Leute sind immer alle ganz aus dem Häuschen, bevor es losgeht«, erklärte Lizzy weiter. »Morgens pflanzen der Bürgermeister und James einen neuen Apfelbaum hinter dem Gelände von *Byrnes Cider*. Dann werden die erwarteten Erntezahlen veröffentlicht. James hält eine Rede, Mitarbeiter von *Byrnes* werden für ihr Engagement geehrt, Schulklassen führen etwas auf. Lauter so Kram. Und natürlich gibt es überall Musik – und Cider. Oder Apfelsaft. Je nachdem wie alt du bist.« Sie kicherte.

»Ein ganz schönes Aufgebot«, erwiderte Clare. »Wie kann es sein, dass ich davon bis jetzt nichts mitbekommen habe?«

Lizzy legte Clare eine Hand auf die Schulter und sah sie mit mütterlicher Strenge an. »Meine Liebe, das liegt daran, dass du dich in deinen Recherchen verkrümelst. Ich bin ja froh, dass du wenigstens einmal am Tag was Richtiges isst. Wo wir gerade davon sprechen, worauf hast du Appetit?«

Clare nahm die Speisekarte zur Hand. Nach einem kurzen Moment blickte sie argwöhnisch zu Lizzy auf. »Habt ihr auch irgendetwas ohne Äpfel?«

Lizzy kicherte wieder. »Meine Süße, es ist Apfelblütenfest. Da gibt es nirgends etwas ohne Äpfel.«

Clare bewunderte Lizzys Kochkünste, aber Rinderbraten in Apfelkompott oder gebackener Apfel gefüllt mit Pastinakenpüree? Clare verzichtete ausnahmsweise auf Experimente und entschied sich für klassische Pancakes mit Apfelmus.

Während sie auf ihre Bestellung wartete, kramte Clare ihre Notizen hervor und arbeitete an der Gliederung von James' Biographie. Sie hatte nicht mehr viel Zeit und musste bald mit dem Schreiben beginnen. Sonst würde sie das Skript nie rechtzeitig fertig bekommen. Clare kritzelte ein paar Stichpunkte in ihr Notizbuch, strich sie dann aber wieder durch. So wurde das nichts. Sie konnte sich nicht mehr konzentrieren. Vielleicht hatte Lizzy recht. In den vergangenen zwei Wochen hatte sich Clare so in ihrer Arbeit vergraben, dass sie beinahe das Zeitgefühl verloren hatte. Zugegeben, die Recherche war aufwendig und eine wichtige Grundlage für Clares Arbeit. Zugleich war es eine gute Ausrede für sie, um sich von James zu distanzieren und auf ihre berufliche Zusammenarbeit zu fokussieren.

Seit dem Ausflug zum Strand bekam sie das Gefühl von James' Händen auf ihren Hüften nicht mehr aus dem Kopf. Jedes Mal, wenn sie daran dachte, flatterte ihr Magen, und sie sehnte sich nach weiteren Berührungen. Auch wenn ihr Verstand kategorisch Nein dazu sagte, verlangte ihr Körper immer stärker danach. Wenn sie James mit Fragen überschüttete, musste sie sich jedes Mal bis aufs Äußerste konzentrieren, um seinen Worten zu folgen und nicht seine gut gebauten Schultern anzustarren. Es war beinahe peinlich. Und furchtbar unprofessionell.

Clare versuchte die Vergangenheit zu nutzen, um von ihm abzukommen. Doch ihre sonst so verlässliche Wutflamme ließ sie im Stich. Je mehr Zeit sie hier in Ballybyrne verbrachte und je mehr sie über James erfuhr, desto schwächer wurde die Flamme. Die Menschen waren sich einig: ›Ja, James hatte eine schlimme Phase, aber da konnte der gute Junge doch nichts für.‹ Und dann fingen sie an, seine guten Taten anzupreisen.

Dass Clare diese selbst tagtäglich mitbekam, machte es auch nicht einfacher. Ein Fußballspiel mit der Grundschule hier, ein Bingo-Abend im Seniorenzentrum dort. James war regelmäßig mit seinem sozialen Engagement unterwegs.

Clare fragte sich immer wieder, wie er das neben seiner Arbeit alles unter einen Hut brachte. Doch Maggy, James' Assistentin, schien ein Naturtalent in der Terminplanung zu sein.

Mit jedem Tag fiel es Clare schwerer, James mit Abstand zu begegnen. Aber sie musste sich zusammenreißen. Sie appellierte an ihre Vernunft und ihr Durchhaltevermögen.

»Clare, sieh mal! Hier sind deine Pancakes.« Emy lief mit wippendem Pferdeschwanz auf Clare zu und stellte ihr einen Teller auf den Tisch. »Mum hat gesagt, du musst mehr essen. Deswegen hat sie dir die doppelte Portion draufgetan«, erklärte Emy.

Und das hatte Lizzy wahrlich.

»Das schaff ich doch nie. Emy, ich fürchte, du musst mir helfen«, sagte Clare gespielt verzweifelt. Emy verstand sofort und holte eine weitere Gabel. Dann kletterte sie auf den Stuhl neben Clare, und gemeinsam machten sie sich über die Pfannkuchen her.

Nach einer Weile kam Lizzy heraus und setzte sich zu ihnen. Sie sah Emy streng, aber dennoch liebevoll an. »Na, dann brauchst du heute immerhin kein Abendbrot mehr.«

Emy wedelte mit ihrer Gabel umher. »Sag das nicht! Wer weiß, wie viel Hunger ich habe, wenn ich ins Bett muss.« Dann wandte sie sich an Clare. »Erzählst du mir heute wieder eine Geschichte?«

Am Tag nach dem Strandausflug hatte Emy ebenfalls an Clares Tisch im Café gesessen und sie gebeten, ihr etwas vorzulesen.

»Bei all dem Spaß konnte ich dich gar nicht mehr testen«, hatte sie zu Clare gesagt.

»Testen?«

Emy hatte eifrig genickt. »Ja! Testen, ob du lesen kannst. Ich kann's noch nicht. Deswegen brauche ich Freunde, die das können, weißt du?«

Von da an verbrachte Clare mindestens eine Stunde am Tag in Lizzys Café und las Emy aus allen möglichen Büchern vor. Eines Nachmittags hatte Emy kein Buch gefunden, das ihrer Stimmung entsprach, und so hatte Clare ihr eine Geschichte erzählt. Sie hatte die Geschichte erfunden, noch während sie sie Emy erzählte, sodass die jederzeit hatte Ideen einwerfen können, um die Handlung zu verändern. Und so musste Clare fortan nicht mehr vorlesen, sondern Geschichten erzählen – was sie nur zu gern tat.

Clare wischte Emy einen Apfelmusfleck vom Kinn. »Hast du deiner Mum heute denn auch brav geholfen?«

Emy nickte energisch.

»Nun ... Dann steht nachher wohl noch eine kleine Erzählstunde an.«

»Yes!« Emy streckte siegreich ihre Faust in die Höhe. Dann drehte sie sich zu ihrer Mutter. »Hast du mein Kleid schon rausgelegt? Das mit den Rosen drauf?«

»Hab ich, mein Schatz«, antwortete Lizzy.

Wieder an Clare gerichtet, erzählte Emy: »Es ist nämlich mein schönstes Kleid. Zum Apfelblütenfest darf ich immer mein schönstes Kleid tragen.« Sie schob sich ein Stück Pfannkuchen in den Mund. Nachdem sie ausführlich gekaut und runtergeschluckt hatte, fragte sie: »Was für ein Kleid ziehst du an? Oder kommst du vielleicht in einer schicken Hose?«

Bedauernd sah Clare die Kleine an. »Ich fürchte, meine schönen Sachen habe ich gar nicht dabei.«

Emy überlegte einen Moment. »Du könntest was von mir haben, nicht, Mummy?«

Lizzy und Clare lachten.

»Süße, ich glaube nicht, dass Clare in deine Sachen reinpasst. Sie ist ein bisschen größer als du.«

Emy musterte Clare von oben bis unten. »Aber nur ein bisschen.«

»Clare, willst du nicht nachher mit zu uns kommen? Ich bin mir sicher, wir finden bei mir im Kleiderschrank ein hübsches Outfit für dich. Ich habe da auch schon so eine Idee …« Lizzy hatte wieder diesen schelmischen Gesichtsausdruck.

»Ist das denn nötig?«

»Nötig? Es ist doch Apfelblütenfest!« Emy sah Clare mit weit aufgerissenen Augen an.

Lizzy nickte. »Da hörst du's.«

Clare gab sich geschlagen. »Dann haben wir heute Abend wohl ein Date.«

»Und dann kannst du mir eine ganz lange Geschichte erzählen, Clare.« Emy hüpfte vor Begeisterung von ihrem Stuhl.

»Ja, warum übernachtest du nicht gleich bei uns? Mädelsabend zu dritt?« Lizzy hob Emy auf ihren Schoß.

Clare dachte darüber einen Moment nach, doch dabei war ihre Entscheidung längst gefallen. »Ja, warum nicht?« Sie lächelte Mutter und Tochter an, ein unschlagbares Team. »Aber vorher muss ich noch ein paar Sachen erledigen.«

Sie vereinbarten eine Uhrzeit, und bald darauf brach Clare auf.

Zurück in James' Gästezimmer gab Clare telefonisch einen Zwischenstand zu den Recherchen an ihre Chefin Heather durch. Anschließend rief sie Cliff, ihren besten Freund, in Dublin an. Sie hatte sich seit ihrer Ankunft nicht mehr bei ihm gemeldet und konnte ein paar beruhigende und motivierende Worte jetzt gut gebrauchen. Wie erwartet ging Cliff sogleich an sein Handy, als Clares Nummer auf dem Display erschien.

»Meine liebste Clare, was verschafft mir die Ehre?«

Clare lächelte. »Du bist und bleibst ein Charmeur.«

»Mann tut, was Mann kann«, sagte Cliff lachend.

Sie plauderten eine Weile, während Clare darauf achtete, nicht zu viele Details über ihren aktuellen Job zu erzählen. Trotzdem tat es gut, Cliffs Stimme zu hören. Nachdem sie schließlich aufgelegt hatte, packte sie ein paar Sachen zusammen und machte sich auf den Weg zu Lizzy.

8

Ein Zettel! Sie hatte ihm einen Zettel hinterlassen! *Übernachte bei Lizzy. Bis morgen.* War das zu fassen? Jetzt redete Clare nicht mal mehr mit ihm. James zerriss das kleine Blatt Papier und warf es in den Mülleimer. Seit zwei Wochen, der Mai stand bereits vor der Tür, hielt sie ihn auf Abstand. Selbst ein Trottel hätte das inzwischen bemerkt.

Er holte sich eine Flasche Cider aus dem Kühlschrank und nahm einen Schluck. Dann setzte sich James erschöpft an den Bartresen in seiner Küche. In der Firma war heute viel zu tun gewesen, wie immer am Tag vor dem großen Fest zur Apfelblüte. Als er heimkam, war es schon längst dunkel.

James wusste nicht, was er gehofft hatte, doch dieses Versteckspiel mit Clare hatte er langsam satt. Sie waren zwei erwachsene Menschen. Dass es zwischen ihnen eine gewisse körperliche Anziehung gab, konnte Clare wohl kaum bestreiten. Besonders nicht, wenn er an ihre Reaktion auf den Kuss vor dem Pub dachte. Und auch beim Ausflug an den Strand hatte er deutlich gespürt, dass es ihr ähnlich ging wie ihm.

Aus irgendeinem Grund hatte sie jedoch beschlossen, ihnen das Vergnügen nicht zu gönnen. Sie vermied jeden unnötigen Kontakt zu ihm. Wenn er morgens ins Büro fuhr, war sie entweder noch im Gästezimmer oder bereits unterwegs. Kam er abends aus der Firma, hatte sie sich in der Regel schon zurückgezogen. Die wenigen Male, die sie miteinander gesprochen hatten, waren professionelle Interviews über seine Studienzeit, seine Innovationen in der Fabrik und den Erfolg von *Byrnes Cider* gewesen. Seinen Versuchen, die Gespräche in persönlichere Bahnen zu lenken, lieferte sie eine klare Absage. Sie nutzte jede Gelegenheit, das Haus zu verlassen – so wie heute Abend. Übernachten bei Lizzy? Warum, verdammt nochmal?

Clares Hinhaltetaktik mochte vielleicht für sie selbst funktionieren. Bei James sorgte sie leider eher für das Gegenteil. Je seltener er sie sah und je mehr sie auf Abstand ging, desto mehr wollte er sie. *Großartig*, dachte James.

Plötzlich wurde die Haustür aufgerissen, und Michael stand mit zerzausten Haaren in der Küche. James ging ihm entgegen und musterte seinen besten Freund argwöhnisch.

»Michael, alles okay? Du siehst irgendwie nicht gut aus.«

»Oh, wirklich?«, entgegnete der sarkastisch.

»Willst du was trinken?«, fragte James.

Michael nickte und sagte mit Blick auf James' Cider: »Ja, aber ich brauch' was Stärkeres.«

James holte zwei Gläser und eine Flasche seines besten Whiskys aus dem Schrank, und die beiden gingen ins Wohnzimmer. Michael ließ sich auf die Couch fallen und blickte mürrisch drein, während James die goldene Flüssigkeit in die Gläser schenkte.

Michael nahm einen kräftigen Schluck und schwieg eine Weile. James wusste, dass sein bester Freund anfing zu reden, wenn er so weit war. Also fragte er ihn gar nicht erst, was vorgefallen war. Seitdem Clare verrücktspielte, schien auch Michael etwas zuzusetzen. Er war ständig am Grübeln und vergrub sich in seiner Arbeit. Wenn James es sich recht überlegte, agierten die beiden momentan ziemlich ähnlich. Bevor er sich weitere Gedanken darüber machen konnte, begann Michael zu sprechen.

»Weißt du ... Also, warum sind Frauen immer so kompliziert?«

James zog die Augenbrauen hoch. »Gäbe es eine Antwort auf diese Frage, hätten viele Männer auf der Welt ein einfacheres Leben, Michael.«

»Ja, aber ...« Michael raufte sich die sowieso schon zerzausten Haare und starrte in sein Glas. »Aber warum scheinen wir alles falsch zu machen?«

»Oh, Moment, zieh mich da nicht mit rein. Und die anderen dreieinhalb Milliarden Männer auf dieser Welt.«

Michael schwieg.

»Es geht um Lizzy, nicht?«

Überrascht sah Michael auf. »Woher weißt du ...?«

James lachte leise. »Mann, ich bin doch nicht blöd. Ich kenne euch genauso lange wie ihr euch. Denkst du, ich bekomme es nicht mit, wenn es zwischen euch funkt? Ihr hingegen habt da eine ziemliche lange Leitung, wie mir scheint. Selbst Emy spürt, dass zwischen euch was läuft.«

Michael schüttelte frustriert den Kopf. »Ich wollte ihr Zeit lassen. Du weißt, wie ihr die Sache mit George zugesetzt hat. Und ich dachte, ich wäre rücksichtsvoll.«

James zuckte mit den Achseln. »Und?«

»Und? Jetzt beschwert sie sich darüber!«

»Worüber?« James konnte nicht folgen.

Michael stand auf, lief eine Runde um die Couch, setzte sich schließlich wieder und nahm einen weiteren Schluck Whisky. »Es gefällt ihr nicht, dass ich es langsam angehen lassen will, dass ich ihr Zeit geben will, dass ich es nicht überstürzen will ...«

Das war das Problem? James wünschte, Clare würde mal so denken. Aber das war hier nicht das Thema. »Und jetzt?«

Michael starrte wieder in sein Glas. »Jetzt hat sie mir ein Ultimatum gestellt und gesagt, ich soll mich gefälligst entscheiden.«

James lächelte verstohlen. So kannte er Lizzy. Kämpferisch, immer direkt und ohne Gnade. Er war froh, dass sie die ängstliche Phase scheinbar überstanden hatte.

»Und?«, hakte er nach, als Michael nicht fortfuhr.

Dieser brauchte eine Weile, bis er schließlich antwortete. »Ich liebe sie, James. Aber –«

»Dann solltest du ihr das vielleicht mal sagen«, unterbrach er Michael. Er kannte seinen Freund, er machte es sich gern komplizierter als nötig.

Michael schwieg und trank seinen Whisky aus. »Ja. Ja, vielleicht hast du recht. Aber so etwas sagt sich nicht so leicht ...«

James nickte und schenkte ihnen beiden nach. Eine Zeit lang sagte keiner von beiden etwas. Schließlich wechselte Michael das Thema. »Hast du deine Rede für morgen schon vorbereitet?«

James schielte rüber zu seinem Kumpel. »Was denkst du?«

Michael lachte endlich wieder. »Dann ist es ja gut, dass ich vorbeigekommen bin. Also, legen wir los.« Er warf einen Blick auf seine Uhr. »Wir haben noch neun Stunden, bis du sie halten musst.«

Währenddessen saß Clare bei Lizzy auf dem Sofa. Nachdem sie James informiert und ein paar Sachen aus seinem Haus geholt hatte, war sie bei Lizzy und Emy aufgekreuzt. Gemeinsam hatten sie gekocht, zu Abend gegessen, und Clare hatte Emy eine besonders ausführliche Geschichte erzählt. Bald darauf waren der Kleinen die Augen zugefallen, und Lizzy hatte sie ins Bett gebracht. Gerade kam sie mit zwei dampfenden Tassen Tee zurück ins Wohnzimmer.

»Ich dachte mir, Tee passt heute Abend besser als Wein oder Cider.« Sie grinste und reichte Clare einen Becher.

»Du sagst es«, entgegnete Clare. »Danke nochmal für die Einladung.«

Lizzy wehrte ab. »Oh, nicht doch, wir freuen uns immer über nette Gesellschaft.« Sie wickelte eine Decke um ihre Beine. »Wie kommst du mit der Biographie voran?«

»Gut«, antwortete Clare schnell. »Doch. Ja, ich denke, ich habe bald alles, was ich brauche.«

»Was fehlt dir noch?«, fragte Lizzy neugierig.

Clare überlegte, ob sie sie auf James' Mutter und den Zeitungsartikel ansprechen sollte. Schließlich entschied sie sich für einen Versuch. Wer sonst würde ihr etwas dazu sagen?

»Ich habe einiges zu James' Vorfahren recherchiert. Das gehört ja auch zu seinem Leben. Über seinen Vater und seine Großeltern habe ich ausreichend Infos gefunden.« Clare machte eine kurze Pause, bevor sie weitersprach. »Ich kann nur fast nichts über seine Mutter finden. Und er reagiert nicht besonders gut, wenn ich ihn auf sie anspreche. Auch sonst scheint hier niemand über sie zu reden.«

Lizzy nickte wissend, und Clare fuhr fort.

»Im Stadtarchiv habe ich einen alten Zeitungsartikel gefunden. Darin heißt es, Laurell Byrne soll in einen IRA-Waffenschmuggel involviert gewesen sein. Doch bis auf den Bericht habe ich nichts mehr zu dem Thema gefunden. Nicht mal eine aktuelle Anschrift finde ich von ihr.«

Lizzy schwieg einen Moment, dann schlussfolgerte sie. »Und jetzt brauchst du meine Hilfe?«

Clare versteifte sich ein wenig. »Das Thema scheint äußerst sensibel zu sein. Und ich weiß, dass ich hier viel von dir verlange, weil James dein Freund ist. Aber wenn mir Teile fehlen, kann ich das Puzzle nicht abschließen. Es wäre keine gute Arbeit.«

»Und seine Mutter ist so ein Teil?«

Clare nickte. »Je mehr über jemanden geschwiegen wird, desto auffälliger wird es. Wenn ich nicht nachhake, werden es andere tun. Dass das dann glimpflich ausgeht, darauf würde ich nicht wetten.«

Lizzy seufzte. »Wir haben hier seit Jahren nicht über Laurell gesprochen.«

»Wo lebt sie jetzt?«

»Ich glaube, sie hat ein kleines Haus. Drüben an der Westküste. Es gehörte zu den Bedingungen.«

»Bedingungen?«, fragte Clare.

Lizzy umschloss ihre warme Tasse mit beiden Händen. »Weißt du, ich denke, es ist am besten, wenn du selbst mit ihr sprichst. Es ist ihre Geschichte, die sollte niemand von uns erzählen.« Sie zog die Decke fester um sich. »Ich such' dir morgen früh ihre Adresse raus. Aber versprich mir, dass du mit James darüber redest. Es sollte ihn nicht unvorbereitet treffen.«

Clare nickte. »Danke, Lizzy.«

»Dank mir nicht, es wird dir keine Freude machen. Glaub mir, es macht alles nur komplizierter.«

Clare versuchte nicht zu viel über Lizzys letzte Bemerkung zu grübeln, sie wollte unvoreingenommen in dieses Gespräch gehen. Sie erhoffte sich aufschlussreiche Antworten von Laurell.

Sie wechselten das Thema und plauderten eine Weile.

»Übrigens«, warf Lizzy ein, »deine Geschichte vom Apfelkönig und dem bösen Dieb hat Emy heute beim Zu-Bett-Gehen in wahre Begeisterungsstürme ausbrechen lassen – trotz zufallender Augen.« Sie lachte.

»Ich fühle mich geschmeichelt«, antwortete Clare lächelnd.

»Ich gebe zu, im Geschichtenerzählen reicht dir so schnell keiner das Wasser.«

Clare zuckte mit den Schultern. »Na ja, ich hatte viel Übung. Meine vier jüngeren Brüder mussten beschäftigt werden, damit sie keinen Blödsinn anstellen.«

Lizzy wurde neugierig. »Vier Brüder?«

»Eigentlich fünf. Aber der fünfte und ich sind Zwillinge, also ...«

»Nein?!«, rief Lizzy. »Zwillinge? Wie ist das so?«

Clare dachte an Cillian und lächelte. »Anstrengend. Aber auch wunderschön. Ich möchte es nicht missen.«

»Aber jeder von euch lebt sein eigenes Leben?«

»Natürlich. Alles andere wäre für keinen von uns gut. Er lebt in der Nähe meiner Eltern.«

»Und dich zog es in die Stadt?«

»Ja, ich wollte immer nur schreiben.« Clares Stimme klang wehmütig. Sie dachte daran, dass sie diesen Auftrag erfolgreich zu Ende bringen musste, sonst würde sie das mit dem Schreiben vergessen können.

»Was halten deine Eltern davon?«, hakte Lizzy nach.

»Na ja, ihnen wäre es natürlich lieber gewesen, ich wäre bei ihnen auf dem Hof geblieben, aber sie haben mich ziehen lassen.«

»Hof?« Lizzy horchte auf.

Clare räusperte sich, um Zeit zu gewinnen. Sie wägte ab, was und wie viel sie Lizzy erzählen sollte. Es wäre nur fair, ihr gegenüber ehrlich zu sein. Sie probierte mal wieder eine Zwischenlösung. »Ja, er ist seit Generationen in Familienbesitz.«

»Was produziert ihr?«

»Äpfel – was sonst?« Clare breitete die Arme aus und lächelte unsicher.

Lizzy bemerkte es nicht, sie war von der Neuigkeit viel zu begeistert. »Deshalb kennst du dich mit Cider so gut aus. Ihr beliefert dann ja Brauereien, oder?«

»Sozusagen.« Clare versuchte sich ein gutes Gewissen

einzureden. Es war nicht falsch, was sie erzählte. Sie hatte lediglich weggelassen, dass sie selbst produzierten. Und die Äpfel an die eigene Brauerei lieferten.

»Fantastisch!« Lizzy war begeistert. Sie quetschte Clare noch ein bisschen über das Hofleben und ihre Brüder aus. Nach gut einer Stunde war es bereits weit nach Mitternacht, und sie beschlossen, ihr Gespräch am nächsten Tag fortzusetzen.

»Erinnere mich daran, dass wir dir morgen früh noch was Hübsches aus meinem Kleiderschrank aussuchen«, rief Lizzy, als sie schon auf dem Weg in ihr Schlafzimmer war.

»Mach ich«, antwortete Clare und musste lächeln. Lizzy war ein herzensguter Mensch. Obwohl sie so eine schwere Zeit durchgemacht hatte, sprühte sie vor Optimismus und guter Laune. Clare nahm sich fest vor, sich bei Gelegenheit eine Scheibe davon abzuschneiden.

»Mummy, wir müssen los! Sonst verpassen wir die Rede von Onkel James.« Emy lief ungeduldig in der Küche herum. Sie trug bereits ihr Lieblingskleid, das mit den roten Rosen, und einen süßen Strohhut, auf dem ein kleiner Apfel aus Styropor aufgeklebt war. In ihren kleinen Stiefelchen stolperte sie beinahe über den Küchenläufer, doch Emy merkte es kaum. Sie war zu aufgeregt.

»Mummy!«, rief sie erneut.

»Wir kommen ja schon«, antwortete Lizzy und stieg mit Clare im Schlepptau die Treppe hinunter. Ähnlich wie ihre Tochter hatte sich Lizzy für ein dunkelblaues Sommerkleid mit Blütendruck entschieden. Um ihre Taille war eine große rote Schleife gebunden, passend zu den roten Ballerinas – auf denen natürlich jeweils ein kleiner unechter Apfel aufgeklebt war. Emy hatte darauf bestanden. Clare hatte sich ein schlichtes weißes Sommerkleid von Lizzy geborgt und es mit silbernen Sandalen kombiniert.

»Nimmst du uns so mit, mein Schatz?«

Kritisch beäugte Emy die beiden Frauen. Sie legte einen Finger an ihr Kinn und sah sehr konzentriert aus. Schließlich nickte sie langsam.

»Ich denke, das geht.« Plötzlich drängelte sie sich an Lizzy und Clare vorbei und lief in ihr Zimmer. Dabei rief sie: »Aber eine Sache fehlt da noch, Mummy!«

Kurz darauf kehrte sie zurück und drückte Clare ein paar Ohrringe in die Hand – kleine rote Äpfelchen, die so groß waren wie Clares Fingernägel.

»Es ist Apfelblütenfest, da musst du doch auch etwas mit Äpfeln bei dir haben, nicht?«

Clare betrachtete die Ohrringe in ihrer Hand. »Ich danke dir, Emy«, sagte sie lächelnd und legte den Schmuck an. Sie warf noch einen Blick in den Spiegel und schaute dann zu Emy. »Kann ich mich so sehen lassen?«

Lizzys Tochter strahlte über das ganze Gesicht und nickte. »Absolut!« Sie wandte sich an ihre Mutter. »Können wir jetzt endlich gehen? Onkel Michael wartet bestimmt schon auf uns!«

Clare bildete sich ein, bei der Erwähnung von Michaels Namen auf Lizzys Gesicht einen traurigen Schatten gesehen zu haben. Doch gleich darauf lächelte sie wieder und schob Emy hinaus. »Na los, dann gehen wir Ballybyrne mal unsicher machen.«

Auf dem Marktplatz hatte sich bereits der halbe Ort eingefunden. Ringsherum waren Stände aufgebaut und boten Gegrilltes, Crêpes und Schokofrüchte an. Einige Buden verkauften Apfelsaft, Most und Cider sowie allerlei Gebäck. Entlang der Hauptstraße fanden sich weitere kleine Stände, eine Hüpfburg und diverse Sitzgelegenheiten. Die Läden hatten ihre Schaufenster geschmückt, und überall gab es Blumen und irische Flaggen sowie Wimpel mit dem Logo von *Byrnes Cider*. Am nördlichen Ende des Marktplatzes war eine Bühne aufgebaut, die ebenfalls aufwendig mit Blumengirlanden und Wimpeln dekoriert war.

»Wie fühlst du dich, Kumpel?« Michael tauchte mit zwei Tassen Kaffee neben James auf, der in der Nähe der Bühne stand und die Menge beobachtete.

»Gut. Mir geht's gut«, bekräftigte James und nahm dankbar den Kaffee entgegen. Nachdem er einen Schluck getrunken hatte, betrachtete er die Tasse genauer. Fragend sah er Michael an. »Sind das nicht Tassen aus Lizzys Café?«

»Yep.«

»Du bist bis zum Café gelaufen und dann mit den beiden Tassen über den ganzen Marktplatz wieder hierher?«

Michael blickte James unschuldig an. »Da gibt es eben den besten Kaffee.«

James lachte und klopfte seinem Freund auf die Schulter. »Gutes Argument.« Nach einer kurzen Pause fügte er fragend hinzu: »War sie dort?«

Michael schüttelte den Kopf. »Nein, Kate hat Dienst. Aber sie kommt bestimmt noch.«

»Mach dir keine Sorgen, das wird schon.«

Michael wechselte das Thema. »Sitzt die Rede?«

James fuhr sich mit der Hand durch die Haare. »Ja, ist schließlich nicht die erste Rede, die ich hier halte …«

»Und nicht die erste, die wir erst in der Nacht zuvor verfasst haben«, ergänzte Michael grinsend.

»Onkel James, Onkel Michael!« Ein kleiner Wirbelwind flog auf die beiden zu und sprang Michael direkt in die Arme.

»Wen haben wir denn da?« Er wirbelte Emy herum, während Lizzy und Clare gemütlich auf sie zuschlenderten.

James suchte gerade nach einem Platz, wo er seine Tasse

unbeschadet abstellen konnte. Als er wieder aufsah, konnte er nicht verhindern zu starren. Er hatte Clare in den letzten Tagen kaum zu Gesicht bekommen. Jetzt spazierte sie an Lizzys Seite über den Marktplatz auf ihn und Michael zu. Sie sah großartig aus. Ihr Haar war zu einem lockeren Knoten zusammengebunden, aus dem sich ein paar freche Strähnen gelöst hatten und nun im Wind um ihr Gesicht tanzten. Clare trug ein knielanges weißes Sommerkleid, das ihre Taille und ihre langen Beine perfekt betonte. Ihre Füße steckten in zierlichen silbernen Sandalen. Als sie näherkam, entdeckte James zwei rote Miniaturäpfel, die von ihren Ohren baumelten. Schmuck, den er zuletzt an Emy gesehen hatte. Clare lachte über etwas, das Lizzy gesagt hatte, und James hätte sie am liebsten gegriffen und von hier fortgezogen. Irgendwohin, wo sie alleine waren und er endlich all die Dinge mit ihr tun konnte, die in seinem Kopf herumschwirrten, seit sie sich vor dem Pub geküsst hatten.

Michael hatte Emy inzwischen wieder auf dem Boden abgesetzt. Die Kleine schwatzte fröhlich drauflos und rettete James aus seiner Starre.

»Onkel James, bist du schon aufgeregt?«

Er ging in die Hocke, damit er mit Emy auf Augenhöhe war. »Nein, wieso denn?«

»Na, du musst doch gleich deine Rede halten. Also, ich wäre ganz schrecklich aufgeregt.«

»Ich habe da einen Trick, weißt du? Ich suche mir im Publikum eine nette Person, und dann tue ich so, als würde ich nur mit diesem einen Menschen reden. Dann denke ich gar nicht mehr daran, dass da noch viele andere Leute stehen und mir zuhören.«

Emy dachte darüber nach. »Hm ... Aber sind die anderen Leute nicht sauer, wenn du nur mit dieser einen Person redest?«

James lachte. »Nein, die merken das gar nicht.«

Emy strahlte. »Das ist ja super! Darf ich heute die Person aussuchen, mit der du sprichst?«

James überlegte. »Ja, warum nicht?«

»Okay, ich bin gleich wieder da!«, rief Emy, stürmte zur nächsten Sitzbank und kletterte drauf, um sich von dort aus einen besseren Überblick über die Menschenmenge zu verschaffen.

»Was ist denn hier los?«, fragte Lizzy amüsiert.

»Oh, Emy hilft mir bei meiner Rede«, entgegnete James.

»Will ich mehr darüber wissen?«

Michael unterbrach die beiden hektisch. »Nein, willst du nicht.« Er richtete sich an Lizzy. »Können wir einen Moment sprechen?«

Sie wollte ablehnen. »Wir sind doch gerade erst gekommen –«

»Gut, gehen wir.« Michael griff nach ihrem Arm und zog sie fort.

»Michael, was soll das?« Lizzy versuchte sich zu befreien, scheiterte jedoch und stolperte Michael hinterher.

Clare sah den beiden besorgt nach. »Meinst du, wir sollten ihnen folgen?«

»Nein, das ist schon gut so. Ein längst überfälliges Gespräch«, erklärte James.

Clare beließ es vorerst dabei und betrachtete das anwachsende Publikum auf dem Marktplatz.

»Apropos überfällig –«, setzte James an.

»Sollten wir vielleicht nicht lieber nach Emy sehen?«, unterbrach Clare ihn und wich seinem Blick aus.

»Der geht's gut.«

James hatte recht, Emy hatte ein paar Freunde getroffen und spielte mit ihnen nur wenige Meter von den beiden entfernt.

»Ich mag deine Ohrringe«, sagte James schmunzelnd.

Endlich lachte Clare. »Ah ja? Ich habe sie von einer ausgefuchsten Modeexpertin empfohlen bekommen.«

»Lass mich raten, diese Expertin trägt heute einen Strohhut und ist sechs Jahre alt.«

Beide sahen hinüber zu Emy.

»In der Tat«, antwortete Clare lächelnd. »Sag bloß, du kennst sie auch ...«

James nickte grinsend. »Oh ja, sie weiß wirklich Bescheid in Sachen Mode.«

Ein älterer Mann kam auf die beiden zu und richtete sich an James. »Wenn du so weit bist?«

»Ja, ich komme sofort.« James drehte sich zu Clare. »So, es geht los.«

»Toi, toi, toi, Mister Byrne.« Clare lächelte ihm aufmunternd zu.

Für einen Moment verhakte sich sein Blick mit ihrem. Seine Lippen umspielte wieder dieses unberechenbare Lächeln, und Clare spürte, wie ihr Widerstand auf eine harte Probe gestellt wurde. Sie musste dringend auf Distanz zu ihm gehen. Als könnte James ihre Gedanken lesen, schüttelte er beinahe unmerklich den Kopf.

»Lass es Clare, lauf nicht weiter davon«, flüsterte er.

Dann strich er ihr eine verirrte Strähne aus dem Gesicht und wandte sich zum Gehen.

»James, warte! Unser Trick!« Emy rannte auf ihn zu und stoppte ganz außer Atem vor ihm. Er beugte sich zu ihr hinunter, und sie flüsterte ihm etwas ins Ohr.

Daraufhin lächelte er und gab Emy einen Kuss auf die Stirn. »Eine gute Wahl.«

Anschließend ging er um die Bühne herum, und Emy zog Clare in die Menschenmenge.

»Verdammt, Michael, lass mich endlich los.« Lizzy versuchte ihre Stimme zu dämpfen. Sie wollte in der Öffentlichkeit keine Szene machen. Sollte sich Michael aber nicht bald am Riemen reißen, würde sie auch das riskieren.

Michael dachte jedoch nicht daran, sie davonkommen zu lassen. Er zog sie über den Marktplatz, die Hauptstraße entlang bis zu ihrem Café. Dabei grüßte er bekannte Gesichter in der Menge und tat, als wäre es völlig normal, dass Lizzy hinter ihm herstolperte.

Lizzys Aushilfe Kate kam eben aus dem Café, und Michael rief ihr zu: »Wie viele Gäste sind im Café?«

Kate sah ihn verwirrt an. »Momentan keiner, die meisten holen sich was zum Mitnehmen. James' Rede beginnt doch gleich.«

»Gut.« Michael schob sich an Kate vorbei in den Laden, Lizzy immer noch im Schlepptau.

»Kate, du machst jetzt Pause. Du wolltest doch sicher auch die große Rede hören.«

Lizzys junge Aushilfe sah ihn skeptisch an. »Ja, schon, aber der Laden …«

»Das geht in Ordnung. Wir sind jetzt hier. Geh ruhig. Mach dir einen schönen Tag mit deinen Freunden.« Michael reichte Kate ihre Tasche, bugsierte sie hinaus und schloss die Tür zum Café ab.

Eine immer noch sehr verwirrte Kate überlegte kurz, warf einen unsicheren Blick durch die Fensterscheibe, entschied sich dann jedoch, Michaels Wunsch zu nachzukommen.

Lizzy, die bisher sprachlos daneben gestanden hatte, murmelte: »Verräterin.«

Michael griff erneut nach Lizzys Arm und zog sie in die Büroräume im hinteren Teil des Cafés. Dort waren sie vor neugierigen Blicken von Passanten geschützt. Das Zimmer, das Lizzy zum Büro umfunktioniert hatte, war nicht besonders groß. Es glich mehr einer Abstellkammer. Lizzy hatte auf einem Antiquitätenmarkt einen süßen kleinen Schreibtisch ergattert, der trotz Minimalismus beinahe den gesamten Raum füllte. Mit Mühe hatte Lizzy noch ein schmales Regal ins Büro bekommen. Michael schloss die Tür hinter ihr. Dann drehte er sich zu ihr, sah sie an und schwieg eisern. Nervös kaute er auf seiner Unterlippe herum, doch er sagte nichts.

Das Büro war nicht dafür gemacht, dass zwei Menschen bei geschlossener Tür darin waren. Schnell wurde es warm, und die Enge trieb Lizzy die Hitze durch die Adern. Womöglich war es aber auch ihre Wut über Michaels Verhalten. Ihr wurde es schlichtweg zu bunt.

»Was zur Hölle ist los mit dir?«, rief sie ungehalten und funkelte Michael böse an.

»Mit mir? Was mit *mir* los ist?« Michael schrie beinah. Seine Wangen waren gerötet, seine Haare ein einziges Durcheinander, und trotzdem sah er immer noch viel zu gut aus.

Lizzy blickte ihn fragend an.

Er atmete tief durch und setzte einige Male zum Sprechen an, brach allerdings immer wieder ab, noch bevor er etwas gesagt hatte. Wäre das Büro groß genug gewesen, er wäre herumgetigert. Doch das ging nicht. Er trat von einem Bein aufs andere und schwieg.

»Michael …« Lizzys Ärger ließ nach. Stattdessen fing sie an, sich Sorgen um ihn zu machen. Sie griff nach seiner Hand. »Was ist los?«

Er stand so dicht vor ihr, dass sie sich einbildete, sein Herz unter dem Hemd schlagen zu sehen. Ohne Ankündigung beugte er sich plötzlich zu ihr und küsste sie. Es war kein vorsichtiger, zurückhaltender Kuss. Michael fragte nicht, ob es ihr recht sei. Im Gegenteil, er war fordernd. Lizzy ließ es geschehen. Sie sehnte sich nach ihm, hatte ihn in den vergangenen Tagen so sehr vermisst. Warum konnte der Kerl nicht endlich einen Schritt wagen und seine Rücksicht gänzlich fallen lassen? Lizzy seufzte leise und lehnte sich schließlich ein Stück zurück. Sie drehte den Kopf weg, schluckte und holte tief Luft.

»Ich sollte nach Emy sehen.«

Michael wich nicht von ihr ab und strich sanft über ihre Wange, sodass sie ihn wieder anblickte. »Clare ist bei ihr. Emy geht es gut.« Michael sah sie liebevoll an. »Lizzy, ich … Ich liebe dich.«

Wenn Michael gehofft hatte, damit würde sie in seine Arme sinken, hatte er sich definitiv getäuscht. In ihren Augen flammte der Ärger wieder auf.

»Oh, wirklich? Ist dem so?« Abschätzend musterte sie ihn.

»Lizzy, ehrlich. Ich liebe dich.«

Lizzy stach mit dem Zeigefinger auf Michaels Brust ein.

»Und das fällt dir jetzt ein? Nach zwei Wochen, in denen du kaum mit mir geredet hast?«

Er wich erschrocken zurück. »Ich –«

»Ja, du!« Lizzy schnitt ihm das Wort ab. »Wag es nie wieder, mich so hängen zu lassen. Keine Anrufe, keine SMS, keinerlei Lebenszeichen. Was denkst du, wie ich mich gefühlt habe?«

»Lizzy, ich …«, setzte Michael zur Erklärung an. »Ich hatte Angst, okay? Wir kennen uns schon so lange, aber das hier ist etwas ganz anderes.«

»Und wieso?«

Michael fuhr sich durch die zerzausten Haare. »Ich habe dich schon in der zehnten Klasse geliebt. Und dann gingst du nach dem College nach London, bist einfach durchgebrannt. Du hast dort so viel durchgemacht, ich wollte dich nicht unter Druck setzen.«

Lizzy blickte ihn stumm an.

»Außerdem gibt es ja auch noch Emy. Ich wollte ihr nicht zumuten, dass sie darunter leidet, wenn es mit uns vielleicht nicht klappt. Verstehst du das nicht?«

Lizzy nickte. Trotzdem zog sie ihre Stirn in Falten. »Und jetzt? Was ist anders?«

»Weil ich es ohne dich nicht länger aushalte«, gestand Michael. Aufgebracht fügte er hinzu: »Und weil du mir eine verdammte Deadline gesetzt hast!«

Lizzy hob abwehrend ihre Hände. »Schieb es nicht auf mich!«

»Lizzy, du und Emy, ihr seid das Wertvollste, was ich in meinem Leben habe. Ich wollte um jeden Preis, dass es gutgeht. Ich würde es nicht ertragen, einem von euch Kummer zu bereiten.« Michael sah gequält drein.

»Gut. Dann sind wir uns ja einig.« Lizzy versuchte böse auszusehen, doch sie konnte ihr Lächeln nicht länger verbergen.

»Ich versprech' dir, ihr beide steht an erster Stelle. Immer.« Michael nahm Lizzys Gesicht in seine Hände. Sie fühlten sich warm und weich an, und Lizzy spürte, dass er es ernst meinte. Sie wusste, dass sie sich auf ihn verlassen konnte. Das konnte sie ihr Leben lang.

»Ich liebe dich, Michael«, flüsterte Lizzy. Eine Träne stahl sich über ihre Wange.

Eine weitere Aufforderung brauchte er nicht. Er neigte sich zu Lizzy, setzte den zuvor unterbrochenen Kuss fort und löste die rote Schleife von ihrer Taille.

Währenddessen hüpfte Emy aufgeregt an Clares Hand auf und ab und versuchte zu beobachten, was auf der Bühne geschah. Sie waren inmitten der Menge, sodass zu viele Menschen vor ihnen standen, damit Emy etwas sehen konnte. Clare hatte Emy wiederholt gefragt, ob sie nicht weiter nach vorne gehen sollten, doch Emy wollte unbedingt hier an dieser Stelle bleiben.

Schließlich kündigte der Bürgermeister nach einer kurzen Ansprache den nächsten Redner an. »Er gehört zum

Herzstück unserer Gemeinde, und ich freue mich sehr, dass er heute wieder diese Tradition in Ballybyrne ermöglicht. Heißen Sie den Sohn unserer Stadt willkommen, James Arthur Byrne!«

Die Leute jubelten und applaudierten, als James die Bühne betrat. Ungewollt musterte Clare den ›Sohn der Stadt‹. Er trug sein übliches Outfit. Dunkle Jeans, schwarze Anzugsschuhe und ein hellblaues Hemd, das er in seine Hose gesteckt und dessen Ärmel er aufgekrempelt hatte. Er wirkte unerschütterlich, wie er sich so auf der Bühne bewegte. Durch das Hemd konnte Clare seine wohldefinierten Muskeln erahnen, und wieder kribbelte es in ihrem Bauch.

»Danke, vielen Dank, Mayor.« James hielt das Mikrofon in seiner rechten Hand, so als würde er den Menschen jeden Tag eine Rede vortragen. Sein Blick glitt über die Menge und blieb schließlich an ihr hängen.

»Wisst ihr, mein Vater hat diesen Tag nicht ins Leben gerufen, um zu prahlen, wie gut es bei *Byrnes Cider* läuft.« James machte eine Kunstpause. »Nein. Meinem Vater ging es darum, euch teilhaben zu lassen. Euch wertzuschätzen. Denn ohne euch gäbe es *Byrnes Cider* gar nicht.« Sein Blick ruhte die ganze Zeit auf Clare. Sie wollte ihm ausweichen, doch es gelang ihr nicht.

»*Byrnes* hat viel hinter sich. Ihr wisst das genauso gut wie ich. Die Zeiten waren nicht immer einfach. Aber gemeinsam haben wir es geschafft, zum Marktführer aufzusteigen. Gemeinsam haben wir den internationalen Durchbruch geschafft.«

Das Publikum jubelte zustimmend. James ließ seinen Blick über die Menge schweifen. Dann kehrte er zurück zu Clare.

»Wie ihr alle mitbekommen habt, ist Clare hier, um ein Buch über mich zu schreiben. Aber wenn es nach mir geht, sollte es darin gar nicht um mich gehen. Es sollte von euch erzählen. Von den Menschen, die *Byrnes* zu dem gemacht haben, was es heute ist.«

James' Stimme klang warm und herzlich. Es war nichts von dem eiskalten Mann zu spüren, der damals bei Clares Eltern auf dem Hof aufgetaucht war. Der Mann dort vorne auf der Bühne war gütig und hatte ein großes Herz. Noch immer sah er Clare direkt an.

»Ballybyrne, ich freue mich wahnsinnig, heute mit euch zusammen zu feiern! Außerdem seid ihr die Ersten, die unsere neue Sorte probieren dürfen. Und kommt bloß nicht auf die Idee, mir eure Kritik zu verschweigen. Wir wollen wissen, wie sie euch schmeckt.«

Die Menge war begeistert.

»Oh, und bevor ich es vergesse ...« James erhob seine Stimme erneut und lachte. »Heute ist Apfelblütenfest, also amüsiert euch gefälligst!«

Er warf Clare einen letzten Blick zu, bevor er von der Bühne verschwand. Emy drückte Clares Hand und sah begeistert zu ihr auf.

»Und? Hat er es gemacht?«

Verwirrt schaute Clare zu Emy. »Was gemacht?«

»Na, hat er dich angeguckt bei der Rede?«

Clare errötete. »Ich ... Ich denke schon. Manchmal. Wieso fragst du?«

Emy nickte und hüpfte begeistert. »Na, das ist doch sein Trick. Er sieht jemanden im Publikum an und tut so, als würde er nur mit dieser Person sprechen. Dann ist er nicht so aufgeregt. Und ich durfte heute aussuchen, wen er angucken sollte, und ich hab gesagt, er soll dich angucken.«

Clare wusste nicht, was sie darauf antworten sollte. Dann hatte sie es sich nicht eingebildet. Er hatte tatsächlich die ganze Zeit sie angesehen. Aber nur, weil Emy ihm das gesagt hatte, rief Clare sich ins Gedächtnis. Es hatte also keinerlei

Bedeutung. Clare musste sich ablenken, sonst würde sie noch durchdrehen.

»Emy, was hältst du von Schokofrüchten?«

Es war eine rhetorische Frage, natürlich reagierte Emy begeistert, und schon waren sie unterwegs zur nächsten Bude, die allerlei verschiedene Obstsorten im Schokomantel anbot.

Während sich Emy ihre Himbeeren schmecken ließ und Clare eine Erdbeere nach der anderen von ihrem Holzstiel zog, beobachtete sie aus der Ferne, wie James zahlreiche Hände schüttelte und Schultern klopfte. Alle hatten ihm etwas zu erzählen. Und allen hörte er zu. Sie erinnerte sich an ihren ersten Tag in seiner Brauerei. James hatte jeden Mitarbeiter mit Namen begrüßt. Zu jedem wusste er persönliche Einzelheiten. Damals hatte er gesagt, dass das ganz natürlich sei, schließlich seien es seine Mitarbeiter. Clare hatte es an jenem Morgen noch skeptisch betrachtet und gedacht, dass es sich dabei um die übliche Geschäftsführerfloskel handelte. Ähnlich wie später an dem Tag merkte sie auch heute, dass es weit mehr als ein Spruch war. James schätzte die Menschen wirklich. Er interessierte sich für sie. Auch wenn er draußen einsam in seinem Haus lebte, wartete hier ein ganzer Ort auf ihn, um ihn als Familienmitglied zu empfangen. Er isolierte sich selbst immer wieder davon. Aber warum?

Clare dachte noch darüber nach, als Emy plötzlich ihre Mutter entdeckte und auf sie zulief. »Mum! Hast du die Rede von Onkel James gehört? Sie war ganz wunderbar!«

»Hey, mein Schatz! Erzähl mir davon!« Lizzy lauschte ihrer Tochter aufmerksam. Ebenso aufmerksam beobachtete Clare ihre Freundin. Statt des strengen Zopfs fiel ihr Haar nun offen über ihre Schultern. Trotzdem konnte Lizzy den Knutschfleck, der sich an ihrem Hals bildete, nicht ganz verdecken. Clare grinste. Hatte sich Lizzy etwa heimlich vergnügt? Womöglich sogar mit Michael, der sich zuvor so seltsam benommen hatte? Das würde immerhin auch erklären, warum Lizzys rote Schleife nicht mehr besonders ordentlich auf ihrer Taille saß.

Nach wenigen Minuten stieß auch Michael wieder zu ihnen und verteilte Cider an alle und eine Apfelschorle an Emy. Die nahm ihn daraufhin sofort in Beschlag, und Lizzy gesellte sich zu Clare. Die legte einen Arm um ihre Freundin.

»Und? Wie war euer Gespräch?«

»Gespräch?«

»Ja, wolltet ihr nicht etwas miteinander bereden?«

»Ach ja. Ja, war gut.«

Clare grinste. »Nur gut? Nicht mehr?«

»Wovon redest …?« Lizzy versuchte Clare empört anzuschauen. Doch sie hielt es nicht durch und lächelte. »Ja, vermutlich war es etwas besser als gut. Ziemlich gut. Also, ja.«

Clare kicherte. Und drückte ihre Freundin. »Ich verstehe. Freut mich.«

Lizzy rückte ihre Schleife zurecht. »Oh Gott, es ist so offensichtlich, oder?«

»Gar nicht. Ein bisschen vielleicht.« Clare schmunzelte. »Aber es wusste eigentlich eh schon jeder außer euch. Also …«

Lizzy knuffte Clare freundschaftlich in den Bauch, und beide konnten ihr Lachen nicht zurückhalten. Clare freute sich ehrlich für Lizzy. Sie hatte sich bei den beiden schon länger ihre Gedanken gemacht. Umso schöner war es nun zu sehen, dass sie endlich zueinandergefunden hatten.

Gemeinsam schlenderten die vier über den Marktplatz. Michael spendierte eine Runde Crêpes und führte Emy in die Kunst des Dosenwerfens ein. In der ganzen Zeit suchte er immer wieder den Kontakt zu Lizzy. Er hielt ihre Hand, gab ihr einen Kuss auf die Wange, legte ihr seine Hand auf den Rücken oder den Arm um die Schultern.

»Michael, hast du das gesehen? Ich habe fast alle Dosen umgeworfen«, rief Emy begeistert.

»Spitze, Emy! Komm, wir versuchen es noch einmal. Diesmal erwischst du sie alle.«

Konzentriert musterte Emy Michael und ihre Mum. Dann sagte sie: »Wenn ich sie alle treffe, wohnst du dann bei uns?«

Lizzy verschluckte sich an dem Cider, von dem sie gerade einen Schluck genommen hatte. Michael stand verblüfft da und sah etwas überfordert aus.

»Wie ... Wie kommst du darauf, Schatz?«, fragte Lizzy ihre Tochter, nachdem sie sich wieder gefangen hatte.

»Na, wir sind doch jetzt eine Familie, oder? Da wohnt man doch zusammen«, sagte sie völlig selbstverständlich.

»Familie?« Michael fand seine Sprache wieder.

Emy verdrehte die Augen. »Mann, ich bin doch keine drei mehr! Heut seid ihr anders zueinander. Das merkt doch jeder, nich', Clare?«

Clare wollte da nicht mit reingezogen werden. Sie versuchte es mit einem vagen Achselzucken. Emy sah das als Zustimmung. »Siehste, Clare denkt das auch.«

Sie lief auf ihre Mutter zu und umarmte sie. »Schon gut, Mum. Mach dir keine Sorgen. Wir haben doch genug Platz für Michael in unserem Haus.«

Lizzy und Michael sahen einander an, und Clare hatte das Gefühl, bei einem besonders intimen Familienmoment zu stören. Sie blickte sich suchend nach einer Ausrede um und entdeckte James. »Wisst ihr, ich muss da noch was mit James besprechen. Wegen dem Buch und so.«

Die drei schienen in ihrer eigenen Welt gefangen zu sein, da keiner auf Clares Bemerkung reagierte. Lächelnd nahm Clare ihren Cider und ging hinüber zu James. Der beendete eben das Gespräch mit einem der Männer, die Clare aus der Firma kannte.

»Hey, ich wollte gerade zu euch kommen.«

Clare grinste. »Ja, also, ich denke, wir sollten den dreien ein bisschen Privatsphäre gönnen.«

»Privatsphäre?«

Immer noch grinsend sagte sie: »Also, die Kurzfassung lautet in etwa so: Michael hat Lizzy während deiner Rede flachgelegt, die beiden haben endlich gerafft, dass sie füreinander bestimmt sind, und Emy sorgt gerade mit dem ganzen Charme einer Sechsjährigen dafür, dass Michael noch heute bei ihnen einzieht.«

James lachte amüsiert auf und nickte verständnisvoll. »Ja, dann sollten wir ihnen einen Moment geben.« Nachdenklich sah er Clare an. »Hast du schon mal Äpfel geschossen?«

»Äpfel geschossen?«, wiederholte sie skeptisch.

»Ja, das ist ein Heidenspaß. Komm mal mit!« James nahm Clares Hand und zog sie durch die Menge auf die andere Seite des Marktplatzes – allerdings wesentlich freundlicher, als Michael Lizzy zuvor abgeführt hatte.

An einer Bude, geschmückt mit Blumen und Wimpeln, blieb James stehen.

»Johnny, machst du uns einen fertig?«

Ein schlaksiger Junge nickte eilig und hängte Äpfel an einen Baum Holzspanplatten. Dann reichte er James einen einfachen, ebenfalls aus Holz gefertigten Bogen sowie eine Handvoll Pfeile.

Clare beobachtete das Geschehen schmunzelnd.

»Also, es ist ganz einfach. Das haben wir früher als Kinder auf den Plantagen von meinem Dad gemacht.« James' Gesicht wurde von einem kindlichen Ausdruck der Freude umrahmt. »Du nimmst den Pfeil, spannst ihn ein …« James hob den Bogen samt Pfeil und visierte den Holzbaum an. »Und dann zielst du auf einen Apfel.« Plötzlich ließ er den Pfeil los. Dieser flog in Sekundenschnelle auf den Baum zu und spießte einen der Äpfel auf, die Johnny zuvor angebracht hatte. Das Fruchtfleisch spritzte nur so.

»Das ist alles?«, fragte Clare lachend.

James musterte sie herausfordernd. »Wenn du es schaffst, dass die Äpfel vom Baum fallen, gibt es den Hauptgewinn.«

Clare musterte die noch hängenden Äpfel und das zur Verfügung stehende Equipment. Dann sah sie zu James und grinste siegessicher. »Ein Kinderspiel.«

»Hört, hört! Die Lady aus Dublin will es wissen.« James trat ein Stück zur Seite und überließ Clare Pfeil und Bogen. Was er nicht wusste, war, dass auch Clare und ihre Brüder dieses Spiel bei ihren Eltern auf dem Hof bis zur Unendlichkeit gespielt hatten. Sie hatten dem lediglich einen anderen Namen gegeben, angelehnt an eine Geschichte, die ihnen ihr Vater immer wieder erzählt hatte. Friedrich Schillers *Wilhelm Tell*. Daher trug das Spiel bei den O'Sullivans den Namen *Tell's Appletree*.

Clare nahm einen der Pfeile, spannte ihn in den Bogen und zielte. Sie konzentrierte sich auf ihre Atmung, sodass sie zunächst nicht merkte, dass James sich dicht hinter sie gestellt hatte. Gerade als sie den Pfeil losließ, legte er ihr seine Hand auf die Hüfte. Für Außenstehende sah es nicht nach einer besonders intimen Geste aus, mehr so, als würde er Clare Halt geben wollen. Doch sie wusste es besser. Und leider funktionierte sein Trick. Ihr Pfeil ging weit daneben.

»Du hast geschummelt«, flüsterte sie zu James gewandt.

Der wusch seine Hände in Unschuld. »Ich? Oh, du solltest mich doch besser kennen. Ich schummle nicht.«

Dabei grinste er, und der Schalk blitzte in seinen Augen.

Clare nahm einen neuen Pfeil. Wieder konzentrierte sie sich auf einen Apfel. Diesmal spürte sie von Beginn an, wie nah James ihr war. Sie hätte sich nur um einen Millimeter zur Seite bewegen müssen und wäre an seine Brust gestoßen. Die Nähe machte ihr deutlich zu schaffen, doch sie war nicht bereit, sich so billig den Sieg nehmen zu lassen. Das hatte man davon, wenn man mit fünf Brüdern aufwuchs. Das Wort ›aufgeben‹ existierte in ihrem Wortschatz nicht – auch wenn es manchmal so viel einfacher wäre.

Clare atmete tief ein und zielte auf den dünnen Strick, der den Apfel am Holzbaum befestigte. Die Spannung des Bogens ging über in ihren Körper, und sie blendete alles um sich herum aus. Das Kribbeln in ihrem Bauch unterdrückte sie mit ganzer Kraft. Das war allerdings wesentlich leichter gesagt als getan. Doch diesen Erfolg gönnte sie James auf keinen Fall. Sie visierte den Strick an und atmete kontrolliert aus, währenddessen ließ sie den Pfeil los. Der schnellte auf den Holzbaum zu und traf exakt dort auf den Strick, wo Clare ihn haben wollte. Die Schnur riss, und der Apfel plumpste zu Boden.

Clare wandte sich voller Genugtuung zu James. »Du sagtest vorhin etwas von Hauptgewinn?«

James betrachtete erstaunt den durchtrennten Strick. Dann drehte er den Kopf zu ihr. »Wie …?«

»Oh, die Lady aus Dublin genießt und schweigt.« Clare lachte und reichte Johnny den Bogen. Der beglückwünschte sie zum Sieg und übergab ihr einen Umschlag. Neugierig öffnete sie ihn und hielt ihren Preis in Händen.

»Echt jetzt?« Clare begutachtete enttäuscht die Karte in ihrer Hand. Sie warf James einen sarkastischen Blick zu und las den Gewinn vor. *»Herzlichen Glückwunsch! Sie haben eine persönliche Führung durch die* Byrnes-*Brauerei gewonnen. James Byrne freut sich auf Ihren Besuch!«*

Clare ließ die Karte sinken und konnte ihr Lachen nicht zurückhalten. James zuckte grinsend mit den Achseln. »Man tut, was man kann.«

Die beiden schlenderten weiter über den Marktplatz, doch Clare war noch nicht zufrieden. »Da ich meine Führung ja eigentlich schon bekommen habe, hätte ich gerne einen Ersatzgewinn.«

»Einen Ersatzgewinn?«, fragte James.

Clare nickte. »Ja, ich finde, der steht mir zu.«

James sah sich um. »Ich kann hier bestimmt irgendwo einen Teddybären für dich auftreiben.«

»Oh nein, so leicht kommst du mir nicht davon«, rief Clare.

»Was heißt hier leicht? Weißt du, wie sehr die Menschen hier an ihren Teddybären hängen?«

Clare knuffte James in die Seite.

Er musterte sie neugierig. »Aber mal im Ernst, das eben war kein Zufall. Woher kannst du das?«

Clare räusperte sich. »Meine Brüder und ich haben es früher oft gespielt. Als einziges Mädchen darf man sich dabei nicht unterkriegen lassen. Also habe ich ein bisschen mehr trainiert als die Jungs.«

»Klingt fast so, als hättest du es nicht immer einfach mit deinen Brüdern gehabt«, meinte James.

»Wer hat es schon leicht?« Clare strich eine Haarsträhne aus ihrem Gesicht. »Vielleicht war es von Zeit zu Zeit etwas anstrengend, aber ich möchte nichts davon missen.« Sie stockte und fügte dann leise hinzu: »Fast nichts.« Sie versuchte sich in der Menge zu orientieren. »Wir sollten wieder zurück zu Lizzy und Michael.«

James musterte sie erneut. Clare konnte jedoch nicht erkennen, was er gerade denken mochte. Dann nickte er abrupt und sah sich ebenfalls um.

»Dort drüben bei den Luftballons!« Er zeigte Richtung Hauptstraße. Dann griff er nach Clares Hand und bahnte ihnen einen Weg durch die Menschen auf dem Marktplatz. Als sie schon fast am Ziel waren, wollte Clare ihre Hand von seiner lösen, doch er hielt sie weiter umschlossen.

»Hey ihr drei, ich habe gehört, bald werden die Umzugskartons gepackt?« James klopfte Michael auf die Schulter und gab Lizzy einen Kuss auf die Wange. Die ganze Zeit über behielt James Clares Hand in seiner.

Michael lächelte glücklich und legte den Arm um Lizzy. »Und du bist der Erste, der die Kisten schleppen darf.«

»Es ist mir eine Ehre«, sagte James lachend.

Lizzy musterte Clare neugierig. »Scheint, als wären wir nicht die Einzigen, die heute etwas verkünden.«

Sie deutete auf Clares und James' Hände.

Clare versuchte erneut ihre Hand zu lösen. Dann verdrehte sie die Augen und knuffte James. »Ganz und gar nicht. Er kann es bloß nicht ertragen, dass eine Frau besser mit Pfeil und Bogen umgehen kann als er.«

Lizzys fragender Gesichtsausdruck verriet, dass sie absolut keine Ahnung hatte, was Clare meinte. Bevor sie jedoch weitere Erklärungen abgeben konnte, riss James das Wort an sich.

»Also, erstens kann ich sehr wohl damit leben. Und zweitens –«

»Nennt man das in der Juristensprache nicht Freiheitsberaubung? Oder Nötigung oder so was?« Clare überlegte ernsthaft. »Ich könnte dich verklagen, James.«

Das brachte sie alle zum Lachen, und James ließ sie endlich los. »Du wirst es mir noch verraten.« Nun war es an James, siegessicher zu grinsen. An seine Freunde gewandt, sagte er: »Ich habe Clare beim Apfelschießen herausgefordert, und sie hat den Apfel direkt versenkt. Einfach so. Mit einem Pfeil. Könnt ihr das glauben?«

Lizzy klatschte begeistert in die Hände. »Großartig! Aber eine Überraschung ist das nicht. Ich wette, du hast mit deinen Brüdern auf dem Hof tagtäglich Äpfel abgeschossen.«

Clare gefiel es nicht, in welche Richtung sich das Gespräch entwickelte. Dennoch setzte sie ein Lächeln auf und nickte vage.

»Hof?«, fragte James.

»Ja, stell dir vor«, rief Lizzy. »Die Lady ist auf einem Hof mit Apfelplantagen aufgewachsen. Kein Wunder, dass sie Ahnung von Cider hat.«

Clare mochte ihre Freundin wirklich sehr, aber warum musste sie das ausgerechnet jetzt zur Sprache bringen? Zugegeben, einen besseren Zeitpunkt gäbe es vermutlich nie. Trotzdem ... Das machte die Sache nicht einfacher für Clare.

»Ist das so?«, hakte James interessiert nach.

»Tja, was soll ich sagen?« Clare hob die Schultern. »Ihr habt mich erwischt.«

Michael lachte. »Das wird ja immer besser! Kommt, darauf stoßen wir an.«

Er und Lizzy organisierten sogleich eine Runde Cider. Währenddessen sah James Clare einfach nur an. Sein Blick glitt langsam von ihren Augen über ihren Mund zu ihren Schultern, hinunter bis zu den silbernen Sandalen und wieder zurück. Schließlich sah er ihr direkt in die Augen.

Clare suchte in seinen Gesichtszügen nach Hinweisen, was gerade in seinem Kopf vorging, aber sie fand nichts. Seine Lippen umspielte ein Lächeln, seine Augen fokussierten sie, und seine Stirn hatte sich in kleine Falten gezogen. Hatte er Verdacht geschöpft? Clare wurde unruhig. Nicht nur, dass sein stetig auf ihr liegender Blick sie nervös machte und eine innere Hitze in ihr hervorrief. Nein, gleichzeitig fühlte sie sich wie eine Spionin, die kurz davor war, enttarnt zu werden. Clare versuchte sich zu beruhigen. Es gab viele Höfe in Irland, die Äpfel anbauten. Dieser eine Fakt dürfte nicht dafür sorgen, dass James Verdacht schöpfte. Und ja, dann hatte sie ihr Wissen über Cider vielleicht nicht von einem Freund, was machte das schon?

Lizzy und Michael kehrten mit dem Cider zurück, und Clare atmete erleichtert auf, als James seinen Blick endlich von ihr abwandte. Gemeinsam stießen sie an und schlenderten die Hauptstraße entlang.

9

Viel später verabschiedete sich Clare von der noch immer überglücklich strahlenden Lizzy und von Michael, der dem in nichts nachstand. Es war ein wunderbarer Tag gewesen. Gegen späten Nachmittag hatte eine Band angefangen zu spielen, und sie hatten auf dem Gelände des Marktplatzes getanzt und gelacht. Clare hatte ihre Sorgen bestmöglich verdrängt.

Jetzt, die Sonne ging bereits unter, saß sie neben James in seinem Sportwagen. Sie fuhren zu seinem Haus hinaus. Clare war ziemlich geschafft. Sie hatte die Atmosphäre in sich aufgesogen und innerlich immer wieder Notizen für das Buch gemacht. Die Festlichkeiten hatten ihr einen weiteren spannenden Einblick in James' Leben gegeben. Sie war fasziniert davon, dass ein Mensch wie James so gesellig und gleichzeitig so zurückgezogen und einsam sein konnte.

Keiner von beiden sagte ein Wort während der Fahrt. Clare überlegte fieberhaft, wie sie die nächsten Tage überstehen sollte. Allein neben James im Auto zu sitzen, ließ in ihr Hitzewellen aufsteigen und sorgte für ein Flattern im Bauch. Er zog sie an wie ein Magnet. Trotz der letzten zwei Wochen ausführlichen Abstands war sie nicht immun gegen seine Ausstrahlung, geschweige denn seinen Körper, geworden.

Ungewollt seufzte sie auf.

»Alles okay?« James sah kurz zu ihr herüber.

»Ja. Sicher. Alles super.« Clare redete schon wieder zu schnell. Ihre Nerven waren angespannt.

James lenkte den Wagen um die letzte Kurve und parkte vor der Garage. *Endlich*, dachte Clare und beeilte sich, aus dem Auto auszusteigen. Ohne auf James zu warten, ging sie ins Haus. Als sie gerade die Treppe hinauf in ihr Zimmer gehen wollte, hielt seine Stimme sie auf.

»Wovor läufst du weg, Clare?«

Sie wandte sich um. »Ich laufe nicht weg.«

»Wie würdest du das dann bezeichnen?« James sah sie an und breitete fragend die Arme aus.

Selbstschutz, reiner Selbstschutz.

»Ich weiß nicht, wovon du sprichst.« Sie wusste es.

James kam auf sie zu. »Wir sind doch beide erwachsene Menschen.«

Clare nickte argwöhnisch.

»Gut. Dann ist das ja schon mal kein Problem«, sagte er leise und strich Clare eine Haarsträhne aus dem Gesicht, die sich schon wieder dorthin gemogelt hatte.

Als er mit seiner Hand dabei ihre Wange berührte, wich Clare ein Stück zurück.

»Du gehst mir aus dem Weg. Aber das kannst du nicht ewig so machen. Wir wissen es beide besser«, flüsterte James.

Clare schwieg. Sie war innerlich zerrissen. Während ihr Verstand *»Lauf!«* schrie, sehnte sich ihr Körper mit jeder Faser nach James.

James spürte, dass es in Clare arbeitete. Er wartete ab, welche Seite wohl gewinnen würde. Den ganzen Tag hatte er das Gefühl gehabt, verrückt zu werden. Jede Geste, jedes Lachen, jedes Grinsen von ihr hatte er in sich aufgesogen.

Mehrmals hatte er sich bei dem Gedanken ertappt, sie einfach in sein Auto zu packen, nach Hause zu fahren und ihr dieses weiße Kleid endlich auszuziehen. Doch anstatt seinem Wunsch nachzugeben, waren sie Stunde um Stunde auf dem Fest geblieben. Trotzdem hatte er es nicht geschafft, den Blick von ihr abzuwenden. Die zierlichen Sandalen an ihren Füßen, der schmeichelnde Stoff um ihre Taille und die kleinen wippenden Apfelohrringe – all das brachte ihn um den Verstand. Und gleichzeitig hatte er seine Funktion als wichtiges Mitglied der Gemeinde wahrnehmen müssen.

Während er mit all den Menschen gesprochen hatte, hatte er Clare nie aus den Augen gelassen. Immer wieder hatte sie versucht, die kurzen, frechen Haarsträhnen zu bändigen, die sich aus ihrem Knoten gelöst hatten. Doch selbst James hätte ihr sagen können, dass das aussichtslos war.

Nun endlich standen sie in seinem Haus, aber er wusste, dass sie die Entscheidung treffen musste. Er konnte sie verführen und war sich ziemlich sicher, dass sie sich nicht wehren würde, doch er wollte, dass sie den ersten Schritt unternahm. Sie wollte ihn ebenso, wie er sie. Nur gestattete sie es sich nicht. Noch nicht. James wollte diesen kleinen Sieg für sich. Sie hatte ihn in letzter Zeit zu oft geschlagen. Jetzt war er am Zug. Das war seine Rache für den Notizzettel, den sie ihm am Abend zuvor hinterlassen hatte. Sie sollte sich von sich aus für das Vergnügen entscheiden. Ja, vielleicht manipulierte er sie ein bisschen. Aber jeder brauchte mal einen leichten Schubs zu seinem Glück, redete sich James ein.

Clare biss sich auf die Unterlippe. James stand dicht vor ihr, doch er unternahm keinen weiteren Schritt. Er wartete auf sie. Wartete darauf, dass sie sich geschlagen gab. Am liebsten würde sie ihm eine reinhauen. Warum brachte er sie in diese Situation?

Nein. Es war nicht James' Schuld. Nicht seine alleinige. Am Ende gehörten immer zwei dazu. Clare war es leid. Durfte sie nicht auch ein bisschen Spaß haben? Ja, es war ihre letzte Chance bei *Irish Readings* und vielleicht in der ganzen Branche. Doch was, wenn das Buch nicht den durchschlagenden Erfolg brachte, auf den sie hoffte? Dann hätte sie ihre Chance ebenso vertan. Sollte sie sich dann nicht wenigstens jetzt ein bisschen Vergnügen gönnen? Er schien nicht mehr der eiskalte Mann zu sein, der sich die Konkurrenz um jeden Preis unter den Nagel riss. Ja, er war zielstrebig und manchmal unberechenbar, aber in den drei Wochen, die sie nun hier war, hatte sie gesehen, wie er mit den Menschen in seiner Umgebung umging. Es passte überhaupt nicht zu dem James, den Clare damals auf dem Hof ihrer Eltern beobachtet hatte. Es passte nicht zu dem Mann, dem sie im Hotel die Nachricht ihres Vaters überbracht hatte.

War sie schwach, wenn sie jetzt ihrem Verlangen nachgab? Vielleicht würde sie es eines Tages bereuen. Aber vielleicht auch nicht. Sie wusste, dass es hier lediglich ums Vergnügen ging. Sie war realistisch genug, um zu wissen, dass es nicht der Beginn einer Beziehung war. Sie waren bloß zwei Erwachsene, die der Zufall zusammengeführt hatte und die sich körperlich voneinander angezogen fühlten. *Verdammt ...*

Clare sah James in die grünen Augen. Sie beugte sich nur leicht nach vorn, doch er verstand sofort. Ohne zu zögern, kam er ihr ein Stück entgegen. Ihre Lippen fanden sich sofort und machten dort weiter, wo sie das letzte Mal auf der Straße vor dem Pub aufgehört hatten. Clare entfuhr ein leises Seufzen. Sie wollte mehr. Wesentlich mehr.

Und damit war sie nicht allein. James legte ihr eine Hand auf den Rücken und zog sie an sich. Clare spürte, dass er längst für den nächsten Schritt bereit war. Während sich seine Lippen hinunter zu ihrem Hals arbeiteten, zerrte sie ihm das Hemd aus der Hose und nestelte an den Knöpfen herum. Sie schmiegte gegen ihn und wollte auch den letzten Millimeter zwischen ihnen überwinden. Letzte Zweifel beiseiteschiebend, verlor Clare sich in James' Berührungen. Sie benötigte eine gefühlte Ewigkeit, um die verdammten Knöpfe zu öffnen. Schließlich schob sie das Hemd auseinander, lehnte sich ein Stück zurück und betrachtete das Ergebnis. Wohldefinierte Muskeln, aber nicht übermäßig durchtrainiert. Clare fuhr mit ihrem Zeigefinger eine zarte Spur über seine Brust. Nicht ohne Grund haftete James der Titel *Irlands begehrtester Junggeselle* an. Ungewollt seufzte Clare auf. Zu lange hatte sie sich dem verwehrt. Sie hatte es sich verdient. Jetzt war sie an der Reihe. Wenigstens dieses eine Mal, sagte sie sich und blickte auf. James betrachtete sie abwartend. Er spürte die Veränderung, die in ihr vorging.

»Gefällt dir, was du siehst?«, fragte er leise.

Clare nickte und schaute dann zu ihm auf. »Oh, ja. Definitiv.«

»Gut, dann wirst du mir das sicherlich verzeihen …« Er schlang seine Arme um ihre Oberschenkel, hob sie hoch und trug sie hinauf in den ersten Stock. Clare schrie erschrocken auf, allerdings verwandelte sich der Schrei schnell in ein Lachen. Als James sie oben absetzte, sagte er: »Ich bin kein Teenager mehr, der es nicht bis ins Schlafzimmer schafft.«

»Ach ja?« Clare lachte noch immer, doch Aufregung überkam sie.

James schubste sie liebevoll in sein Schlafzimmer. »Ganz sicher.«

Endlich war sie dort, wo er sie schon den ganzen Tag hatte haben wollen. Er griff nach ihrer Hand und zog sie zu sich. Ihre Haut war genauso weich, wie er es sich vorgestellt hatte. Sie roch nach Blumen und Cider. Sein Lieblingsduft. Er vergrub sein Gesicht an ihrem Hals und bedeckte ihn mit

Liebkosungen. Seine Hände suchten sich gleichzeitig ihren Weg hinunter zu ihren Hüften und sorgten dafür, dass sie noch ein Stückchen näher an ihn herankam. Er wollte sie überall spüren.

Clare stand seiner Neugier in nichts nach und schickte ihre Finger auf Erkundungstour. Doch schon bald wurde sie unterbrochen. James griff nach ihren Händen und hielt sie fest. Er hob den Kopf und blickte ihr unumwunden in die Augen.

»Willst du das auch wirklich?«

Zweifel versuchten sich in Clare festzusetzen, doch sie weigerte sich ihnen nachzugeben. Sie schüttelte den Kopf.

James konnte nicht wissen, was in ihr vorging, und interpretierte die Geste falsch. Er lehnte sich ein Stück zurück und sah sie fragend an.

Clare lächelte und flüsterte: »So leicht kommst du mir nicht davon.«

Sie legte eine Hand um seinen Nacken und zog ihn zu einem verheißenden Kuss zu sich. Eine weitere Aufforderung brauchte James nicht. Mit wenigen Schritten bugsierte er Clare Richtung Bett. Gekonnt öffnete er den Verschluss ihres geliehenen Kleides, und wenige Sekunden später fand sie sich auf seinen Kissen wieder. Sie lehnte sich zurück und beobachtete, wie James sich in dem spärlichen Licht seiner Kleider entledigte. Für einen Moment brachen erneute Selbstzweifel in ihr aus. James' Körper war der Traum von einem Mann. Jede Faser seines Leibes schien mit sich im Reinen zu sein – zu Recht, denn das Wort ›gutaussehend‹ mochte vermutlich die Untertreibung des Jahres sein.

Clare hingegen war höchstens gutes Mittelmaß. Zu kleine Brüste, zu breite Hüften und ein paar Kilo weniger würden sicher auch nicht schaden. Wie sollte sie mit einem Adonis wie James mithalten? Mithalten ... Nein, das würde sie nicht. Trotz machte sich in Clares Gedanken breit. Sie musste nicht mithalten. Entweder ihm gefiel, was er sah, oder eben nicht. Clare war für einen Moment abgelenkt gewesen und blickte überrascht auf, als James sich neben sie legte und sie an sich zog.

»Du denkst zu viel, hat dir das schon mal jemand gesagt?«, murmelte er, bevor er sich wieder ihrem Hals widmete.

»Wie kommst du darauf?« Clare hatte Mühe, sich unter seinen Berührungen auf ein Gespräch zu konzentrieren.

»Man merkt es dir an. Du denkst, du bist nicht gut genug.«

Clare schwieg.

»Glaub mir, du bist wunderschön«, flüsterte James und sorgte mit einer scheinbar winzigen Umdrehung dafür, dass er auf ihr lag.

»Du weißt, was eine Frau in diesem Moment hören will.« Clare versuchte mit Sarkasmus, sich ihre Unsicherheit nicht anmerken zu lassen.

»Wenn du meinen Worten nicht glaubst, muss ich dich wohl auf andere Art überzeugen ...« James seufzte theatralisch und zeichnete mit seinen Fingern kleine Kreise auf ihre Hüfte. »Du bringst mich seit Tagen um den Verstand«, wisperte er und eroberte binnen Sekunden ihre weichen Lippen mit seinem Mund.

Clare wollte ihm glauben, und sie hatte nicht den Willen, sich ihm zu widersetzen. Seine Nähe, die Wärme, die sein Körper ausstrahlte, seine Liebkosungen – all das wollte sie. Genau hier, genau jetzt. Clare genoss mit allen Sinnen seine Berührung, saugte sie in sich auf und verlangte nach mehr. Ihre Hände suchten nach mehr. Sie glitten über James' Rücken, über seine Hüften, bis zu der Stelle zwischen ihnen, nach der Clare sich sehnte.

James ließ sich nicht lange bitten. Zu lange hatte er auf diesen Moment gewartet. Bereitwillig holte er sich, was

Clare ihm anbot, und mit einem kräftigen Stoß drang er in die süße Verführung ein. Clare vergaß all ihre Zweifel und nahm James begierig in sich auf. Sie stöhnte an seiner Schulter, und gemeinsam fanden sie nach nur wenigen Sekunden den perfekten Rhythmus.

Es wurde eine lange, intensive Nacht, die sich noch auf den ganzen nächsten Tag ausdehnte. James verließ das Bett lediglich einmal, um Frühstück zu holen. Man musste schließlich wieder zu Kräften kommen. Zwischendurch schliefen sie für ein paar Stunden, doch sobald einer von ihnen wach wurde, bekam der andere auch nicht mehr viel Schlaf. Zur Freude beider.

Am frühen Abend kuschelte sich Clare in die Decke und lehnte sich an das Kopfende des Betts. Sie beobachtete, wie sich James' Brustkorb regelmäßig hob und senkte. Die letzten zwölf Stunden waren unfassbar gewesen. Clare lächelte. Sie konnte gut verstehen, weshalb er wohl der begehrteste Junggeselle Irlands war. So guten Sex würde sie sicherlich nicht so schnell wieder bekommen. James hatte schnell raus, wie er ihr besonderes Vergnügen verschaffen konnte, und stellte seine eigenen Bedürfnisse hinten an. Und selbst dann fand er den richtigen Weg zwischen Hingabe und Forderung. Clare seufzte auf. Sie waren den ganzen Tag zusammen gewesen, doch sie hatte noch lange nicht das Gefühl, genug von ihm zu haben.

»Du bist wach«, murmelte James neben ihr in die Kissen.

»Ja, und?«

»Du bist unersättlich«, rief er und fiel über sie her.

»Nicht, nein! Hör auf! Kitzeln ist unfair«, schrie Clare lachend. Alle Versuche, ihm zu entkommen, scheiterten, doch James schien Gnade walten zu lassen. Er zog sie in seine Arme und bettete ihren Kopf auf seiner Brust.

Eine Weile schwiegen sie, dann flüsterte er unvermittelt: »Du bist wunderschön, weißt du das?«

»Du bist befangen.« Clare lächelte.

»Vielleicht. Aber hier zählt, was ein Byrne sagt. Also, leb damit«, entgegnete James gespielt arrogant.

»Nun gut. Ich denke, in diesem Fall kann ich eine Ausnahme machen«, entgegnete Clare grinsend.

»Apropos Ausnahme ...« James räusperte sich und strich Clare über die nackte Schulter. »Ich denke, wir sollten das Berufliche hier raushalten. Einverstanden?«

Clare hob den Kopf und sah James frech an. »Hast du Angst, dass in der Biographie ein Kapitel mit dem Titel *So läuft es bei James Byrne im Schlafzimmer* vorkommt?«

James' Augen blitzten. »Wag es nicht ...«

Clare lachte, doch dann wurde sie ernst. »Nein, du hast recht. Nichts Berufliches im Schlafzimmer.« Mit dem Zeigefinger strich sie über sein Brustbein. Leise fragte sie: »Dann sind wir noch nicht fertig miteinander?«

James umfasste Clare mit einem Arm und drehte sich mit ihr, sodass er über ihr lag. Er sah zu ihr hinunter. »Noch lange nicht.«

Die nächste Woche verging wie im Flug. Clare sortierte ihre Recherchen und begann mit dem groben Aufbau der Biographie. James hatte in der Brauerei zahlreiche Probleme zu lösen und war nebenbei mit der Abnahme der Marketingkampagne für die neue Sorte beschäftigt. Somit sahen sich beide tagsüber kaum. Umso intensiver verbrachten sie die Abende und Nächte miteinander. Weder Clare noch James bekamen genug vom jeweils anderen.

Als sie Donnerstagabend in James' Schlafzimmer beieinanderlagen, räusperte sich Clare. »James, ich weiß, eigentlich wollten wir alles, was mit dem Buch zu tun hat, hier raushalten. Aber ich brauche deine Hilfe.«

Clare rückte ein Stück von ihm ab und sah ihn an. James

stützte sich auf seinen Ellbogen und musterte Clare neugierig. »Was brauchst du?«

»Es geht um Patrick, um Paddy. Er weigert sich immer noch mit mir zu reden.« Es kostete Clare eine dicke Scheibe ihres Stolzes, um bei James um Hilfe zu bitten. Bisher hatte sie noch jeden dazu bewegt, mit ihr zu reden. Doch ihr lief die Zeit davon.

James lächelte schelmisch. »Wie wichtig ist dir das Gespräch mit ihm?«

»Sehr wichtig.« Clare betrachtete James argwöhnisch. »Wieso?«

Er ließ sich in die Kissen fallen und zog sie an sich. »Was bist du bereit dafür zu geben?«

»Oh, du wagst es nicht …«, setzte Clare empört an.

»Tja, weißt du, wenn jemand Paddy zum Reden bringt, dann bin ich das. Also …« Er versuchte ernst zu bleiben, doch die Sache machte ihm eindeutig zu viel Spaß.

Clare überlegte. Dann streckte sie sich und flüsterte James etwas ins Ohr. Daraufhin sah er sie mit großen Augen an. »Wow, du willst wirklich mit ihm sprechen, oder?«

Unschuldig zuckte Clare mit den Achseln. »Hab ich doch gesagt.«

»Also gut, ich rede morgen mit ihm«, versprach James. Dann fügte er hinzu: »Gibt es vielleicht noch jemanden, den ich dazu bringen soll, mit dir zu sprechen?« Er grinste.

»Du bist unmöglich!«, rief Clare, schnappte sich das nächstbeste Kissen und verpasste James damit einen ordentlichen Schlag. Er ließ sich das nicht gefallen, und so artete der Abend in eine nachhaltige Kissenschlacht aus.

Am nächsten Morgen rief James Clare an, nachdem er ins Büro gefahren war.

»Also, was wir gestern besprochen hatten ... Du hältst dein Wort?«

Clare lächelte und sagte leise: »Wenn du hast, was mir versprochen wurde ...«

James räusperte sich. »Gut. Komm heute um zwölf in die Brauerei. Paddy wartet dort auf dich.«

»Und wird er auch mit mir reden?«

In James' Stimme schwang eine Spur Arroganz mit. »Das wird er.«

»Wie hast du das gemacht?« Clare fiel ein Stein vom Herzen.

»Ach ...«, erwiderte er gedehnt. »Wir Byrnes haben da so unsere Möglichkeiten, weißt du.«

Clare schüttelte lachend den Kopf. »Ich will's gar nicht wissen.«

Später fuhr sie mit James' Pick-up in die Stadt und parkte vor dem Hauptgebäude von *Byrnes Cider*. Paddy stand bereits auf den Stufen und erwartete sie. Er sah nicht besonders glücklich aus, doch Clare hoffte, dass er im Laufe des Gesprächs noch auftauen würde. Sie setzten sich an einen der Holztische im Hof, an dem die Mitarbeiter normalerweise Pause machten.

»Patrick, ich bin froh, dass wir reden können. Ich verspreche, es wird nicht lange dauern«, begann Clare.

Paddy nickte und murmelte: »'ne Wahl hatt' ich ja nich' wirklich, ne?«

Er richtete seine Schiebermütze.

Clare ignorierte den Kommentar geflissentlich. »Das meiste, das James über Cider weiß, hat er von Ihnen. Wie kam das? Hätte es nicht eher von Arthur Byrne kommen müssen?«

»Arthur hatte viel zu tun, um den Laden am Laufen zu halten. Da konnt' er nich' auch noch die ständigen Fragen eines neugierigen Jung' beantworten. Ich hatte

James gern um mich, also hab' ich ihm bisschen 'was erzählt.«

»Sie müssen sehr stolz auf ihn sein ...«

»Davon könn' Se aber ausgehen, Miss.« Clare glaubte so etwas wie ein Strahlen auf Paddys Gesicht zu sehen. Nach einer kurzen Pause fuhr er fort. »Wissen' Se, als er elf war, da hab ich ihn mal beauftragt, den Bottich zu reinigen. Der Junge hat doch wirklich versucht, das Ding mit Kernseife zu schrubben und sich an Hände und Füße Schwämme festgebunden ...« Paddy lachte und hielt seine Schiebermütze fest. »Und einmal hab ich ihn erwischt, als er seiner Eroberung 'ne Tour durch die Brauerei gegeben hat, inklusive Kostprobe. Er hatte die Flaschen schon offen, als ich sie ertappt hab' – da war er noch keine acht Jahre alt.«

Clare lächelte. Sie konnte sich das nur zu gut vorstellen. »Wie hat er sich rausgeredet?«

Paddy beugte sich verschwörerisch zu ihr. »Er sagte: ›Paddy, ich bin doch ein Byrne. Wenn nicht mit Cider, wie soll ich die Mädchen denn sonst rumkriegen?‹«

Clare wollte die gute Laune nicht verderben und schon gar nicht den überraschenden Redefluss von Paddy stoppen. Trotzdem interessierte sie eine Sache besonders. »Paddy, ich weiß, dass Sie nicht mit mir sprechen wollten«, sagte sie leise. Dann fragte sie: »Warum?«

Paddy sah sie unsicher an. Nach einer Weile brach er sein Schweigen. »Die Familie Byrne hat schwere Zeiten durchgemacht. James hat lange gebraucht, um damit klarzukomm'. Diese Wunden sollte niemand wieder aufreißen. Schon gar nicht jemand wie ...«

Er hielt inne.

»Wie ich«, vollendete Clare seinen Satz.

Er nickte. »Wissen' Se, James is'n guter Junge. Sein Vater wär' mächtig stolz auf ihn, würd' er das noch miterleben. Dieses ... Dieses Buch über James beleuchtet unweigerlich auch die Vergangenheit der Familie. Ich will nich', dass James Schaden davon nimmt.«

Paddy klang so ehrlich und aufrichtig besorgt, als würde es sich bei James wirklich um seinen eigenen Sohn handeln. Clare war gerührt von der Offenheit, die er ihr gegenüber nun endlich an den Tag legte. Sie wagte noch einen Vorstoß.

»Ist seine Mutter so eine Wunde, wie Sie es nennen?«

Paddy sah sie kritisch an. »Was wissen Sie darüber?«

Clare legte ihre Karten auf den Tisch. Sie wusste, wenn sie Paddy auf ihrer Seite hatte, würde die Sache wesentlich besser vonstattengehen. »Nicht viel. Ich weiß nur aus einem alten Zeitungsartikel, dass sie angeblich in einen IRA-Waffenschmuggel verstrickt sein soll. Viel mehr habe ich nicht herausgefunden. Hier in Ballybyrne spricht niemand über sie, und James reagiert nicht besonders gut auf meine Fragen zu ihr. Insofern …«

Paddy kratzte sich am Hinterkopf und rückte seine Schiebermütze wieder zurecht. Er schien nachzudenken, und Clare wollte ihn nicht drängen. Schließlich sagte er: »Sie sollten in die Sache nicht zu viel Mühe stecken. Konzentrieren Se sich auf James. Da haben Se genug zu schreiben.«

Clare sah ein, dass sie hier wohl auch nicht mehr Informationen zu Laurell Byrne erhalten würde. Also lenkte sie das Gespräch wieder in sichere Bahnen. Paddy spielte mit und erzählte ihr noch einige Anekdoten über James. Nach einer guten Stunde schaute er auf seine Uhr. »Das dürfte dann wohl genügen, nich'?«

»Ja, vielen Dank, dass Sie sich die Zeit genommen haben.« Dankbar lächelte sie ihm zu.

»Ja …« Er nickte. Er wandte sich zum Gehen, drehte sich dann aber noch einmal um. »Wenn Ihnen was an dem Jungen liegt, dann lassen Se das Thema Laurell Byrne ruhen.«

Damit nickte er ihr noch einmal zu und ging dann hinüber in die Produktionshalle. Clare saß auf der Bank und starrte ihre Notizen an. Was hatte es mit James' Mutter auf sich, dass alle so ein Geheimnis daraus machten? Sie wollte James sicher nicht schaden, doch sie wurde das Gefühl nicht los, dass seine Mutter noch eine größere Rolle spielte, als die Menschen hier zugaben. Clare holte ihr Handy hervor und durchsuchte ihren Nachrichtenverlauf mit Lizzy. Sie hatte ihr, wie versprochen, die Adresse von Laurell Byrne geschickt. Nachdem sie sie gefunden hatte, blickte sie hinüber zu dem Fenster, das zu James' Büro gehörte. Durfte sie sich hier einmischen? Im Grunde tat sie ja seit vier Wochen nichts anderes, als sich in das Leben von James Byrne einzumischen und alles zu hinterfragen.

Sie packte ihre Notizen zusammen und setzte sich ins Auto. Noch einmal sah sie zu James' Fenster hinauf, dann schaltete sie den Motor an und fuhr los.

10

Dank Navi fand Clare die Adresse, die Lizzy ihr gegeben hatte, ohne Probleme. Nach knapp drei Stunden und einer Fahrt quer über die Insel zur Westküste war sie am Ziel. Sie fuhr eine abgelegene Schotterstraße entlang und parkte vor einem kleinen weißen Holzhaus. Clare wusste, dass so ein spontaner Besuch Risiken mit sich brachte. Vielleicht war Laurell Byrne überhaupt nicht zuhause oder sie weigerte sich mit ihr zu sprechen. Dann wäre die Fahrt völlig umsonst gewesen. Doch Clare vertraute auf ihren Instinkt.

Aus irgendeinem Grund hatte sie das Gefühl, dass Laurell mehr als bereit war, mit ihr zu reden. Sie ging durch den kleinen Vorgarten, der mit Wildblumen übersät war, stieg die zwei Stufen zur Veranda hinauf und klopfte an die Tür. Im Hintergrund hörte Clare das Meer rauschen. Nervös hielt sie die Luft an. Sie hörte Schritte im Haus, und kurz darauf öffnete ihr eine zierliche Frau die Tür.

»Ja, bitte?«

Clare setzte ein Lächeln auf. »Hallo, mein Name ist Clare. Verzeihen Sie bitte den spontanen Überfall, aber sind Sie Laurell Byrne?«

Die Frau nickte. »Worum geht es denn?«

»Ich arbeite an einer Biographie über Ihren Sohn James«, erklärte Clare. Als Laurell den Namen hörte, wurden ihre

Augen wachsam. Clare fuhr fort. »Ich hatte gehofft, mit Ihnen ein wenig über ihn sprechen zu können.«

Laurell musterte Clare. Skeptisch fragte sie: »Eine Biographie?«

»Ja, ich arbeite für *Irish Readings*, den Verlag in Dublin. Sie können gerne dort anrufen, wenn Sie das überprüfen möchten.«

»Oh, nein. Ist schon gut.« Sie überlegte einen Moment, dann trat sie beiseite. »Kommen Sie rein. Möchten Sie Tee?« James' Mutter war wesentlich kleiner als in Clares Vorstellung. Sie trug ihr dunkles Haar, das von wenigen silbernen Strähnen durchzogen war, in einem lockeren Knoten am Hinterkopf. Sie war elegant gepflegt, und die dunkle Stoffhose sowie die dazu passende Bluse zeugten von gutem Geschmack.

Clare nickte. »Gerne, danke.«

Sie folgte Laurell geradewegs durch den schmalen Flur hinein ins Wohnzimmer. Eine Front aus hohen alten Holzrahmenfenstern ermöglichte einen fantastischen Blick auf die Klippen und das darunter liegende Meer. Rechts standen um einen Kamin herum ein kleines Sofa und ein einladender Sessel mit Blumenmuster. Links führte eine Tür in die Küche. Obwohl der Raum winzig war, schien alles Wichtige hineinzupassen. Die Fenster sorgten für helles Sonnenlicht, sodass die Küche größer wirkte, als sie tatsächlich war.

Während Laurell sich um eine Kanne Tee kümmerte, sah Clare sich weiter im Wohnzimmer um. Es war nicht besonders geräumig, doch es war unheimlich gemütlich. Ebenso wie außen war auch das Innere des Hauses mit weißem Holz verkleidet. Seitlich der Fenster hingen hellblaue Vorhänge. Auf den Fensterbänken standen prachtvolle weiße Orchideen. Auf dem Kamin erblickte sie eine Handvoll Fotos. Die Qualität der Bilder zeigte, dass es sich um alte

Aufnahmen handeln musste. Doch Clare war zu weit weg, um zu erkennen, was auf den Fotografien abgebildet war.

Clare wollte gerade näher treten, als Laurell mit einem Tablett ins Wohnzimmer kam.

»Bitte, setzen Sie sich.« Laurell stellte den Tee auf einem kleinen Tisch vor dem Sofa ab und ließ sich auf dem Sessel nahe dem Kamin nieder. Sie goss Clare und sich jeweils eine Tasse ein und sah Clare dann neugierig an.

»Also, wie kann ich Ihnen behilflich sein?« Sie sprach mit einer leisen, angenehmen Stimme, und Clare entspannte sich augenblicklich.

»Bevor ich anfange, möchte ich Sie wissen lassen, dass es mir nicht darum geht, alte Wunden aufzureißen oder mich in Dinge einzumischen, die mich nichts angehen. Ich denke nur, dass es für das Buch wichtig ist, dass ich alle Phasen von James' Leben kenne. Die Leser spüren sofort, wenn man ihnen etwas verschweigt.« Clare nahm einen kleinen Schluck von ihrem Tee. »Es geht mir nicht um irgendwelche Sensationen, ich möchte nur, dass die Menschen ein vollständiges Bild von James erhalten.«

»Sie scheinen sehr gründlich zu sein, wenn Sie dafür extra hier rausfahren.«

Clare lächelte. »Sie sind seine Mutter. Wer, wenn nicht Sie, kann mir einen Einblick in James' Leben geben?«

Laurell faltete die Hände in ihrem Schoß, und ein trauriger Ausdruck machte sich auf ihrem Gesicht breit. »Nun ... James würde Ihnen da sicherlich widersprechen.«

Clare schwieg einen Moment. Dann sagte sie vorsichtig: »In Ballybyrne habe ich mit so vielen Menschen gesprochen. Aber niemand hat ein Wort über Sie verloren. Wie kann das sein?«

Laurell ließ sich Zeit mit ihrer Antwort. »Ich bin in Ballybyrne eine *persona non grata.* Wäre ich eine Datei auf einem Computer, hätten sie mich einfach gelöscht.«

Sie sagte es mit so viel Kummer in ihrer Stimme, dass es Clare beinahe das Herz brach.

»Was ist passiert?«

Laurell musterte Clare. »Wie haben Sie mich gefunden, wenn doch keiner über mich spricht?«

Clare war auf diese Frage vorbereitet. »Im Stadtarchiv stieß ich auf einen Zeitungsartikel. Er ... Darin ging es um gewisse Anschuldigungen, die gegen Sie erhoben wurden. Während meiner Zeit in Ballybyrne ist Lizzy eine enge Freundin geworden. Sie gab mir Ihre Adresse und sagte, ich solle meine Fragen lieber direkt an Sie richten.«

Ein weiches Lächeln glitt über Laurells Gesicht. »Die gute Lizzy. Sie war schon immer ein liebes Mädchen, das nach Harmonie strebte. Ich habe sie immer sehr gemocht.« Nach einer kurzen Pause fügte sie hinzu: »Also schön, wo soll ich anfangen?«

»Die Anschuldigungen in dem Zeitungsartikel, was hat es damit auf sich?«

Laurell atmete tief durch. »Wissen Sie, Arthur und ich waren sehr glücklich. James war für uns ein Geschenk des Himmels, und wir wollten immer nur das Beste für ihn. Arthur arbeitete rund um die Uhr, um seinem Sohn eine rentable Brauerei zu hinterlassen. Doch die Zeiten waren hart. Zwischendurch waren wir kurz davor, unsere Existenz zu verlieren. James hat von alldem nichts mitbekommen. Er sollte unbesorgt aufwachsen.« Laurells Stimme zitterte leicht, doch sie fuhr fort. »Mein Bruder Aidan hegte damals große Sympathien für die Ziele der *Provisional Irish Republican Army*. Ich hatte schon seit einiger Zeit keinen richtigen Kontakt mehr zu ihm, als er eines Tages bei uns auftauchte. James war da gerade sechs Jahre alt geworden, und wir kämpften finanziell ums Überleben.«

Je länger Laurell sprach, desto mehr entspannten sich ihre Schultern. Es schien, als wäre sie froh, endlich einmal ihre Version der Geschichte erzählen zu können. Nach einer kurzen Pause redete Laurell weiter. »Aidan wollte meine Hilfe, um irgendetwas nach Nordirland zu schaffen. Er schien in großen Schwierigkeiten zu stecken und unter enormem Druck zu stehen. Er versicherte mir, dass es nichts Illegales sei. Jeder wusste, dass die Grenze damals gefährliches Gebiet war. Gab es nur den kleinsten Verdacht, wurdest du sofort ins Kreuzverhör genommen. Trotzdem dachte ich mir zunächst nichts dabei. Zudem bot Aidan uns finanzielle Unterstützung an, wenn ich ihm helfen würde.«

Laurell sah Clare traurig an. »Sie müssen mich für furchtbar naiv halten. Aber Aidan war immer noch mein Bruder. Wir hatten nur noch uns, unsere Eltern waren bereits tot, und obwohl ich wusste, wie er zur IRA stand, hoffte ich einfach, er würde die Wahrheit sagen.«

»Was haben Sie dann gemacht?«

»Ich organisierte ihm einen Lastwagen von *Byrnes Cider*. Wir durften damals als einer von ganz wenigen hin und wieder nach Nordirland liefern. Also kannte man unsere Wagen an der Grenze.«

»Aber etwas ging schief, oder?«, fragte Clare behutsam.

Laurell nickte. »Aidan und sein Fahrer waren der Polizei schon bekannt. Sie zogen sie aus dem Verkehr und durchsuchten den Lastwagen. Dabei fanden sie mehrere Kilo Sprengstoff sowie zahlreiche Zünder. Später erfuhr ich, dass Aidan mit dem geplanten Waffenstillstand, der neunzehnhundertvierundneunzig ausgerufen wurde, nicht einverstanden war. Er wollte mit einem letzten großen Anschlag dafür sorgen, dass das Abkommen scheiterte.«

»Aidan wurde geschnappt, aber wie kam man auf Sie?«

Laurell lachte höhnisch auf. »Aidan hat mich noch im ersten Verhör an den Pranger gestellt. Behauptete sogar, es sei meine Idee gewesen.«

»Aber Sie wurden nie verurteilt.«

Resigniert schüttelte Laurell den Kopf. »Nein, dafür sorgte Arthur. Trotz unserer finanziellen Schwierigkeiten hatte er noch viele Freunde in den oberen Kreisen. Man handelte Bedingungen für mich aus.«

Clare erinnerte sich, dass Lizzy das Wort ebenfalls erwähnt hatte. »Bedingungen?«

»Ja ...« Eine Träne bahnte sich ihren Weg über Laurells Wange. »Arthur erhielt das alleinige Sorgerecht für James. Ich wurde aus Ballybyrne verbannt. Im Gegenzug erhielt ich dieses kleine Cottage und einen jährlichen Unterhalt von Arthur.«

»Sie durften nicht wieder nach Ballybyrne zurückkehren?«

Sie schüttelte den Kopf. »Nein.«

Clare wurde einiges klar. »Und dafür wurde der Vorfall aus allen Medien rausgehalten, richtig?«

»Ja, der Artikel, den Sie gefunden haben, muss kurz vor der Abmachung erschienen sein. Damals hatte man noch einfacher Einfluss darauf, was die Presse schrieb und was nicht. Insbesondere, wenn man den Namen Byrne trug.«

»Was war mit James? Haben Sie ihn denn seither nie wieder gesehen?«

Laurells Hände zitterten, als sie nach ihrer Tasse griff. »Das gehörte zu den Bedingungen. Arthur hatte Angst, ich hätte einen schlechten Einfluss auf James.«

»Aber hat man Sie denn nicht angehört? Gab es niemanden, der Verständnis für Sie aufgebracht hat? Nicht mal Arthur?« Clare litt mit Laurell und hatte Mühe, sich zu beherrschen.

»Arthurs kleiner Bruder kam in den Siebzigern bei einem Attentat der IRA ums Leben. Für ihn war ich Mittäterin, ganz gleich, wie viel ich tatsächlich davon gewusst habe oder nicht. Für ihn gehörte ich fortan zu den Feinden.« Laurell stellte ihren Tee unberührt wieder ab. »Natürlich sprach sich der Vorfall trotz Mediensperre in der ganzen Gemeinde herum. Für alle war ich schuldig.«

»Haben Sie nie versucht, dagegen anzukämpfen?«, fragte Clare.

»Einmal. Ganz zu Anfang. Arthur und seine Anwälte machten mir allerdings schnell klar, dass ich keine Chance hatte. Ich schaffte es schließlich, ihm die Erlaubnis abzuringen, James schreiben zu dürfen.« Laurell stand auf und ging zu einer kleinen Kommode neben der Küchentür. Aus einer Schublade zog sie einen fein säuberlichen Stapel Briefe mit einer Schleife darum.

»Keiner meiner Briefe wurde je gelesen. Ich weiß nicht, ob James sie nicht haben wollte oder ob Arthur sie ihm erst gar nicht gegeben hat. Der Mann, den ich so geliebt habe, hatte nur noch Hass in seinen Augen, wenn er mich ansah.«

Kein Wunder, dass James keine gute Meinung von seiner Mutter hatte, dachte Clare. Wer mit einem Vater voller Hass aufwuchs, hatte gar keine Chance, sich ein anderes Bild zu machen.

»Was war nach Arthurs Tod?«, hakte Clare nach.

Laurell legte die Briefe auf den Tisch und setzte sich wieder in den Sessel. »Etwa einen Monat, nachdem Arthur gestorben war, besuchte ich sein Grab in Ballybyrne. Ich begegnete kaum jemandem, und die Leute hatten mich Jahrzehnte nicht gesehen, also erkannte mich keiner. Auf dem Rückweg zum Auto lief mir James über den Weg.« Laurell legte die Hand auf ihren Mund und versuchte, weitere Tränen zurückzuhalten. »Als ich ihm sagte, wer ich sei, sah er mich mit den gleichen hasserfüllten Augen an wie einst sein Vater. Seine Stimme war kalt, als er mir riet, die Stadt zu verlassen und nicht wiederzukommen.«

Clare sah den dreiundzwanzigjährigen James vor sich. Der Vater verstorben. Er nun der jüngste Brauereibesitzer in Irland. Das Geschäft lief mittlerweile, doch er musste sich beweisen. Hinzu kamen die Einsamkeit und der Hass auf seine Mutter. Clare war nicht länger überrascht über James' Verhalten nach dem Tod seines Vaters. Vielmehr konnte sie ihn endlich verstehen.

»Was werden Sie jetzt tun?«, fragte Clare.

Laurell sah zum Fenster hinaus, ein dunkler Schatten auf ihrem Gesicht. »Nichts. So erspare ich James weiteren Kummer. Ich habe mir hier ein zurückgezogenes Leben aufgebaut. So schade ich niemandem mehr und schütze den Menschen, der mir etwas bedeutet. Es ist besser so.«

Clare wollte widersprechen, doch sie hielt inne. Es war nicht ihre Aufgabe, die Familienverhältnisse wieder ins Lot zu rücken. Doch sie musste an ihre Familie und ihr Zuhause denken. Ihre Eltern und Brüder waren zwar manchmal nervig, doch sie waren ihre Familie. Sie waren für sie da, wenn sie sie brauchte. Sie konnte es sich nicht vorstellen, so einsam zu leben. Clares Blick fiel auf die Briefe. »Dürfte ich die vielleicht mitnehmen? Sie bekommen sie selbstverständlich wieder.«

Laurell überlegte. »Was haben Sie damit vor?«

»Die Briefe sagen viel über Ihre Beziehung, Ihre Liebe zu James aus. Ich würde sie gerne als Recherchequelle nutzen. Wenn das für Sie in Ordnung ist …«

James' Mutter wägte ihre Entscheidung ab. Schließlich nickte sie. »Also gut.«

Clare blieb noch eine Weile, und Laurell erzählte von James' früher Kindheit. In ihren Worten lag so unendlich viel Liebe und Trauer, dass es Clare schwerfiel, sie wenige Zeit später allein zu lassen.

An der Tür lächelte Laurell sie an. »Ich danke Ihnen für Ihren Besuch. Das hat mir wirklich viel bedeutet.«

Clare umarmte die zierliche Frau. »Ich habe zu danken. Für Ihre Offenheit.«

Während der ganzen Rückfahrt dachte Clare über das nach, was Laurell ihr erzählt hatte. Es war schrecklich, zu sehen, wie sehr die Frau noch immer litt. Gleichzeitig versuchte sie Verständnis für James' Vater Arthur Byrne aufzubringen. Sicher, es war unerträglich, seinen Bruder bei solch einem Anschlag verloren zu haben, doch hatte er seiner Frau nicht vertraut? Warum hatte er ihr nicht zugehört? Ihr keine Möglichkeit gegeben? Und James ... Er war das Opfer in dieser Geschichte. Sein Vater hatte ihn geliebt, wollte ihn schützen, doch stattdessen hatte er ihm seine Mutter verwehrt. Er hatte sogar dafür gesorgt, dass selbst nach seinem Tod der Hass bei James so tief saß, dass er seiner Mutter keine Chance geben wollte. Clare verstand allmählich, warum James sich so schwertat, anderen zu vertrauen. Wenn schon seine Mutter die Familie derart hintergangen hatte, warum sollte er dann Menschen trauen, die ihm weniger nahe standen? Nachvollziehbar. Und trotzdem ...

Clare überlegte, wie sie nun weiter vorgehen sollte.

Als sie schließlich vor James' Anwesen parkte, war es schon spät am Abend. James hatte sie vorfahren gehört und trat aus dem Haus.

»Hey, wo warst du denn? Ich dachte schon, diesmal lässt du mich sogar ohne Notizzettel sitzen«, sagte er lachend.

»Einen Zettel bist du allemal wert, keine Sorge.« Clare lächelte und ging auf ihn zu.

Empört betrachtete James sie. »Ein Zettel? Mehr bin ich nicht wert?«

Sie musterte ihn. »Na ja, also ...«

Weiter kam sie nicht, denn James hatte sie bereits gepackt und über die Schulter geworfen. Mit ihr huckepack lief er ins Haus, warf die Tür hinter sich zu und stapfte die Treppe hinauf. Sie musste ihm das unbedingt abgewöhnen, dachte Clare.

»James! Was soll das? Lass mich runter!« Sie wusste nicht, ob sie lachen oder schreien sollte. »Wir müssen wirklich mal über dieses Huckepack-Ding sprechen, James ...«

Oben angekommen, ging er mit ihr in sein Schlafzimmer und legte sie grinsend aufs Bett. »Wollen wir doch mal sehen, ob ich mehr wert bin als ein Zettel ...«

Obwohl er lächelte, schien er ehrlich gekränkt zu sein, und Clare versuchte gut Wetter zu machen.

»Na ja, etwas mehr bist du schon wert. Was bringt einem schon ein Zettel, wenn man keinen Stift zur Hand hat?«

»Oh, die Lady aus Dublin ist heute wieder großzügig«, sagte James lachend und zog Clare Rock und Bluse aus.

Clare hatte eigentlich geplant, ihm von ihrem Besuch bei seiner Mutter zu erzählen, doch das schien ihr nun nicht mehr der richtige Moment dafür zu sein. Außerdem schaffte sie es immer noch nicht, James zu widerstehen. Sie fragte sich, wann das wohl endlich der Fall sein würde. James sorgte binnen Sekunden dafür, dass auch diese Frage an diesem Abend nicht weiter relevant war.

Obwohl der nächste Tag ein Samstag war, fuhr James in die Brauerei. Zu viel Arbeit wartete dort auf ihn. Er verließ das Haus nur ungern und wäre wesentlich lieber bei Clare geblieben, doch er hatte keine Wahl.

Im Büro versuchte er sich auf die Zahlen auf dem Computerbildschirm zu konzentrieren, doch seine Gedanken schweiften immer wieder zu Clare. Seit sie sich vor knapp einer Woche für das Vergnügen und gegen das Abstandhalten entschieden hatte, hatten sie jede Nacht zusammen verbracht. Er genoss die Zeit mit ihr. Vielleicht ein bisschen zu sehr. Denn plötzlich versuchte er tagsüber nicht mehr so lange im Büro zu bleiben. Die Aussicht, Clares weiche Haut auf seiner zu spüren, war zu verlockend. Doch es ging ihm längst nicht mehr nur um Sex. Er mochte es, mit ihr zusammen zu sein, sich mit ihr zu unterhalten, ihre Ansichten zu hören. Außerdem hatte er mit keiner Frau bisher so viel gelacht – und das selbst im Bett. Das alles machte ihm fast ein wenig Angst. Er ließ sie ungewohnt nah an sich ran. Doch es würde nur auf Zeit sein. Er wusste, dass Clare bald wieder abreisen würde. Dann würde sie ihr Leben in Dublin weiterleben. Aus irgendeinem Grund gefiel ihm diese Vorstellung nicht. Er wollte Clare um sich haben. Nicht, dass er eine ernsthafte Beziehung in Betracht zog. Aber der Zustand, wie er gerade war, war gut. Sogar sehr gut irgendwie.

Das Klingeln seines Smartphones riss James aus seinen Gedanken. Er sah auf das Display und nahm den Anruf entgegen. »Michael, sag nicht, ich hätte deinen Umzug schon verpasst.«

Michael lachte, allerdings nicht so herzlich wie sonst. »Äh, nein. Das hast du nicht.« Er räusperte sich. »Ist Clare gerade bei dir?«

James wurde misstrauisch. Der Ton seines Freundes verhieß nichts Gutes. »Nein, wieso fragst du?«

»Hör zu, Kumpel. Vielleicht steckt ja gar nichts dahinter, aber …«

Während James Michael aufmerksam zuhörte, ballte sich seine Hand zur Faust. Als er schließlich auflegte, kochte er vor Wut. Er schnappte sich ein paar Akten, seinen Laptop und lief hinunter zu seinem Audi. Clare konnte was erleben, das würde er sich nicht gefallen lassen …

Clare hatte gerade geduscht und widmete sich in ihrem Zimmer den Notizen. Sie hatte den Aufbau der Biographie noch einmal komplett über den Haufen geworfen. Nun fing sie endlich mit Schreiben an. Sie hatte erst zwei Zeilen getippt, als sie hörte, wie unten die Haustür aufgerissen wurde.

»Clare!«

Oh, oh. James' Stimme klang furchtbar wütend. Sie klappte ihren Laptop zu und lief nach unten.

»Was ist?«

James stand mit geballten Fäusten und schwer atmend vor ihr. Sein Gesicht war wutverzerrt, und Clare fing an, sich Sorgen um ihn zu machen.

»Wo warst du gestern?« Er schoss die Frage in ihre Richtung.

Ah, das war es. Okay, das musste ja so kommen, dachte sich Clare.

»Hör zu, ich wollte es dir gestern Abend schon erzählen, aber dann ...« Sie räusperte sich und fuhr schnell fort, als James noch wütender wurde. »Ich war gestern bei deiner Mutter.«

»Was fällt dir verdammt nochmal ein?«

Clare versuchte ihn zu beruhigen. »Es war doch klar, dass ich mit ihr sprechen wollen würde. Sie ist immerhin deine Mutter –«

»... und *kein* Teil meines Lebens, also völlig unerheblich für deine Recherchen«, fuhr James ihr dazwischen.

»James ...« Sie machte einen Schritt auf ihn zu.

»Oh nein, du hast mich hintergangen, Clare.« James wich ihr aus, lief zum Kühlschrank, öffnete ihn, nur um ihn gleich darauf wieder zuzuschmeißen.

Clare ließ sich nicht von ihrem Kurs abbringen. »Ich habe nur mit ihr geredet. Ich habe ihr zugehört. Das ist alles. Und nebenbei, das solltest du vielleicht auch mal machen.«

Sie biss sich auf die Lippen. Den letzten Teil hatte sie eigentlich nur gedacht, doch offenbar war ihr loser Mund wieder schneller als ihr Hirn gewesen.

James fuhr zu ihr herum. »Du willst mir erzählen, wie ich mit dieser Frau umzugehen habe?«

›Dieser Frau‹, das tat selbst Clare weh.

»Hast du dir denn jemals ihre Version der Geschichte angehört?«, fragte sie in einem ruhigen Ton.

»Erstens geht dich das überhaupt nichts an. Und zweitens muss ich das gar nicht. Ich weiß alles, was ich wissen muss.«

»Ach ja?« Clare musterte ihn skeptisch.

»Sie hat uns verraten, Clare. Sie hat die IRA unterstützt. Ich muss dir ja wohl nicht erklären, was das bedeutet.«

»Aber kennst du auch den Grund dafür? Weißt du, warum sie das getan hat? James, es ging ihr die ganze Zeit nur um dich.« Clare wusste nicht, ob sie zu James durchdrang. Doch sie würde sich sicherlich nicht dafür entschuldigen, ihren Job gemacht zu haben.

»Du hast keine Ahnung, wovon du redest, Clare.« Er war noch immer wütend, doch er schrie nicht mehr. Stattdessen nahm seine Stimme einen eisernen Ton an.

»Sie liebt dich, James. Sie hat dich immer geliebt«, sagte Clare leise.

James schüttelte den Kopf. »Ich ... Ich muss los.«

Er ließ sie in der Küche stehen, stieg in seinen Sportwagen und fuhr mit quietschenden Reifen davon.

Clare verstand, warum James wütend war. Trotzdem war sie der Meinung, richtig gehandelt zu haben. Es tat ihr im Herzen weh, dass sich James wegen seiner Mutter so quälte. Doch da musste er alleine durch. Sie konnte nicht mehr tun, als ihm die Tür zu öffnen und den Weg zeigen.

Sie ging wieder nach oben in ihr Zimmer, setzte sich aufs Bett und klappte den Laptop auf. Clare löschte die beiden Zeilen, die sie zuvor geschrieben hatte, und starrte auf ihre Notizen. Ihr Magen krampfte sich schmerzhaft bei dem Gedanken zusammen, wie James sich wohl gerade fühlen musste. Wieder hatte ihn eine Person, die er an sich herangelassen hatte, verraten. Sie hasste es, ihn so zu sehen. Sie wollte, dass er glücklich war.

Plötzlich zuckte Clare zusammen. Gänsehaut überlief

sie. Sie schüttelte immer wieder den Kopf, doch es half nichts. Die Gefühle, die sich in Clare ausbreiteten, flossen in jede Zelle ihres Körpers. Sie hasste ihn nicht mehr. Im Gegenteil. Sie liebte ihn. Sie wollte Teil seines Lebens sein. Clare erstarrte. Sie hatte sich verliebt. Ausgerechnet in den Mann, der ihre Träume am wenigsten wahr werden lassen würde. Wie hatte sie das zulassen können?

Die ganze Zeit über hatte sie wohlweislich versucht, ihn auf Abstand zu halten. Sie war töricht gewesen zu glauben, dass sie sich ihm lediglich für Sex hingeben konnte. Er hatte sich in ihr Herz geschlichen, und sie konnte nichts dagegen tun.

James fuhr stundenlang durch die Gegend. Schließlich stand er irgendwann vor Lizzys Haustür. Als sie ihn erblickte, zog sie ihn schwesterlich an sich und umarmte ihn fest. »Komm rein.«

»Ist Michael da?«, fragte James tonlos.

Sie nickte. »Ja, er bringt Emy gerade ins Bett.« Sie führte James ins Wohnzimmer. »James, du solltest da noch etwas wissen …«

Resigniert sah er Lizzy an. »Was? Warst du etwa auch bei *ihr* und bist der Meinung, sie sei eine Heilige?«

James vermied es, das Wort ›Mutter‹ auch nur zu denken.

Lizzy verknotete ihre Hände und versuchte ihm in die Augen zu schauen. »Nein, aber …«

»Spuck's aus, Lizzy«, sagte er ungeduldig.

»Ich habe Clare *ihre* Adresse gegeben.« Sie atmete aus. Jetzt war es raus.

James sah Lizzy verblüfft an. »Fantastisch. Hat Michael sie vielleicht auch noch hingefahren?«

»Was hab ich?« Michaels Kopf tauchte in der Wohnzimmertür auf.

»Oh gut, dass du da bist. Vielleicht …« Lizzy sah von

einem zum anderen. »Ja, vielleicht solltet ihr beide sprechen. Ich schau' nach Emy.« Lizzy verschwand und ließ die Männer im Wohnzimmer allein.

Michael setzte sich gegenüber von James in einen Sessel. »Nimm es Lizzy nicht übel. Sie hat es nur gut gemeint.«

James stöhnte. »Das tun sie doch alle. Sie meinen es immer nur gut.«

»Und was hat sie gesagt?«

»Wer?«

Michael lehnte sich zurück. »Clare. Was hat sie gesagt?«

»Sie hat es auf den Job geschoben. Meinte, ich würde nur die eine Seite der Geschichte kennen. Ich solle mir *ihre* Ansichten anhören.«

Neugierig sah Michael seinen Freund an. »Und? Wirst du?«

»Nein, verdammt nochmal!« James sprang von der Couch und lief im Zimmer auf und ab.

Michael schwieg und ließ James umherstapfen. Nach einigen Minuten setzte er sich wieder.

»Warum nicht?«, fragte Michael.

»Wir wissen doch alle, wie es gewesen ist. Wozu das alles wieder aufwühlen? Wegen ihr stehen wir bei *Byrnes Cider* momentan in den roten Zahlen. Vergiss das nicht, Michael.«

»Genau genommen stehen wir im Minus, weil dein Vater dir vor seinem Tod nicht gesagt hat, dass zu den Bedingungen des Straferlasses für deine Mum auch gehörte, dass *Byrnes Cider* Strafzahlungen leisten muss«, korrigierte Michael ihn.

»Ja, aber diese Zahlungen müssen wir nur leisten, weil sie uns den Schlamassel eingebrockt hat«, konterte James.

»Hätte dein Vater sich zuverlässig um die Überweisung der jährlich vereinbarten Gebühren gekümmert, wären die Zinsen nicht so hoch ausgefallen. James, deine Mum kann nichts für unsere aktuelle finanzielle Situation.«

»Nimmst du *sie* etwa in Schutz?« James seufzte. »Und wenn schon ...« Er fuhr sich mit der Hand durch die Haare und stützte die Ellbogen auf seine Knie. »Das ändert nichts daran, dass sie uns verraten hat.«

Michael stand auf und holte zwei Flaschen Cider aus der Küche. Eine davon reichte er James. »Trotzdem solltest du deine Wut nicht an Clare auslassen.«

Entrüstet sah James seinen Freund an. »Wer sagt denn –«

»Wir wissen beide, dass du sauer auf sie bist und es ihr sicherlich nicht einfach gemacht hast, als du sie darauf angesprochen hast«, unterbrach Michael ihn.

James murmelte etwas Unverständliches und nahm einen Schluck Cider. »Ich habe ihr vertraut, Michael.«

»Und sie ist genauso ein Sturkopf wie du. Dir hätte klar sein müssen, dass sie sich nicht mit deinen mageren Antworten zu deiner Mum abspeisen lässt. Und sei doch mal ehrlich, das ist es doch, was dir an ihr gefällt. Dass sie sich nichts vorschreiben lässt ...«

»Auf wessen Seite stehst du eigentlich?«, mokierte sich James.

»Auf deiner natürlich«, sagte Michael lachend. »Aber manchmal brauchst du einen Schubs auf die richtige Seite.«

James' Lippen umspielte ein Lächeln. »Lizzy hat jetzt schon einen zu großen Einfluss auf dich.«

»Findest du? Ach, ich weiß nicht ...« Michael schien ernsthaft darüber nachzudenken.

11

Am nächsten Morgen setzte sich Clare mit ihrem Laptop und ihren Notizen hinaus auf die Terrasse. Obwohl sie erst spät ins Bett gegangen war, hatte sie kaum schlafen können. Sie wusste, dass James abends zuvor bei Lizzy und Michael gewesen war. Lizzy hatte ihr geschrieben, als James aufgetaucht war. Außerdem hatte sie sich hundertfach dafür entschuldigt, sich bei Michael verplappert zu haben. Clare machte ihr jedoch keinen Vorwurf. Sie hätte James sowieso sagen wollen, dass sie bei seiner Mutter gewesen war. Er war ihr schlichtweg zuvorgekommen.

Clare hatte die Nacht genutzt, um an ihrem Skript zu arbeiten. Es ließ sich auf einmal viel zu einfach schreiben. Sie hoffte nur, man würde zwischen den Zeilen nicht herauslesen, was sich zwischen ihr und James bisher abgespielt hatte. Geschweige denn, welche Gefühle sich mittlerweile bei ihr entwickelt hatten. Sie bezweifelte stark, dass es James auch nur im Ansatz ähnlich erging. Sie machte sich keine Illusion. James Byrne war nicht für das Familienleben gemacht. Dafür zog er sich selbst viel zu gern in die Einsamkeit zurück. Dafür vertraute er niemandem genug.

Sie griff nach ihrem Kaffeebecher und überflog die letzten Zeilen, die sie getippt hatte. Dann prüfte sie etwas in ihren Notizen und schrieb weiter. Sie war über Stunden hinweg so in ihre Arbeit vertieft, dass sie nicht merkte, wie sich auch der Sonntag schon wieder seinem Ende zuneigte.

»Lizzy hat recht. Wenn du arbeitest, vergisst du völlig zu essen.«

Clare schrak auf und sah hoch. James lehnte sich an die Veranda und betrachtete sie. Keine Spur von Wut auf seinem Gesicht. Clare blieb trotzdem in Habachtstellung.

»Wie lange stehst du schon da?«

»Lange genug, um zu bemerken, dass du summst, wenn du konzentriert arbeitest.« James deutete ein Grinsen an, überspielte es aber mit einem Schluck aus seiner Kaffeetasse.

»Dafür werde ich mich nicht entschuldigen«, entgegnete Clare.

»Nein, aber ich«, sagte James.

Irritiert blickte sie ihn an.

»Ich muss mich entschuldigen. Ich habe gestern überreagiert«, erklärte James mit leiser, aber fester Stimme. »Ich hätte es begrüßt, wenn du mit mir vorher darüber gesprochen hättest, aber ...« Clare wollte ihn unterbrechen, doch er schnitt ihr das Wort ab. »*Aber* ich weiß auch, dass ich vermutlich versucht hätte, dich daran zu hindern. Also ... Ich würde sagen, wir sind quitt.«

»Quitt?«, fragte Clare skeptisch.

James drückte sich vom Geländer ab und setzte sich auf den Stuhl, der ihr gegenüber stand. »Ja, oder ist da noch irgendetwas, das du loswerden möchtest?«

So vieles.

»Nein, ich glaube nicht«, antwortete sie zögerlich.

»Okay.« James nickte. »Hast du Hunger?«

Sie hatte einen Bärenhunger. Sie sah auf die Uhr auf ihrem Laptop. Es war schon halb sieben abends – seit zwölf Stunden saß sie hier und hatte am Skript gearbeitet.

Doch bevor sie wieder in den Normalzustand übergingen,

wollte Clare noch etwas klarstellen. *Was auch immer der Normalzustand war*, dachte sie. »James, eine Sache noch.«

Er war bereits aufgestanden und wandte sich wieder zu ihr um.

»Wenn du mich das nächste Mal so anschreist, werde ich nicht so ruhig bleiben. Das kannst du mit deinen Mitarbeitern oder sonst wem machen, aber nicht mit mir. Verstanden?«

Clare mochte ihn lieben, aber das bedeutete noch lange nicht, dass er mit ihr umspringen konnte, wie er wollte.

James dachte einen kurzen Moment darüber nach. Dann nickte er. »Verstanden.«

»Gut.« Clare sammelte ihre Notizen zusammen, klappte den Laptop zu und erhob sich. »Was gibt's zu essen?«

Aus den mageren Resten im Kühlschrank zauberten sie einen Salat und gegrilltes Hühnchen in Zitronenmarinade. Sie öffneten eine Flasche Weißwein und aßen gemeinsam auf der Veranda mit Blick auf das schäumende Meer.

»Auch auf die Gefahr hin, dass ich uns die Stimmung verderbe, aber ...«

James blickte argwöhnisch auf, doch Clare ließ sich nicht beirren. »Warum darf niemand deinen Mustang fahren?«

James nahm einen Schluck Wein. »Mein Dad hat ihn gekauft, als es mit *Byrnes Cider* auf die Erfolgsspur ging. Zuvor hatte er jedem Mitarbeiter einen Bonus ausgezahlt. Er sagte damals zu mir: ›James, denk immer erst an deine Mitarbeiter. Ohne sie könnten wir uns nicht mal leisten, diesen Wagen auch nur anzusehen.‹«

Clare hörte aufmerksam zu und spielte mit dem Stiel ihres Weinglases.

»Er fuhr den Mustang nur an Sonntagen und zu besonderen Anlässen. Er ließ niemanden daran herumschrauben. Nur er selbst durfte Hand anlegen.«

Clare lehnte sich zurück. »Dann bin ich an meinem ersten Tag hier ja wirklich in ein großes Fettnäpfchen getreten …«

James lächelte. »Wenigstens wusste ich damit gleich, mit wem ich es zu tun habe.«

Clare setzte ein Lächeln auf, doch der Umstand, dass James noch immer nicht wusste, wer sie tatsächlich war, und dass sie sich in ihn verliebt hatte, lastete auf ihr.

Nachdem die Sonne untergegangen war, räumten sie gemeinsam das Geschirr in die Küche. Als alles in der Spüle verstaut war, griff Clare nach ihrem Laptop auf der Anrichte.

»Ich denke, auf mich wartet ein unfertiges Skript …«

James nahm ihr den Laptop aus der Hand. »Das wartet auch morgen noch auf dich.«

Clare lächelte. »Die Deadline aber nicht. Ich muss das Skript bald abgeben.«

James legte die Hände auf ihre Hüften. Er neigte den Kopf hinunter zu ihrem Hals und hinterließ eine Spur vielversprechender Küsse. An ihrem Ohr murmelte er: »Ich fürchte, du hast deine Recherchen nicht gründlich genug durchgeführt.«

Clare versuchte sich auf ihre Atmung zu konzentrieren, doch das Angebot war zu verlockend. »Ach ja?«

»Ja, ich denke, da besteht eine Menge Nachholbedarf.«

Sie ließ ihre Hand über seine Brust gleiten. »Was schlägst du vor?«

Er beugte sich zu ihr hinab und legte seine Lippen auf ihre. Der Kuss war so intensiv, Clare bildete sich ein, ihn bis in ihre Fußspitzen zu spüren.

James rückte nur wenige Millimeter von ihr ab.

»Ich würde vorschlagen …«, wisperte er so leise in Clares Ohr, dass sie ihn beinahe nicht verstand. Die folgenden Wortfetzen, die sie hörte, sorgten allerdings dafür, dass ihre Beine beinahe nachgaben. Doch James fing sie auf und hob sie auf die Anrichte. Dabei fielen die Akten, die er einige

Tage zuvor mit nach Hause genommen hatte, hinunter und verteilten sich auf dem Küchenboden.

Clare seufzte und genoss die Wärme, die James' Körper ausstrahlte. »Wie war das noch?«, flüsterte sie. »Du bist kein Teenager mehr, der es nicht ins Schlafzimmer schafft?«

James grinste. »Jeder kann sich mal irren.«

Schon wieder Montag. Clares fünfte Woche in Ballybyrne brach an. Inzwischen war bereits Mai. Hinter ihr und James lagen eine kurze Nacht und ein noch kürzerer Morgen, denn sie schafften es nicht lange, die Finger voneinander zu lassen. Clare würde ihn vermissen, wenn sie wieder in Dublin war. Sie verdrängte den Gedanken daran.

Nach einer gemeinsamen Dusche machte sich James schließlich auf den Weg ins Büro. Sie hatten nicht mehr über das Thema Laurell gesprochen, aber Clare hoffte, dass James es überdenken würde. Die anderen beiden Schwierigkeiten, nämlich dass Clare eine O'Sullivan war und sich in James verliebt hatte, schob sie heute beiseite. Sie wollte sich ganz aufs Schreiben konzentrieren.

Gut gelaunt und in Gedanken versunken, ging Clare nach unten und musste schmunzeln. Die Papiere, die sie und James am Vorabend aus Versehen runtergeschmissen hatten, lagen immer noch auf dem Fußboden. James musste sie vergessen haben. Da die Dokumente in der ganzen Küche verteilt waren, sammelte Clare sie kurzerhand ein, um sie wieder zurück auf die Anrichte zu legen.

Die meisten hatte sie bereits zusammen, als sie noch einen Ausreißer entdeckte. Ein großer offener Briefumschlag hatte es bis unter die Theke geschafft. Aus ihm ragten Dokumente heraus. Sie kniete sich auf den Boden und griff danach. Sie wollte die Papiere gerade in den Umschlag zurückstecken, als sie ihren Namen darauf sah.

Clare zog die Blätter ganz aus dem Kuvert. Neben ihrem

Autorenbild stand eine kurze Vita sowie Zusammenfassung ihrer bisherigen Arbeit. Weiter unten fand sie eine Auflistung ihrer Geschwister und Eltern. Auf den nächsten Seiten entdeckte sie eine Beschreibung und Einschätzung der Brauerei ihrer Eltern. Umsätze, Gewinne, Rentabilität, voraussichtlicher Wert im nächsten Jahr – es stand alles da. Clare bekam Kopfschmerzen.

Sie nahm die erste Seite erneut in Augenschein. In ihrer Aufregung hatte sie einen kleinen Post-it-Zettel übersehen. In krakeliger Schrift stand dort: ›Heirate sie, James. Dann gehört *O'Sullivans* dir. Gruß, Éamonn‹

Clare blieb die Luft weg. James hatte die ganze Zeit über gewusst, dass sie eine O'Sullivan war. Er wusste, dass sie sich schon einmal begegnet waren. Mit keinem Wort hatte er etwas davon erwähnt. Bei all den Umschiffungen, mit denen sie versucht hatte, ihre Herkunft zu verheimlichen – James musste sich innerlich gekugelt haben vor Lachen. All die Sorgen, die sie sich deshalb gemacht hatte ... Ihre Hände zitterten. *Heirate sie, James. Dann gehört* O'Sullivans *dir.* James hatte es ganz genau geplant. Für ihn war es nur ein Spiel. Und sie war ihm auf den Leim gegangen. Sie hatte ernsthaft geglaubt, er hätte sich verändert. Dabei war er noch immer der eiskalt berechnende Junge, der damals auf dem Hof ihrer Eltern aufgetaucht war.

Gruß Éamonn. Natürlich! Clare war der Name gleich bekannt vorgekommen, als sie ihn gelesen hatte. Éamonn war James' Anwalt. Er war damals dabei gewesen, als James sein erstes Angebot für die O'Sullivan-Brauerei abgegeben hatte. Clare erinnerte sich an sein hageres, undurchdringliches Gesicht.

Clare lehnte sich an die Anrichte. Tränen rannen ihr übers Gesicht. Sie war so naiv gewesen. Sie hatte sich einwickeln lassen. James war gut in seiner Rolle, das musste sie ihm lassen. In kurzer Zeit hatte er es geschafft, dass sie sich wie ein unerfahrenes Schulmädchen in ihn verliebte. Ihre Wutflamme, die sie seit ihrem siebzehnten Lebensjahr mit sich herumtrug, war so gut wie erloschen. Er hatte es geschafft. In nur wenigen Wochen.

Clare konnte keine Minute länger hierbleiben. Sie musste weg. Weg aus diesem Haus, weg von diesem Ort.

Sie wischte sich zitternd die Tränen mit der Hand fort und atmete tief durch. Nein, sie würde nicht klein beigeben. Sie würde nicht weglaufen. Diesmal nicht. Erst würde sie für sich einstehen. Und dann würde sie Ballybyrne verlassen.

In Windeseile hatte Clare ihre Sachen gepackt. Ihr Koffer und ihre Tasche standen abreisefertig in der Küche. Sie genoss ein letztes Mal den atemberaubenden Ausblick auf die offene See. Dann hörte sie die Vollbremsung eines Autos in der Auffahrt. Sie sah auf ihre Uhr. Zwanzig Minuten, James musste ordentlich Gas gegeben haben.

Sie sog die frische Seeluft ein und machte sich bereit für die letzte Runde. Es würde die schwerste von allen werden.

»Clare!« James riss die Haustür auf. Doch diesmal nicht wütend, sondern – wenn sie es nicht besser wüsste, hätte sie gesagt – besorgt. Er sah ihr Gepäck in der Küche stehen.

»Was ist denn los?« Er kam auf sie zu und wollte sie in den Arm nehmen, doch als er sie erblickte, hielt er plötzlich inne.

Clare zog die Terrassentür hinter sich zu und lief ihm langsam entgegen. Mit ihren Fingerspitzen schob sie James die Dokumente rüber, die sie gefunden hatte.

»Du hast es die ganze Zeit gewusst«, bemerkte sie tonlos.

James warf einen Blick auf die Papiere und schloss die Augen für einen kurzen Moment. Als er sie wieder öffnete, meinte er: »Ja, aber nicht die ganze Zeit. Und wenn schon. Was spielt das denn für eine Rolle? Wieso hast du am Telefon gesagt, dass du abreist?«

»Ich spiele nicht mehr mit, James. Ich steige aus.«

»Was?« Er starrte sie entsetzt an. »Was meinst du damit?«

Sie deutete auf den kleinen Notizzettel. »Bei eurem Plan. Ich mache da nicht mit.«

James sah immer noch verwirrt aus. Dann las er die Notiz seines Anwalts.

»Fuck ... Clare, bitte. Das ist nicht so, wie du denkst ...«

Clare funkelte ihn eisern an. »Dann habt ihr also nicht die feindliche Übernahme von *O'Sullivans* geplant, während ich fast ein schlechtes Gewissen hatte, weil ich ohne dein Einverständnis mit deiner Mutter gesprochen habe?« Sie zeigte mit dem Finger auf ihn. »Dann hast du nicht versucht, mich rumzukriegen, um endlich dein Ziel zu erreichen? Endlich hast du deine große Chance gesehen. Es hat dir nicht gereicht, dass du meinen Vater fast hast sterben lassen. Ist es nicht so?«

»Nein, verdammt. Clare, das ist doch Blödsinn«, rief James.

»Warum sollte ich unbedingt in deinem Haus wohnen? Warum hast du mich vor dem Pub geküsst? Warum hast du mich auf dem Apfelblütenfest so angesehen bei deiner Rede? Gehörte das alles zu eurem perfiden Plan, mich gefügig zu machen? Die zukünftige Mrs. Byrne, die keine Ahnung von dem genialen Coup hat, den sich der fantastische James mal wieder ausgedacht hat.«

Clare schüttelte traurig und zornig zugleich den Kopf. »Ich habe dir wirklich abgekauft, dass dir etwas an mir liegt.« Sarkastisch lachte sie auf. »Stell dir vor, es hätte beinahe funktioniert. Ich dumme Nuss hab mich doch tatsächlich in dich verliebt. Peinlich, nicht?«

Clare unterdrückte mit aller Macht die aufsteigenden Tränen. Sie wollte keinesfalls vor James heulen. Dafür war sie zu stolz. Sie war immer noch eine O'Sullivan.

»Clare, lass mich das erklären«, bat James mit leiser Stimme.

»Es gibt nichts mehr zu klären«, wisperte Clare.

Sie griff nach ihrem Koffer und horchte erleichtert auf, als sie ein weiteres Auto in der Auffahrt hörte.

»Clare, bitte ...« James wollte sie aufhalten, doch sie wich ihm aus.

»Wer hat hier ein Taxi bestellt?« Lizzys fröhlicher Kopf erschien in der Haustür. In Sekundenschnelle erfasste sie die Situation. Besorgt sah sie zwischen Clare und James hin und her. Dann nahm sie Clare den Koffer ab.

»Okay, Süße, du hast nicht gesagt, dass du Gepäck dabeihaben wirst ...«

Clare räusperte sich. »Könntest du mich zum Bahnhof bringen. Mein Zug geht«, sie warf einen Blick auf ihre Uhr, »in einer Dreiviertelstunde.«

Unsicher sah Lizzy zu James. Der stemmte beide Hände in die Hüfte und hatte eine Mischung aus Wut und Verzweiflung auf seinem Gesicht. Er wagte einen letzten Versuch. »Komm schon, Clare. Lass uns bitte darüber reden.«

Ohne sich umzudrehen, sagte Clare: »Ich schicke dir das Skript, sobald es fertig ist. Du kannst vermutlich in drei Wochen damit rechnen. Das sollte dann auch pünktlich zur Deadline sein. Bei Fragen wende dich an den Verlag.« An Lizzy gerichtet, fragte sie: »Können wir?«

Lizzy versuchte James noch irgendwelche Zeichen zu geben, doch der stand da wie versteinert. Also folgte sie Clare hinaus zum Auto. »Bin schon da.«

Kurz darauf fuhren die beiden Frauen Richtung Stadt. Zögerlich musterte Lizzy ihre Freundin. »Ist alles okay?«

Clare nickte starr. »Ich werde es dir erklären. Später.«

Lizzy nickte. »Okay, klar. Kein Problem.«

Clare lächelte ihr, so gut sie konnte, dankbar zu. Dann

richtete sie ihren Blick aus dem Fenster. Sie fuhren an zahlreichen Apfelplantagen vorbei, die in voller Blüte standen oder diese zum Teil auch schon verloren. Schon bald würden hier kleine runde Äpfel an den Bäumen hängen. Clare schloss die Augen und lehnte sich an den Fensterrahmen. Eine Träne rann über ihre Wange, doch sie hatte nicht die Kraft, sie fortzuwischen.

»Was zur Hölle hast du mit ihr gemacht?« Lizzy war außer sich. Seit fünf Minuten lief sie in James' Büro auf und ab. Er befürchtete schon, sie würde eine Furche in den Boden rennen.

»Nichts. Ich habe nichts gemacht.« James fühlte sich grauenhaft. In Clares Gesicht hatte so viel Schmerz und Enttäuschung gelegen, als sie ihren Koffer genommen hatte und gegangen war. Er bekam dieses Bild nicht mehr aus dem Kopf.

Lizzy blieb stehen und fuchtelte vor seinem Schreibtisch wild mit den Händen herum. »Nichts? Wem willst du das erzählen? James, ich bin doch nicht blöd. Diese Frau haut so schnell nichts um. Das solltest du ja wohl wissen. Also, was hast du getan?«

James fuhr hoch. »Warum soll ich ihr denn etwas getan haben, verdammt?«

Lizzy sah ihn wieder mit diesem mütterlichen Blick an. »Weil sie wohl kaum so plötzlich aufgebrochen ist, weil ihr Haustier gestorben ist. Und weil du du bist.«

»Was ist hier los?« Michael platzte ins James' Büro.

Lizzy streckte ihm erleichtert die Hand entgegen und zeigte auf James. »Gut, dass du kommst. Kannst du James bitte zum Reden bringen?«

James schloss die Augen. Er versuchte die Geschehnisse der letzten Stunde zu verarbeiten und zu verstehen. Clare hatte ihn morgens angerufen und nur gesagt, sie würde den

Zug um elf Uhr zurück nach Dublin nehmen. Daraufhin hatte sie aufgelegt. James war sogleich ins Auto gesprungen und nach Hause gefahren. Und dann das ... Darauf war er nicht vorbereitet gewesen.

Als Lizzy schließlich mit Clare davongefahren war, hatte er es im Haus nicht mehr ausgehalten und war ins Büro zurückgekehrt. Dann, vor gut zehn Minuten, war Lizzy bei ihm hereingestürmt. Seitdem redete sie auf ihn ein und wollte wissen, was passiert war. Gut. Denn das wollte er auch.

»Hey Kumpel, Lizzy hat erzählt, Clare ist abgereist.« Michael ließ es mehr nach einer Frage als nach einer Aussage klingen.

James nickte. Er stand auf und ging zum Fenster. Michael folgte ihm. Lizzy drehte wieder ihre nervösen Runden im Büro.

»Was ist passiert?«, fragte Michael noch einmal.

»Ich weiß es nicht, ich ...« James' Stimme brach.

Im dem Hintergrund beschwerte sich Lizzy: »Wie kannst du das nicht wissen? Ihr habt doch gesprochen, bevor ich kam.«

»Schon, aber ...« James versuchte immer noch die Puzzleteile in seinem Kopf zu sortieren. Die Papiere, die Clare ihm hingeschoben hatte, der Notizzettel von Éamonn, die O'Sullivan-Brauerei – in seinem Kopf drehte sich alles. Er konnte sich nicht halten. Immer schneller schwang es in ihm herum, dann plötzlich stoppte das Karussell. *Heirate sie, James. Dann gehört* O'Sullivans *dir.* Plötzlich sah er wieder klar. Viel zu klar.

»Oh Gott ...« James stöhnte.

Er hatte Clares Worte, die sie ihm in seinem Haus an den Kopf geworfen hatte, verstanden, doch erst jetzt erkannte er, was sie wirklich bedeuteten.

»Was ist?« Lizzy unterbrach ihren Rundenlauf.

James drehte sich zu ihr und Michael und sagte tonlos: »Sie ist weg. Sie ... Sie wird nicht wiederkommen.«

Sarkastisch applaudierte Lizzy. »Sehr gut, so weit waren wir auch schon.«

»Nein, du verstehst nicht, Lizzy« James wühlte in seiner Tasche. Als er vorhin zurück ins Büro gefahren war, hatte er geistesabwesend den Briefumschlag wieder mitgenommen. Jetzt zog er ihn aus der Aktentasche und reichte ihn Michael.

Sofort war Lizzy bei ihm, und gemeinsam starrten sie auf die Dokumente, die Michael aus dem Kuvert zog.

»Hat Clare die Unterlagen gesehen?«, fragte er und starrte James entgeistert an.

Der nickte wortlos.

»Fuck ...«, murmelte Michael.

»Ach du Scheiße ...«, schloss Lizzy sich ihm an.

Beiden war bei dem Blick auf das Post-it sofort klar, weshalb Clare abgereist war. Lizzy sah auf. »James, das musst du in Ordnung bringen. Sofort.«

Es war schon spät am Abend, aber James saß immer noch in seinem Büro. Allein der Gedanke, in sein leeres Haus zurückzumüssen, deprimierte ihn. Er hatte Clare ein dutzend Mal angerufen, doch sie hatte nicht abgenommen. James konnte es ihr noch nicht einmal verübeln. Frustriert starrte er den Briefumschlag an, der auf seinem Schreibtisch lag. Ja, er hatte Éamonn um eine Hintergrundrecherche gebeten. Schließlich musste er wissen, wer aller Welt von ihm erzählen würde. Clare war bereits einige Tage in Ballybyrne gewesen, als James die Rechercheergebnisse erhalten hatte. Es war der Tag gewesen, an dem sie das erste Mal mit seinen Mitarbeitern gesprochen hatte und durch die vielen Ciderproben schon leicht angetrunken gewesen war. Nachdem James mittags erlebt hatte, wie flüssig Clare im

Irischen war, hatte Maggy ihm passenderweise den Brief von seinem Anwalt gereicht.

Éamonn war schon immer ehrgeizig und direkt gewesen. Das hatte James bei vielen Geschäften geholfen. Sein Anwalt fand eine Leiche im Keller, wenn es sein musste. So auch bei Clare. James hatte gewusst, dass ihr Nachname O'Sullivan war. Aber sie waren in Irland, so hießen viele. Verblüfft hatte er bei der Durchsicht von Éamonns Recherchen jedoch festgestellt, dass es sich bei ihr um *die* Clare O'Sullivan handelte. Tochter des Mannes, dem James mit seinem aggressiven Übernahmeangebot einen Herzinfarkt beschert hatte. Noch immer schämte er sich dafür. Sein Vater war gerade gestorben, und seine Mutter hatte sich erdreistet, in Ballybyrne aufzutauchen. James hatte das Bedürfnis gehabt, allen zu zeigen, wie tough er war. Dass er dem Erbe seines Vaters würdig wäre und *Byrnes Cider* an die Spitze katapultieren konnte. Wochenlang war er von Hof zu Hof gefahren, von einer kleinen Brauerei zur nächsten, und hatte sie alle aufgekauft. Er hatte dabei keine Rücksicht auf Traditionen oder Generationen von Familienbesitz genommen. Er war blind vor Wut auf die ganze Welt gewesen. Insbesondere auf seine Mutter. Die Menschen, denen er geschadet hatte, hatten zuvor noch nie mit ihm zu tun gehabt, und dennoch hatte er seinen Frust an ihnen ausgelassen.

Clares Vater hatte dem schließlich ein Ende gesetzt. James würde nie vergessen, wie er bei ihm am Krankenhausbett gesessen und von Declan O'Sullivan den Kopf gewaschen bekommen hatte. Byrne und O'Sullivan waren schon immer Konkurrenten auf dem nationalen Markt gewesen. Doch Arthur Byrne und Declan O'Sullivan hatten eine unausgesprochene Vereinbarung unter Ehrenmännern getroffen. Man würde den anderen niemals mit unfairen Mitteln zur Aufgabe zwingen. Beide waren Männer der alten Schule gewesen. Sie hielten sich daran. Ohne Verträge oder aggressive Anwälte, ein Handschlag und das war es.

James würde nie vergessen, was Declan O'Sullivan an diesem Tag gesagt hatte. Nachdem die junge Clare ihm die Nachricht ihres Vaters überbracht hatte, war James ins Krankenhaus gefahren. Bereits im Hotel hatte er ein schlechtes Gewissen bekommen, an Declans Seite hatte es sich noch verstärkt.

»Schluss mit den Höflichkeiten, James. Was machst du nur, Junge?«, hatte Declan O'Sullivan ihn kopfschüttelnd gefragt.

James hatte versucht, erwachsen zu klingen und seinen Mann zu stehen. »Ich weiß nicht, wovon Sie reden.«

Declan hatte nur langsam sprechen können. Immer wieder musste er Pausen machen und Luft holen. Man hatte ihm den schweren Infarkt angesehen. In James war Scham aufgestiegen. Und Wut. Auf sich selbst und die ganze Welt.

»James, dein Vater war ein ehrbarer Mann. Er hat vielleicht nicht immer alles richtig gemacht, trotzdem verdient er meinen Respekt.«

James hatte Declan fast trotzig angesehen, als dieser fortfuhr. »Warum bist du so darauf erpicht, euren Ruf zu verspielen? *Byrnes Cider* galt immer als fairer Geschäftspartner. Aber davon spüren die Menschen hier nichts.«

»Unseren Ruf verspielen? Das hat *sie* doch längst übernommen«, hatte James erwidert.

»Sie?« Declan hatte nach Luft gerungen. »Du meinst deine Mutter?«

James hatte stumm genickt.

»Nein.« Declan hatte den Kopf geschüttelt. »Deine Mutter mag euch verraten haben, aber dein Vater hat den Ruf eurer Familie gehütet wie einen Schatz. Die Leute haben doch schon fast vergessen, was damals war.«

James war stumm geblieben.

»James, du bist ein guter Junge. Dein Vater hat immer voller Stolz von dir gesprochen, wenn wir uns geschäftlich begegnet sind. Bist du sicher, dass du dir diesen schändlichen Ruf aneignen willst?« Declan hatte eine Pause gemacht. »Willst du wirklich als Byrne in die Geschichte eingehen, der sich gegen Traditionen und Vereinbarungen wendet? Als der Byrne, der sich über die kleinen wehrlosen Brauereien hergemacht hat? Du hast doch mehr drauf als das.«

James hatte den Kopf gehoben und Declan beschämt in die Augen gesehen. Die Fassade des eiskalten Geschäftsmannes hatte gebröckelt. Er hatte an seinen Vater gedacht. Was würde er sagen, wenn er jetzt noch am Leben gewesen wäre und miterlebt hätte, wie James die Familien unter Druck setzte? Er war erfüllt gewesen von Scham.

»Warum verwendest du deinen Ehrgeiz nicht für etwas Sinnvolles? All die aufgekauften Brauereien – was hast du denn davon?«, hatte Declan bei ihm nachgehakt.

James war noch immer wütend gewesen. Trotzdem wusste er tief in seinem Inneren, dass Declan recht hatte. Die Brauereien, die er bisher aufgekauft hatte, waren keine Konkurrenz für *Byrnes Cider* gewesen. Als er das erste Unternehmen übernommen hatte, hatte er eine gewisse Macht verspürt. Einen Kick. Endlich konnte er den Ton angeben, er sagte, wo es lang ging. Und niemand konnte ihn aufhalten. Nicht sein Vater, der gestorben war und ihn einfach allein zurückgelassen hatte. Und erst recht nicht seine Mutter, die ihn schon als Kind im Stich gelassen und verraten hatte.

Im Krankenzimmer bei Declan war ein langes Schweigen eingetreten. Declan hatte gesagt, was er zu sagen gehabt hatte. Nun war es an James, die richtige Entscheidung zu treffen. Wollte er weiterhin der aggressive Aufkäufer sein und alles, wofür sein Vater gekämpft hatte, mit Schmutz beflecken? Oder würde er sich besinnen und der Mann werden, zu dem er erzogen worden war?

James hatte sich erhoben und Declan einen letzten Blick zugeworfen. Der hatte ihm zum Abschied nur gesagt: »Es liegt an dir, Junge.«

James hatte rüde genickt und das Zimmer verlassen. Die ganze restliche Woche hatte er mit sich gehadert. Schließlich hatte er eine Entscheidung gefällt. Er wollte jemand Besseres sein.

Bis heute versuchte er, seine Taten von damals wiedergutzumachen. Stillschweigend hatte er den Familien ihre Brauereien zurückverkauft, zu einem Drittel seines Kaufpreises. Mit den meisten hatte er inzwischen Kooperationsverträge geschlossen. Nicht alle waren gut auf ihn zu sprechen gewesen, doch immerhin hatte er sich bemüht, Buße zu tun.

Dass nun eine O'Sullivan seine Biographie schreiben sollte, betrachtete James als Chance. Es war seine Möglichkeit, zu zeigen, dass er nicht mehr der dreiundzwanzigjährige Bursche war, der ohne Rücksicht auf Verluste sein Cider-Imperium vergrößerte. Er wollte Clare seine guten Seiten zeigen. Mit ihr dabei im Bett zu landen, war nicht Teil seines Plans gewesen. Verdammt, wie hätte er ihrem Lachen und diesem fantastischen Körper aber auch widerstehen sollen?

Im Nachhinein verstand James, warum sie sich so lange dagegen gewehrt hatte. Sie warf ihm noch immer vor, was ihrem Vater damals zugestoßen war. Es musste eine innere Zerreißprobe für sie gewesen sein, sich tatsächlich auf ihn einzulassen. Dass sie schließlich den Briefumschlag mit den Informationen über sich und dem Post-it von Éamonn gefunden hatte, musste ihr vorkommen wie die Bestätigung all dessen, was sie über ihn gedacht hatte, bevor sie in Ballybyrne eingetroffen war.

Dieses verdammte Post-it! Noch im gleichen Augenblick, als James die Nachricht das erste Mal gelesen hatte, hatte er Éamonn eine Absage erteilt. James würde keinesfalls wieder diese Art Spielchen spielen. Mit diesem Teil seines Lebens hatte er abgeschlossen. Am Telefon hatte er seinem Anwalt klipp und klar weitere Aktionen dieser Art untersagt.

James sah aus dem Fenster hinaus auf den Hof. Einige Mitarbeiter hatten Schichtende und verließen gerade das Firmengelände. Er zog sein Smartphone aus der Hosentasche und versuchte es erneut bei Clare. Er musste einfach mit ihr sprechen. Es klingelte. Aber nichts. Wieder landete er nur auf der Mailbox. Doch das, was er zu sagen hatte, gehörte nicht auf einen Anrufbeantworter. Also legte er auf.

»Fuck!« Er schleuderte das Handy gegen die Wand seines Büros.

12

»Clare, vermutlich willst du von uns nichts hören, aber bitte. Süße, ich mache mir Sorgen um dich. Ruf zurück, ja? Emy vermisst dich!«

Lizzys besorgte Stimme verursachte erneut Magenkrämpfe bei Clare. Sie saß in ihrem kleinen Apartment in Dublin und hörte ihre Mailbox ab. Sie wollte zurzeit mit niemandem reden. Gestern war sie aus Ballybyrne geflohen. Sie hatte sich einen Tag gegeben, um sich selbst zu bemitleiden und zu weinen. Ab morgen würde sie sich dem Skript widmen. Das Schwierigste würde sein, der Welt ein Bild von James Byrne zu verkaufen, das nicht mit der Realität übereinstimmte. Doch sie musste ihre persönlichen Gefühle außen vorlassen. Was sie über James dachte, gehörte nicht in dieses Buch. Und sie würde sicherlich keine Frau sein, die ihre Enttäuschungen in der Liebe mit falscher Professionalität verwechselte.

Das Smartphone vibrierte in ihrer Hand. *James Byrne* erschien auf dem Display. Nein. Sie konnte noch nicht mit ihm sprechen. Sie wollte nicht. Sie ließ es klingeln. Vielleicht würde sie sich heute Abend bei Lizzy melden. Das war sie ihrer Freundin für die plötzliche Abreise ohne Erklärung schuldig.

Clares Blick glitt über die zahlreichen Notizen, die sie in

ihrem kleinen Wohnzimmer ausgebreitet hatte. Egal, wie sehr sie James' Verrat auch schmerzte, sie würde daraus die beste Arbeit machen, die sie je geschrieben hatte. Das nahm sie sich fest vor.

Wieder klingelte ihr Handy. Sie wollte es schon ausschalten, als sie Cillians Namen aufleuchten sah. Sie nahm ab.

»Schwesterherz, wir müssen ein ernstes Wort miteinander reden ...«

Für einen Moment setzte Clares Herzschlag aus. Er würde doch nichts von der Sache mitbekommen haben? »Wovon sprichst du?«

»Clare, ich weiß, du bist im Stress wegen diesem neuen Projekt, aber du musst dich wirklich öfter melden«, sagte Cillian beleidigt.

Clare atmete erleichtert aus. »Ja, du hast recht. Es tut mir leid.«

Damit schien Cillian zufrieden zu sein. »Also, erzähl. Wie läuft es denn?«

Ich habe mich in den Mann verliebt, der unseren Vater beinahe umgebracht hätte, und dann herausgefunden, dass er mich nur benutzen wollte, um O'Sullivans *in die Finger zu bekommen. Ach ja, und ich schreibe jetzt eine Biographie über ihn.* Nein, das würde sie ihrem Bruder nicht sagen. Trotzdem ...

»Gut, es läuft gut. Das Skript muss bald fertig sein, also viel zu tun. Aber sonst ...«, erklärte Clare stattdessen matt.

»Du klingst nicht gut, ist wirklich alles in Ordnung?«, hakte Cillian, ganz der drei Minuten ältere Bruder, nach.

Clare räusperte sich. Sie war noch nie ein Profi darin, ihrer Familie etwas vorzumachen. Und je länger diese Sache anhielt, desto anstrengender wurde es für sie. »Weißt du, vielleicht komme ich doch schon früher nach Hause.«

Stille am anderen Ende der Leitung. Spätestens jetzt würde Cillian merken, dass etwas nicht stimmte. Doch er wusste, dass Clare nicht auf sein Drängen reagieren würde. Also sagte er mit liebevoller Stimme: »Ja, mach das. Platz ruhig jederzeit herein. Ich hab dich lieb, Clare.«

Wieder standen ihr Tränen in den Augen. »Ich dich auch.«

Sie legte auf, bevor sich die Schleusen erneut öffnen konnten.

Den restlichen Tag verbrachte Clare damit, die Briefe zu lesen, die sie von Laurell Byrnes ausgeliehen hatte. Wöchentlich hatte sie ihrem Sohn geschrieben. Während sie anfangs immer wieder erklärte, was wirklich passiert war, fokussierte sie sich nach und nach auf ihre Liebe zu ihm, dass sie ihn vermisste und was sie ihm für die Zukunft wünschte. Manchmal erzählte sie aus ihrem Alltag, beschrieb ihren Garten oder das Rauschen des Meeres an den Klippen. In jedem Brief wurde deutlich, wie sehr sie ihren Sohn vermisste.

Heute gebe ich es mir aber auch so richtig, dachte Clare selbstironisch und legte schließlich den letzten Brief beiseite.

Am nächsten Morgen rief Clare bei Lizzy an. Sie hatte die Taschentücher von gestern weggeschmissen und sich verboten, heute auch nur eine Träne zu vergießen. Als Lizzy abnahm, schwand Clares Optimismus, dieses Ziel einzuhalten, doch sie schlug sich tapfer.

»Clare, wie geht es dir?« Lizzy hielt inne. »Nein, das ist wahrscheinlich keine gute Frage ...«

Clare lächelte über ihre Freundin. »Ist okay. Ich bin schon groß, mir geht's gut.«

»Willst du darüber reden?«, fragte Lizzy.

Clare überlegte. Was sollte sie ihr sagen? Das meiste wusste sie vermutlich sowieso schon. »Ich glaube, da gibt es nicht viel zu reden. Ich war naiv, und jetzt bezahle ich die Rechnung dafür. Also …«

»Süße, sag so etwas doch nicht. Hast du mit James gesprochen? Er versucht pausenlos dich zu erreichen.«

Clare verspannte sich. »Nein. Ich denke, da ist alles gesagt.«

»Oh, das bezweifle ich.« Lizzy packte ihre mütterliche Stimme aus. »Clare … Ah verdammt, warte kurz!« Im Hintergrund hörte sie, wie Lizzy mit Geschirr hantierte.

»Ist das Clare?«, fragte eine gedämpfte männliche Stimme.

»Ja, aber …« Lizzy schien alle Hände voll zu tun zu haben.

»Gib sie mir!« Clare erstarrte. Es war James' Stimme.

Lizzy gab ihr Bestes als wahre Freundin. »Ich glaube nicht … Sie will nicht mit dir sprechen … Hey, was machst du da? James, hör auf!«

Sie sollte auflegen. Clare sollte einfach auflegen. Doch ihre Finger bewegten sich nicht.

»Clare …« James musste sich das Telefon von Lizzy geschnappt haben. Allein seine Stimme wieder zu hören, brach Clare das Herz erneut. Sie schwieg.

»Wir müssen reden«, sagte er. »Wo bist du? Ich komme zu dir.«

Clare unterdrückte ein Seufzen. »Wenn du was zu sagen hast, kannst du es genauso gut jetzt sagen. Ich habe, wie du weißt, gerade viel zu tun.«

Sie spürte, dass James damit überhaupt nicht zufrieden war. Doch er hatte augenblicklich keine andere Wahl. »Okay, hör zu. Das ist ein Missverständnis. Ja, ich wusste, wer du bist. Aber ich habe das als Chance gesehen.«

Clare lachte sarkastisch auf. »Als Chance, endlich *O'Sullivans* zu übernehmen …«

James hatte Mühe, seine Stimme im Zaum zu halten. »Nein, verdammt! Ich scheiß' auf eure Brauerei. Ja, ich habe

Erkundigungen einholen lassen. Aber hättest du an meiner Stelle nicht wissen wollen, wer die Person ist, die eine Biographie über dich schreibt?«

»Hätte ich wohl. Aber ich hätte nicht versucht, ihn ins Bett zu kriegen, um ihn so zu manipulieren.«

»Blöds... Okay, Clare. Ich verstehe, dass das für dich so aussehen muss. Aber mal ehrlich, traust du mir das wirklich zu?«

Clare schwieg. Diese Frage hatte sie sich, seit sie Ballybyrne verlassen hatte, auch schon gestellt. Sie hatte James in den letzten Wochen besser kennengelernt als sonst jemanden. Hatte er das wirklich alles nur gespielt, um sein Ziel zu erreichen? Clare wusste es nicht. Sie hatte überhaupt keine Ahnung mehr. Das Einzige, dessen sie sich sicher war, war, dass sie James nicht mehr vertraute. Sie glaubte ihm nichts mehr.

Leise fügte James hinzu: »Du hast gesagt, du ... Du hast dich in mich verliebt. Würdest du dich etwa in einen Kerl verlieben, der hinterhältige Spielchen treibt? Du bist eine kluge Frau, Clare, das hättest du doch viel früher gemerkt.«

Sie biss sich auf die Unterlippe. Sie hätte es ihm nie sagen sollen. Sie hätte – wie so oft – einfach ihre Klappe halten sollen.

»Ich muss jetzt weiterarbeiten. Ich habe eine Deadline, die ich einhalten muss. Grüß Lizzy, Michael und Emy von mir.«

»Clare, warte ...«

Doch sie hatte bereits aufgelegt.

Lizzy kam in die Küche gelaufen und riss James ihr Smartphone aus der Hand. »Oh nein, mein Handy wirfst du nicht an die Wand!«

James sah sie unschuldig an. »Wollte ich doch gar nicht! Seit wann denken alle so schlecht von mir?«

Er zog seine Stirn in Falten.

Lizzy gab ihm einen freundschaftlichen Knuff in den Magen. »Seitdem du Clare hast ziehen lassen und jetzt das Wort ›Fuck‹ in jedem zweiten Satz verwendest.«

»Ich habe sie nicht *ziehen lassen.*«

»Sie hat also gesagt, dass sie dich liebt«, stellte Lizzy fest.

»Hast du schon mal was von Privatsphäre beim Telefonieren gehört?«

»Mein Haus, mein Telefon, meine Freundin.« Lizzy bedachte ihn mit einem belehrenden Blick. »Also?«

»Warum fragst du, wenn du es eh schon weißt?« James war genervt.

»Und wie steht's mit dir?«

Er setzte sich auf einen Küchenstuhl. »Ich mag sie. Aber das tut hier überhaupt nichts zur Sache, verdammt nochmal.«

»Ja, Michael und ich mögen sie auch. Aber liebst du sie?«

»Warum reden wir denn jetzt über mich? Das ist doch völlig unerheblich.« James fühlte sich in die Ecke gedrängt.

Michael rettete seinen Kumpel aus Lizzys Kreuzverhör. »Können wir los?«

James sprang eilig auf. »Ja, unbedingt. Deine Frau mischt sich schon wieder in anderer Leute Angelegenheiten.«

»Ich bin noch nicht seine Frau«, rief Lizzy den beiden hinterher, als sie das Haus Richtung Büro verließen.

In den nächsten zwei Wochen arbeitete Clare Tag und Nacht an ihrem Skript. Sie schlief höchstens vier Stunden pro Nacht, und wie immer vergaß sie zu essen. Sie telefonierte mehrmals mit James' Mutter. Sie plante, die Briefe für die Biographie zu nutzen, und wollte Laurells Einverständnis dafür. Zunächst war sie skeptisch, dann stimmte sie schließlich zu.

Während James in der ersten Woche nach ihrem Telefonat noch mehrmals angerufen hatte, gab er es in der folgenden scheinbar auf. Zumindest klingelte es nicht mehr bei Clare. Sie wusste nicht, ob sie froh oder enttäuscht darüber sein sollte. Sie hatte mehrmals mit Lizzy gesprochen und Emy ein paar Geschichten am Telefon erzählt. Sie vermisste die beiden sehr, doch so schnell würde sie sie in Ballybyrne nicht besuchen kommen.

Clare überarbeitete gerade die Einleitung der Biographie, als es an ihrer Haustür läutete. Sie schrak hoch. Mit Besuch hatte sie nicht gerechnet, und wegen ihres Arbeitswahns sah es in ihrer Wohnung alles andere als gemütlich aus. In Jogginghose und weitem Collegepulli ging sie zur Tür.

Als sie durch den Spion sah, lächelte sie und öffnete die Tür.

»Ich lasse mich nicht länger vertrösten, meine Liebe.« Cliff drängte sich vollgepackt mit Tüten an Clare vorbei in ihre winzige Wohnung.

»Ich habe doch gesagt, es geht mir gut. Du musst doch nicht extra vorbeikommen«, rief Clare.

Cliff, wie immer in schicker Anzughose und dunklem Hemd unterwegs, blickte sich im Wohnzimmer um und suchte nach einer Möglichkeit, die Tüten abzustellen. »Ja, ich weiß. Aber ich weiß auch, dass du dich gerne selbst belügst, und wenn du dich dann auch noch in die Arbeit verkriechst, wissen wir beide, was passiert.«

Clare sah ihn fragend an. Ihr bester Freund zeigte mit dem Finger auf sie. »Na, du hast schon wieder nichts gegessen, und deine hübschen Kurven verschwinden. Das kann selbst dein alter Pulli nicht verheimlichen.«

Sie hätte am liebsten mit den Augen gerollt, doch tief im Inneren wusste sie, dass Cliff recht hatte. Also holte sie aus der Küche Teller und Besteck und schuf Platz auf dem Couchtisch.

Cliff nahm eine Köstlichkeit nach der anderen aus den

mitgebrachten Tüten. »Also, wir haben hier Erdnuss-Chicken-Curry, Frühlingsrollen, gebackene Ente, Wraps mit Chili und natürlich Tiramisù. Und ich gehe erst, wenn das alles aufgegessen ist.«

Clare lächelte. »Womit habe ich dich verdient?«

Cliff überlegte und strahlte sie an. »Du musst dir meine Weibergeschichten anhören. Das ist das Mindeste. So, und jetzt iss gefälligst!«

Er reichte ihr die Frühlingsrollen, und Clare griff zu.

Seit sie aus Ballybyrne zurück war, hatte Cliff versucht, sie zu überreden, sich im Pub zu treffen. Doch Clare hatte sich geweigert. Sie verließ ihre Wohnung zurzeit kaum noch. Sie schob es auf die Arbeit. Cliff wäre aber nicht ihr bester Freund, wenn er nicht gemerkt hätte, dass sie von ihrem Ausflug nach Ballybyrne mehr als nur viel Arbeit mitgebracht hatte. Er hatte ihr Zeit gelassen, doch er wusste ebenso gut, dass man Clare nicht zu viel davon schenken durfte. Sonst geschah nämlich genau das – sie vergrub sich in Arbeit und achtete nicht mehr auf sich.

Clare gab es nicht gerne zu, aber sie war froh, dass Cliff aufgetaucht war. Sie hatte ihn in den letzten Wochen sehr vermisst und war dankbar, ihren Freund jetzt an ihrer Seite zu wissen.

Während sie aß, spürte Clare, wie hungrig sie war. Mit Cliffs Unterstützung dauerte es nicht lang, und die Leckereien waren verputzt. Seit sie sich gesetzt hatten, unterhielt Cliff sie mit seinen neuesten Eroberungsgeschichten. Clare entspannte sich das erste Mal, seit sie wieder in Dublin war. Sie lehnte sich zurück und lachte mit Cliff über das ein oder andere Malheur, das ihm in letzter Zeit passiert war.

Schließlich zeigte Cliff auf die herumliegenden Notizen. »Also, was hat es mit …«, er beugte sich hinunter, um den Namen auf einem der Notizzettel zu entziffern, »James Arthur Byrne auf sich?«

Clare stellte ihr halb aufgegessenes Tiramisù zur Seite. Sie atmete tief durch und begann zu erzählen. Sie würde Cliff nichts vormachen. Das war sowieso zwecklos. Sie redete sich alles von der Seele. Sie fing bei ihrem Vater und dem Herzinfarkt an, machte bei der Kündigung bei *Irish Readings* und dem überraschenden Auftrag, über James Byrnes eine Biographie zu schreiben, weiter. Sie berichtete Cliff alles und ließ nichts aus. Dessen Augen wurden immer größer, dann kniff er sie kritisch zusammen und öffnete sie schließlich wieder mit einem verständnisvollen Blick.

Als Clare endete, schwiegen sie beide, und Clare unterdrückte ein paar aufsteigende Tränen.

»Also, wenn du mich fragst ...« Cliff richtete sich auf. »Dann solltest du nochmal mit ihm reden. Vielleicht hat er sich ja wirklich geändert, und das war nur Zufall. Du sagst doch selbst, dass sein Anwalt ziemlich aggressiv vorgeht.«

Clare schüttelte den Kopf. »Was würde das ändern? Ich bin realistisch genug, zu wissen, dass James mich nicht liebt. Warum auch?«

Cliff stand auf, ging um das Sofa herum und stellte sich hinter Clare. Er griff nach ihren Schultern und schüttelte sie. »Warum? Weil du eine großartige, intelligente, humorvolle und außerdem noch fantastisch aussehende Frau bist. Deshalb.«

Clare lächelte ihn dankbar an. »Ich hab dich lieb, Cliff.«

»Pass auf, dass der werte Mister Byrne da nicht eifersüchtig wird.« Cliff grinste und drückte Clare.

Sie unterhielten sich noch eine Weile, dann brach Cliff auf, und Clare wandte sich wieder dem Skript zu. Es hatte gutgetan, das alles einmal auszusprechen und dafür nicht verurteilt zu werden. Aber Clare machte sich keine Illusionen. Sie würde das Skript fertigstellen, nach Hause zu ihrer

Familie fahren und alles, was mit *Byrnes Cider* zu tun hatte, verdrängen und vergessen.

Die kommenden Tage überarbeitete Clare das Skript und fügte Notizen hinzu, auf welchen Seiten sie sich welche Bilder oder Kopien der Briefe vorstellte. Gegen Ende der Woche klappte sie den Laptop zu. Sie hatte noch weniger geschlafen als in den beiden Wochen zuvor, doch dafür war sie nun endlich fertig. Die Biographie zu James Byrne war geschafft. In wenigen Tagen musste sie das Skript beim Verlag abgeben. Doch vorher hatte sie noch etwas zu erledigen.

James war nicht gut drauf. Seine schlechte Laune ließ er an allen aus, die ihm begegneten. Einzig Lizzy und Michael verschonte er, denn er wusste, sie würden ihm Kontra geben. Und Lizzy würde wieder mit dem Thema Clare anfangen, und das hielt James nicht lange aus. Täglich verfolgte ihn noch immer Clares gequältes Gesicht, als sie vor drei Wochen abgereist war. Er vermisste sie mehr, als er zugeben wollte. Ohne ihr Lachen fühlte sich sein Haus leer an, ohne ihren Hang zum Diskutieren und Rechthaben langweilten ihn Gespräche. Dass sie immer noch einen so großen Teil seiner Gedanken einnahm, frustrierte ihn. Am liebsten wäre er nach Dublin gefahren, doch er wusste, dass er vor verschlossenen Türen stehen würde. Sie würde ihn nicht sehen wollen. Und sie würde ihm kein Wort glauben, was immer er auch sagen würde.

Maggy unterbrach ihn in seinen Gedanken und legte ihm ein kleines Päckchen auf den Tisch.

»Was ist das?«, fragte er genervt.

»Ich weiß nicht, aber Clare hat es aus Dublin geschickt«, sagte sie und zog sich sogleich wieder an ihren Schreibtisch zurück.

Es war von Clare. Aus Dublin. James riss das Päckchen auf. Ein dicker Stapel Papier kam zum Vorschein, darauf eine kleine weiße Karte. Er öffnete sie mit zitternden Händen.

Nimm es oder lass es, das war unser Deal. Auf dem beigefügten Stick ist die einzige Kopie, die es hiervon gibt.

James nahm das ausgedruckte Skript aus dem Karton. Überrascht stellte er fest, dass sich darunter noch ein Bündel Briefe befand, auch ihnen lag eine kleine weiße Karte bei. *Was immer du denkst zu wissen, lies sie einfach. Clare*

Er starrte ein paar Minuten auf das Skript und das Bündel vergilbter Briefe. Dann lief er zu Maggy. Bevor er seine Bürotür schloss, wies er sie an: »Sag meine heutigen Termine ab.«

Irritiert sah Maggy auf. »Alle?«

»Alle. Und ich will nicht gestört werden.« James zog die Tür zu, ging zurück zu seinem Schreibtisch und setzte sich. Dann griff er nach dem Skript und fing an zu lesen.

James Arthur Byrne. Intelligent. Ehrgeizig. Von manchen gar als Genie betitelt. Lassen Sie mich eines vorwegnehmen: All das mag zutreffen. Aber er ist auch nur ein Mensch, der Fehler macht …

James verbarrikadierte sich für den Rest des Tages im Büro. Bis morgens um halb fünf saß er hinter seinem Schreibtisch, wechselte zwischendurch auf die Couch und wieder zurück zum Schreibtisch. Seite um Seite arbeitete er sich durch Clares Skript. Anstatt eines reinen Buchtextes hatte sie immer wieder Steckbriefe von wichtigen Wegbegleitern hinzugefügt. So ging es im Großen und Ganzen zwar um James, doch sie hatte all den Menschen, die ihm etwas bedeuteten und die für den Erfolg von *Byrnes Cider* ausschlaggebend waren, einen Platz in diesem Buch eingeräumt.

Außerdem hatte sie Teile übernommen, die aus den Briefen seiner Mutter stammen mussten. Ohne über die Beteiligten zu urteilen, erzählte Clare die Geschichte, über die jeder in Ballybyrne schwieg. Doch sie machte daraus keinen Sensationsfund. Im Gegenteil. Indem sie James immer in der Hauptrolle beließ, berichtete sie über die Vergangenheit und gab dem Leser einen Einblick in die schweren Entscheidungen, die getroffen worden waren, um James' Wohlergehen und sein behütetes Aufwachsen zu garantieren. Sie prangerte niemanden an und nahm niemanden in Schutz.

Selbst als sie über die Zeit schrieb, als James den Familienbetrieb gerade geerbt hatte, fällte sie kein Urteil. Stattdessen sorgte sie dafür, dass der Leser nachempfinden konnte, warum James so gehandelt hatte, wie er es tat. Gleichzeitig hinterfragte sie sein Handeln kritisch, sodass es nicht wirkte, als würde sie ihn verteidigen wollen. Am Ende war es dem Leser überlassen, über James zu urteilen. Sie schrieb über seine Wohltätigkeit, über seine selbst gewählte Einsamkeit, ja sogar über das verdammte Apfelschießen.

Als James die letzte Seite des Skripts weglegte, fehlten ihm die Worte. Sie hatte ihn in kürzester Zeit durchschaut. Sie wusste mehr über ihn, als er womöglich selbst wusste. Es klang wie ein Klischee, doch so fühlte es sich an. Noch mehr als zuvor spürte James die Abwesenheit von Clare. Sie hätte hier sein sollen, während er das las. Sie hätte sehen sollen, wie er reagierte. Nein, unterbrach er sich selbst. Er hätte sie nicht gehen lassen dürfen. Das war es. Die drei letzten Wochen waren eine Tortur gewesen. Hatte er sich heute Morgen noch gefragt, wann das endlich aufhören würde, wusste er nun die Antwort. Es würde erst enden, wenn Clare wieder bei ihm war. Er brauchte sie. Als Gesprächspartnerin, als Kritikerin, als Freundin und als Geliebte. Sie hatte ihm den Spiegel vorgehalten und ihn mit der Vergangenheit konfrontiert, die er am liebsten abgeschüttelt hätte. Doch ihr Skript zeigte ihm, dass all das zu ihm gehörte. Die

Vergangenheit war ein Teil von ihm. Genau wie Clare. Sie gehörte zu ihm. Er liebte sie.

James griff zitternd zum Telefon und wählte. Er musste Clare zeigen, was er für sie empfand. Es würde nicht leicht werden, sie zu überzeugen. Doch James würde nicht aufgeben, bis er sein Ziel erreicht hatte. Clare sollte wissen, wie sehr er sie brauchte. Wie sehr er sie liebte. Während er wartete, dass am anderen Ende jemand den Hörer abhob, nahm sein Plan immer weiter Gestalt an.

»Wow, Kumpel, weißt du, wie spät es ist?«, fragte Michael verschlafen, als er schließlich ans Telefon ging.

»Ja, nein, also ehrlich gesagt, keine Ahnung. Wieso, wie spät ist es?«

»Fast fünf«, knurrte Michael. »Ich hoffe, es ist wichtig.«

James stand auf und lief in seinem Büro herum. »Ist es. Du musst sofort herkommen, wir haben viel zu tun.«

Michael reagierte verwirrt. »Was? Wieso?«

»Wir müssen unsere Marketingkampagne für die neue Cider-Sorte überarbeiten.«

»Was?« Schlagartig war Michael hellwach.

James wurde ungeduldig. »Kommst du jetzt?«

13

»Da ist sie ja, unsere Schlafmütze.« Cillian schob seinen Stuhl zurück und umarmte Clare, die eben die Treppe hinuntergekommen war.

»Ich bin keine Schlafmütze«, murmelte sie verschlafen.

»Oh doch, mein Schatz. Du hast bestimmt achtzehn Stunden geschlafen.« Liebevoll streichelte Rose O'Sullivan ihrer Tochter über die Wange und gab ihr einen Kuss. »Komm, setz dich. Du musst etwas essen.«

»Warum sagen das in letzter Zeit alle zu mir?«, fragte Clare und ließ sich an dem großen Tisch nieder, der inmitten der Küche ihrer Eltern stand. »Wo sind die anderen?«

Cillian kam mit einer dampfenden Tasse Kaffee zurück und stellte sie vor Clare. »Deine Brüder waschen sich den Dreck hinter den Ohren weg, und Dad bereitet die Kirche vor. Du kennst ihn ja, wenn er es nicht selbst überprüft, kommt er nie zur Ruhe.«

Clare lächelte und nahm einen Schluck Kaffee. Heute war die Taufe ihres Neffen, und sie war endlich zuhause. Dort, wo sie hingehörte. Sie war bereits vor zwei Tagen angekommen, doch seitdem hatte sie die meiste Zeit geschlafen. Die letzten arbeitsreichen Nächte hatten sich bemerkbar gemacht.

»Und, bist du aufgeregt?«, fragte sie ihren Zwillingsbruder.

Der grinste frech. »Wieso? Du bist doch Taufpatin, meinen Teil der Arbeit habe ich schon getan.«

Clare verpasste ihm einen liebevollen Tritt unter dem Tisch. »So siehst du das also?«

»Klar! Und ich weiß, du wirst die beste Tante, die sich Junior überhaupt wünschen kann.«

»Darauf kannst du dich verlassen.« Clare lächelte ihrem Bruder zu. »Übrigens, wo ist die Hauptattraktion des heutigen Tages?« Sie sah sich suchend um.

»Cathrine holt mit ihm ihre Eltern ab.«

Clare betrachtete Cillian kritisch. »Sag bloß, du hast dich gedrückt?«

Unschuldig hob er die Arme. »Bitte? Ich musste mich um meine verschollene Schwester kümmern.«

»Na gut, das lasse ich dir ausnahmsweise durchgehen«, antwortete sie, und beide mussten lachen. Es tat gut, wieder zuhause zu sein, dachte Clare. Sie hätte schon viel früher kommen müssen. Doch dann ... Nein, sie wollte jetzt weder über James noch über ihre Zukunft nachdenken. Seit sie ihm das Skript vor einer Woche geschickt hatte, hatte sie nichts von ihm gehört. Er hatte weder versucht sie anzurufen noch anderweitig auf sich aufmerksam gemacht. Clare wusste nicht, wie sie das deuten sollte. Hatte er das Skript überhaupt gelesen? Hatte sie zu viel gewagt? Sie schüttelte den Kopf und verdrängte die Gedanken an James und die Biographie.

Sie stand auf und klopfte ihrem Bruder auf den Rücken. »Na, dann los, Daddy. Hier will ein Kind getauft werden.«

Auf dem Hof ihrer Eltern waren überall grüne Luftballons befestigt, und grün-weiß-orangene Wimpel hingen quer über dem Innenhof. Für die spätere Feier hatte man zahlreiche Bänke und Tische aufgestellt, und ein paar Freundinnen ihrer Mutter bereiteten das Buffet vor. Selbst die Straße war bis hinauf zur Dorfkirche mit Luftballons und Wimpeln geschmückt. Cillian hatte recht gehabt. Die Definition von ›im kleinen Rahmen‹ musste ihr Dad wirklich nochmal nachlesen.

Clare trug ein dunkelgrünes, knielanges Kleid und schwarze Pumps. Der weite Rock verbarg, dass sie ein paar Kilo verloren hatte, und betonte dennoch die richtigen Stellen an ihrem Körper. Ihr Haar hatte sie an der rechten Seite nach hinten geflochten, während es auf der linken offen und in weichen Locken nach unten fiel.

Die kleine Kirche füllte sich schnell, und Clare versank in den Umarmungen und Begrüßungen sämtlicher Familienmitglieder. Tapfer kämpfte sie sich bis nach vorne durch.

»Erinnere mich beim nächsten Mal daran, mich zu verkleiden. Ich kann diese stundenlange Knuddeltour und die immer gleichen Fragen nicht mehr hören.« Clare musste grinsen, als sie sich neben Cillian stellte.

Der lachte. »Das kommt davon, wenn man sich so rar macht.«

Clare zuckte mit den Schultern und warf ihrem Bruder ein verstohlenes Lächeln zu.

Schließlich kam die Gemeinde zur Ruhe, und die Taufe des jüngsten Mitglieds der Familie O'Sullivan begann. Clare hielt endlich ihren süßen Neffen in den Armen und versprach ihm, immer für ihn da zu sein. Und das würde sie. Nie würde sie den Kleinen im Stich lassen.

Der Rückweg zum Hof der O'Sullivans glich einer Prozession durch das ganze Dorf. Doch Clare genoss es, die alten Traditionen ihrer Familie fortzuführen. Ein jedes ihrer Geschwister war auf die gleiche Weise durch die Gemeinde getragen und präsentiert worden. Das gehörte bei den O'Sullivans eben dazu.

»Clare, hilfst du mir schon mal mit dem Grill?«, rief ihr Vater ihr zu.

Sie nickte und übergab Cillian den vor Freude quietschenden Liam. Gemeinsam mit ihrem Dad lief Clare Richtung Hof.

»Ich bin froh, dass du hier bist, Clare.« Declan O'Sullivan legte den Arm um seine Tochter.

»Ich auch, Dad. Ihr habt mir gefehlt.«

Er drückte sie fest an sich. »Wir sind gestern gar nicht mehr dazu gekommen. Du wolltest mir doch von deinem neuesten Projekt erzählen.«

Der Stolz in seiner Stimme war unüberhörbar. Im Gegensatz zu ihrer Mutter machte ihr Vater nie einen Hehl daraus, was er von ihren Leistungen und ihrem Leben in der Stadt hielt.

»Ja, also ...« Clare griff nach ihrem Lederarmband und knetete unbewusst daran herum. »Weißt du, Dad, ich muss dir da tatsächlich noch was sagen ...«

Sie bogen gerade um die letzte Kurve, als Clare das Auto sah. Es stand vor dem Hof und schien eben erst gekommen zu sein. Abrupt blieb Clare stehen.

»Schätzchen, was ist denn?«, fragte ihr Vater verwundert.

Just in diesem Moment stieg James Byrne aus seinem Audi. Langsam kam er auf sie zu.

»Warte, ist das nicht –«, überrascht richtete Declan sich auf.

Clare unterbrach ihren Vater. »Dad, wolltest du nicht den Grill zum Laufen bringen? Ich ... Ich kümmere mich um das hier.«

Doch so leicht ließ sich der alte O'Sullivan nicht ablenken. Er ging James entgegen.

Oh Gott, bitte tu mir das nicht an, betete Clare und lief ihrem Vater hinterher.

»James Byrne. Wer hätte das gedacht?« Declan streckte James die Hand entgegen, als wären sie alte Freunde.

»Mister O'Sullivan.« James schüttelte die angebotene Hand. Dann nickte er Clare zu. »Clare.«

»Wie kommen wir zu der Ehre?«, fragte ihr Vater. Seine Stimme war wachsam, doch für Clares Empfinden viel zu freundlich. Er würde ja kaum vergessen haben, was damals vorgefallen war, oder?

Clare versuchte noch einmal dazwischenzugrätschen. »Dad, ich glaube, Mum hat eben nach dir gerufen.«

Ohne auf Clare zu achten, richtete sich James an Declan. »Ich hatte gehofft, Sie unter vier Augen sprechen zu können. Ich wusste nicht, dass Sie heute etwas zu feiern haben.«

Stolz nickte Clares Vater. »Mein Enkel wurde heute getauft.«

James lächelte. »Meinen herzlichen Glückwunsch. Und wie man in meiner Familie zu sagen pflegt: Möge in seinem Herzen die Gewissheit wohnen, dass nach jedem Unwetter ein Regenbogen leuchtet.«

»Ein schöner Segen. Ich werde ihn weitergeben.«

Sprachlos verfolgte Clare die surreale Unterhaltung zwischen den beiden.

»Ich möchte Sie nicht stören, aber es wäre wirklich wichtig«, erklärte James.

Declan O'Sullivan nickte und machte eine willkommen heißende Geste. »Sicher, wollen wir in mein Büro gehen?«

Clares Magen krampfte sich zusammen, und ihre Stimme zitterte leicht. »Dad, bist du dir sicher? Soll ... Soll ich nicht lieber mitkommen?«

Lächelnd wehrte ihr Vater ab. »Ach was, James und ich schaffen das schon, oder? Kümmere dich lieber um dein Patenkind.«

James nickte und folgte Declan in sein Büro. Clare blieb verwirrt und kraftlos auf der Straße stehen. War das eben wirklich geschehen? Sie verstand die Welt nicht mehr. Bevor sie sich weiter Gedanken um die kuriose Situation machen konnte, kamen die ersten Gäste auf dem Hof an. Suchend blickte sie sich um.

»Mum, ich ... Kann ich mal kurz mit dir reden?«, fragte sie, als sie ihre Mutter in dem Gewimmel entdeckte.

»Sicher, was gibt es denn?«

Clare wollte die Stimmung nicht verderben, doch sie musste es wissen. »Damals, als Dad den Herzinfarkt hatte – was haben er und James Byrne im Krankenhaus besprochen?«

Überrascht sah Rose ihre Tochter an. »Das weiß ich nicht. Dein Vater hat es mir nie erzählt. Wieso fragst du das jetzt?«

»Aber war er nicht sauer auf James? War er denn gar nicht wütend?«

Rose lächelte. »Dein Vater war noch nie gut darin, wütend zu sein. Er sieht immer nur das Gute im Menschen. Er hat James nie zum Vorwurf gemacht, was damals passiert ist.«

Clare zog ihre Stirn in Falten. »Warum haben wir dann nie darüber geredet?«

Rose legte eine Hand auf Clares Schulter. »Euer Vater wollte nicht, dass ihr an diesen schrecklichen Moment erinnert werdet. Die Jungs waren damals ja noch sehr jung, sie sollten sich keine Sorgen machen.«

»Rose? Kommst du mal eben?« Catherine, Clares Schwägerin, rief nach ihrer Schwiegermutter.

»Ich komme«, antwortete ihre Mutter. An Clare gewandt, fragte sie in einem besorgten Ton: »Ist alles okay, mein Schatz? Du wirkst ein bisschen aus der Bahn geworfen.«

Clare setzte ein Lächeln auf. »Nein, alles gut. Los, geh zu Catherine. Sie braucht dich.«

Die Gesellschaft machte sich über das Buffet her, und Clare lief unruhig vor dem Haus ihrer Eltern auf und ab.

Was mochte James mit ihrem Vater nur besprechen? Sie war nicht darauf vorbereitet gewesen, ihn zu sehen. Hatte sie am Vortag noch gedacht, sie würde bald über ihn hinwegkommen, hatte ihr der Überraschungsbesuch deutlich gezeigt, dass sie weit davon entfernt war. Ihr Herz klopfte unregelmäßig, und ihr Magen schlug Saltos, wenn er sich nicht gerade verkrampfte. Schmerzhaft war sie sich ihrer Liebe zu James bewusst. Sie horchte in sich hinein und wartete auf die Wutflamme, die sich entzünden sollte. Doch sie brannte nicht. Sie war weg. Einfach so. Clares Unruhe nahm zu.

Nach einer Dreiviertelstunde trat Declan O'Sullivan endlich wieder aus dem Haus. James folgte ihm auf dem Fuße. Beide schienen gesund und munter zu sein, stellte Clare nach einer kritischen Musterung fest.

»Dad, ist alles okay?«, fragte sie besorgt und blickte James dabei böse an.

»Na sicher doch.« Declan nahm seine Tochter in den Arm. Dann flüsterte er ihr zu: »Gib dem armen Jungen eine Chance.« Darauf löste er sich von ihr und rief: »So, wer will was vom Grill?« Die Gäste jubelten, und Clare stand irritiert vor James. Sie wollte schreien. Doch das hier war die Taufe ihres Neffen. Und die ganze Verwandtschaft samt Freunden war anwesend. Sie entschied sich gegen das Schreien und begnügte sich mit bösen Blicken.

James atmete tief durch und blickte Clare an. Endlich. Sie war momentan zwar noch nicht besonders gut auf ihn zu sprechen, doch er hoffte, das bald ändern zu können. Den ersten schwierigen Schritt hatte er hinter sich. Jetzt galt es Clare zu überzeugen.

»Bevor du mich gleich vom Hof jagst, hör mich an«, bat er Clare.

Sie war keineswegs glücklich über sein Erscheinen. So

viel stand fest. Sie überlegte einen Moment, dann nickte sie und ging in Richtung des angrenzenden Feldes, das mit großen alten Apfelbäumen bestückt war. Kurz vorher bog sie um die Ecke des Haupthauses und setzte sich auf eine Holzbank, die einen wunderschönen Blick auf die umliegenden Wiesen ermöglichte und sie außerhalb des Sichtfeldes der anderen Gäste brachte.

James setzte sich zu ihr, hielt jedoch einen gewissen Abstand zu ihr. Sie schwiegen eine Weile, bevor er schließlich das Wort ergriff. Er durfte jetzt keinen Fehler machen.

»Clare, ich möchte mich dafür entschuldigen, dass ich dich nicht von vornherein darüber informiert habe, dass ich wusste, wer du bist.« Oh Gott, er klang wie ein Versicherungsvertreter. Er räusperte sich.

»Ich ... Ich habe die Unterlagen über dich erst einige Tage nach deiner Ankunft bekommen und ...« Jetzt klang er wie ein Makler, herrje. »Ich habe Éamonn noch am gleichen Tag angerufen und ihn angewiesen, jede weitere Aktivität in diese Richtung einzustellen.«

Clare schwieg und starrte hinaus auf die sonnigen Felder. Sie verschränkte die Arme vor ihrer Brust.

»Irgendwie war ich sogar froh, dass du bist, wer du bist. Ich ...« James schluckte. »Ich schäme mich für das, was ich damals als DreiundzwanzigJähriger getan habe. Ich hatte irgendwie die Hoffnung, wenn du nun die Biographie schreibst, könnte ich endlich zeigen, dass ich nicht mehr der Junge von damals bin.«

Noch immer sah Clare ihn nicht an. Das machte James verrückt. Aber er durfte sie jetzt nicht bedrängen. Er hatte nur diese eine Chance. Er seufzte ungeduldig. Er hatte keine Kontrolle über die Situation, und das brachte ihn fast genauso um den Verstand wie Clare in diesem fantastischen Kleid neben ihm. »Okay, Clare, kannst du mich bitte anschauen, wenn ich mit dir rede. Bitte.«

So viel zu *nicht bedrängen*, dachte sich James und gratulierte sich im Geiste selbst zu seinem Versagen.

Clare tat ihm den Gefallen. Zwar schwieg sie weiterhin eisern, aber immerhin schaute sie ihn an. Sie hatte abgenommen, das hatte James schon bemerkt, als er aus dem Auto gestiegen war. Ihre Augen sahen müde aus, und ihr Gesicht strahlte nicht so wie sonst. Und das war seine Schuld.

»Ich habe das Skript gelesen«, sagte er leise.

Endlich zeigte Clare eine Regung. Aufmerksam musterte sie ihn an. »Und?«

James lächelte. »Es ist ... Es ist großartig.«

Clare ließ sich nicht anmerken, was James' Urteil ihr bedeutete.

»Das freut mich«, entgegnete sie tonlos.

»Clare, ich ...« James nahm seinen Mut zusammen. »Clare, ich liebe dich. Ich habe eine Weile gebraucht, um das zu erkennen, und ich weiß, ich hätte das wirklich besser machen können, aber ich ... Clare, du fehlst mir.«

Schmerzhaft verzog sie ihr Gesicht. »Tu das nicht, James. Bitte, mach das nicht.«

»Was meinst du?«

Eine Träne rann über Clares Wange. »Tu nicht so, als würdest du mich lieben. Wir wissen beide, dass es nicht so ist. Ich bin für dich nicht mehr als die Gelegenheit, alte Rechnungen zu begleichen.«

Sie schluckte und wischte sich wütend die Tränen aus dem Gesicht.

»Clare, ich will euren Hof gar nicht. Ich will eure Brauerei nicht.«

James hatte damit gerechnet. Zumindest damit, dass sie ihm in Bezug auf die O'Sullivan-Brauerei nicht glauben würde. Er zog ein Kuvert aus seiner Tasche und reichte es ihr. »Hier. Lies das.«

Clare nahm den Umschlag widerwillig an und öffnete ihn. Sie überflog die ersten Zeilen des Dokuments und sah James fragend an. »Was ist das?«

»Eine Vereinbarung zwischen deinem Vater und mir.«

Clare verstand nicht. »Eine Vereinbarung?«

»Ja, ich habe sie von einem unabhängigen Anwalt in Dublin aufsetzen lassen. Sie legt fest, dass ich, egal welche juristische Beziehung ich zu dir habe, keinerlei Möglichkeit habe, die O'Sullivan-Brauerei zu kaufen, zu pachten oder zu führen. Ganz gleich, welche ...« James stockte. »Ganz gleich, welchen Beziehungsstatus wir beide haben sollten, oder solltest du eines Tages die Brauerei erben. Ich habe auf Lebenszeit keine Möglichkeit, mich in die Geschäfte der O'Sullivans einzumischen, geschweige denn sie zu übernehmen. Auch nicht über Zwischenmänner oder Tochterfirmen.«

Clare blätterte durch die Unterlagen.

»Ich wollte die Vereinbarung mit deinem Vater besprechen, bevor ich mit dir rede. Er stimmt zu. Er wird es morgen von eurem Anwalt nochmal prüfen lassen, aber dann wird er unterzeichnen.« James atmete aus. »Ich werde mir also niemals euren Hof, eure Brauerei oder eure Geschäfte *unter den Nagel reißen* können.« Leise fügte er hinzu: »Und das hatte ich auch nie vor.« Er korrigierte sich. »Zumindest nicht, seitdem ich das letzte Mal bei euch auf dem Hof war.«

Clare konnte nicht glauben, was sie da vor sich sah. Doch es stimmte. Sie hatte den Vertrag nur überflogen, aber im Groben stand das drin, was James ihr soeben eröffnet hatte.

Irritiert blickte sie ihn an. »Warum machst du das?«

James griff nach ihrer Hand, sie zitterte beinahe so sehr wie seine eigene. »Weil ich will, dass du weißt, dass ich *dich* will. Nicht deinen Namen oder die Geschäfte deiner Familie. Nur dich.«

James hatte seine Karten auf den Tisch gelegt. Noch nie

hatte er sich so angreifbar gefühlt. Doch er wusste, dass er das tun musste. Clare zuliebe.

Die biss auf ihrer Unterlippe herum und sagte lange Zeit nichts.

Dann fragte sie: »Woher willst du wissen, dass ich dich noch will? Ich hatte ein paar harte Wochen, weißt du?«

James versuchte sich seine Panik nicht ansehen zu lassen. Das war das schlimmste Szenario, das eintreten könnte: Wenn sie ihn gar nicht mehr wollte.

»Ich …« James räusperte sich. »Ich weiß, ich … Ich liebe dich, Clare.«

Sie atmete tief durch. James mochte sichergestellt haben, sie nicht wegen ihres Familienhintergrunds ins Bett geholt zu haben. Doch was nun passierte, schmerzte fast ebenso sehr. Clare war realistisch. Jemand wie James würde sie nicht lieben. Dafür gab sie ihm viel zu oft Widerworte und war nicht seiner Meinung. Sie hatten Spaß zusammen und passten im Bett mehr als nur gut zueinander. Doch sie wusste, dass er sie nicht lieben konnte. Dafür hatte er bereits gesorgt, als er sich lange vor ihrem Erscheinen in die Einsamkeit zurückgezogen hatte. Er würde niemanden so nah an sich heranlassen, wie es jemand tun würde, der wahrhaftig liebte. Alles, was James nun spürte, war lediglich eine nette Zeit, die vorbei war und die er mit einem Fehler beendet hatte. Das entsprach nicht seiner Art. Und nun hatte er ein schlechtes Gewissen. Mehr nicht. Aber das war Clare nicht genug. Sie hatte mehr verdient.

»James, du liebst mich nicht. Das wissen wir beide.« Sie unterdrückte die aufsteigenden Tränen.

»Was redest du da? Ich werde ja wohl wissen …« James' Ton wurde rauer. Er fühlte sich angegriffen.

»Nein. Du hast ein schlechtes Gewissen. Aber das ist keine Liebe, James. Du hast dich so in deiner Einsamkeit verkrochen, dass du dein Gewissen mit Liebe verwechselst.«

Clare bearbeitete ihr Lederarmband und ballte die Hand zur Faust. Sie musste hier weg. Sie würde ihm nicht mehr lange standhalten können.

»Ich denke, es ist besser, wenn du jetzt gehst. Ich habe einen Neffen, der zu Recht nach meiner Aufmerksamkeit verlangt.« Mit diesen Worten stand Clare auf, strich ihr Kleid glatt und ging zurück auf den Hof.

James blieb auf der kleinen Holzbank zurück und sah ihr nach. Sie drehte sich nicht mehr um. Eine ihrer Hände war noch immer zu einer Faust geballt. Er bemerkte, wie sie noch einmal tief durchatmete, bevor sie um die Ecke bog und schließlich aus seinem Sichtfeld verschwand. James war wie betäubt. Er hatte ihr seine Liebe gestanden, und sie hatte sie abgewehrt. *James, du liebst mich nicht. Das wissen wir beide.*

Natürlich hatte er vorher daran gedacht, dass sie ihn vielleicht nicht mehr wollte. Doch die Möglichkeit war ihm so absurd erschienen, dass er das Szenario nicht weiter in Betracht gezogen hatte. Und nun saß er hier. Clare hatte den Briefumschlag mit der Vereinbarung zwischen ihm und ihrem Vater auf der Bank liegen lassen. James griff danach und steckte ihn wieder ein. Er stand auf und blickte hinüber zu den Apfelbäumen. Zwei Zitronenfalter flogen zwischen den alten Gewächsen hin und her. Er beobachtete sie eine Weile, während der Schmerz ihn innerlich auffraß. *James, du liebst mich nicht.* Clare glaubte ihm nicht. Er wurde panisch. Er wollte sich nicht vorstellen, tatsächlich ohne sie leben zu müssen. Ohne ihr Lachen. Ohne ihren Sturkopf. Ohne ihre Leidenschaft.

James riss sich von den flatternden Schmetterlingen los. Ohne der feiernden Menge einen Blick zuzuwerfen, stapfte er zu seinem Audi. Er könnte es nicht ertragen, Clare zu sehen und immer und immer wieder ihre Stimme in seinem Kopf zu hören. *James, du liebst mich nicht.*

Mit quietschenden Reifen verließ er den Hof der O'Sullivans. Er würde nicht aufgeben. Noch nicht. Dafür war er sich der Liebe zu Clare viel zu sehr bewusst.

Die Sonne war bereits untergegangen, und in den Bäumen leuchteten bunte Lampions. Kurz zuvor hatte Clare gemeinsam mit Catherine und Cillian ihren Neffen zu Bett gebracht. Als sie dem Kleinen in das schlafende Gesicht gesehen hatte, hatte Clare gleichzeitig einen inneren Frieden und einen fürchterlichen Schmerz gespürt. Sie würde Junior nicht vor allem beschützen können, doch sie würde ihm zeigen, wie er auch die schwierigen Zeiten überstehen würde. Das war es, was sie nun tun musste. James liebte sie nicht, sosehr er es sich auch einreden mochte. Clare wusste es besser. Jetzt galt es, diesen Schmerz zu überstehen.

»Worüber zerbricht sich meine Tochter ihr hübsches Köpfchen?« Declan O'Sullivan setzte sich neben Clare und reichte ihr eine Flasche Cider.

»Ach, nichts.« Sie versuchte sich an einem Lächeln. »Deine Grillkünste haben mal wieder alle begeistert.«

Ihr Vater lachte. »Die Leute wissen eben, was gut ist.«

Schweigend saßen sie eine Weile da, und Clare beobachtete ihren Bruder, der ausgelassen mit Catherine tanzte.

»Du hast also eine Biographie über James Byrne geschrieben«, meinte ihr Vater plötzlich.

Clare drehte ihm das Gesicht zu und suchte nach Anzeichen für Wut. Doch sie fand keine und nickte stumm.

»Warum hast du uns das nicht erzählt?«, fragte Declan.

Sie nahm einen Schluck von ihrem Cider. »Ich wollte euch nicht damit belasten.«

»Belasten? Wir sind deine Familie, Clare. Dafür sind wir doch da.« Er legte einen Arm um seine Tochter.

»Es tut mir leid ...«, sagte sie leise.

»Das muss es nicht.«

Nach einer Pause fragte Clare: »Bist du denn nie sauer auf ihn gewesen, Dad? Er hätte dich fast getötet.«

»Der Junge wusste doch nicht, was er tat. Was hätte es genützt, wütend auf ihn zu sein?« Declan drückte Clare an sich. »Ich glaube vielmehr, dass es etwas Gutes hatte.«

Clare richtete sich entsetzt auf. »Etwas Gutes?«

»Nun ... Irgendwann musste es ja herauskommen, dass ich Herzprobleme habe. Und James hat erkannt, dass er diesen Weg so nicht weitergehen kann und will. Also ...«

»Was hast du ihm in der Klinik gesagt, Dad? Was hat ihn umgestimmt?«

Declan zuckte die Achseln. »Ich habe ihn nur daran erinnert, dass sein Vater größere Pläne für ihn hatte. Dass er mehr kann, als Familien unter Druck zu setzen, und er seine Wut auf die Welt nicht an Unschuldigen auslassen sollte.«

»Das war alles?«, fragte Clare.

Declan nickte. »Eigentlich wusste James es selbst. Er hat nur jemanden gebraucht, der es für ihn laut ausspricht.«

»Du hast uns nie davon erzählt.«

Clares Vater nahm sie wieder in den Arm. »Ja, das hätte ich vielleicht tun sollen. Das hätte dir eine Menge Schmerz erspart.«

Sie schüttelte den Kopf. »Das ist nicht deine Schuld, Dad. Zieh dir den Schuh nicht an.«

»Hast du mit James geredet? Er sah nicht glücklich aus, als er vorhin wegfuhr.«

»Er denkt, er liebt mich. Aber er hat nur ein schlechtes Gewissen.« Clare schluckte. Dann fragte sie: »Und du wolltest diese Vereinbarung wirklich unterschreiben?«

»James war sehr überzeugend. Und wir haben keinen Nachteil davon, warum also nicht?« Declan gab Clare einen Kuss auf ihr Haar. »Und wenn es geholfen hätte, meine Tochter glücklich zu machen, erst recht.«

»Wie kommst du darauf? Was hat er dir im Büro gesagt?«

»Er hat sich viel Mühe gegeben, seine Nervosität zu verbergen. Hat aber nicht ganz geklappt.« Declan lächelte. »Er hat bei dem Tag angefangen, als du nach Ballybyrne kamst, und endete damit, dass er dein Skript gelesen hat. Er gab mir nur eine Kurzfassung, und ich bin bestimmt nicht sein größter Fürsprecher, aber ich denke, ihm liegt wirklich etwas an dir. Welcher Geschäftsmann bei Verstand würde seinem Konkurrenten schon juristisch zusichern, ihn niemals zu übernehmen?«

»Er hat ein –«, begann Clare und wurde von ihrem Vater unterbrochen.

»Ein schlechtes Gewissen. Ja ja, das sagtest du. Aber ich glaube, da steckt mehr dahinter.«

Clare schwieg.

Declan streckte den Kopf hoch. »Deine Mutter und ich werden dem Jungvolk jetzt mal zeigen, wie man in Irland lange Partys feiert. Kommst du mit?«

Clare schob den Gedanken an James beiseite und ließ sich nicht zweimal bitten. »Das lasse ich mir auf keinen Fall entgehen!«

Lachend hakte sich Clare bei ihrem Vater ein, und gemeinsam stießen sie zu der feiernden Gesellschaft.

Du hast dich so in deiner Einsamkeit verkrochen, dass du dein Gewissen mit Liebe verwechselst. James war alleine in seinem Büro, doch er hörte Clares Stimme so klar und deutlich, als würde sie neben ihm stehen. Hatte sie recht? Ja, er hatte sich zurückgezogen. Er ließ kaum jemanden an sich heran. Doch das war eine reine Schutzmaßnahme. Je weniger Menschen an sein Innerstes herankamen, desto weniger konnten ihn verletzen, enttäuschen oder gar verraten. Er hatte es auf die harte Tour lernen müssen. Er würde sich jetzt nicht dafür entschuldigen, sich selbst zu schützen.

Und ja, er hatte ein schlechtes Gewissen wegen dem, was geschehen war. Doch James konnte seine Gefühle nicht leugnen. Jeder Tag, den er ohne Clare verbrachte, war eine Qual. Er vermisste sie. Er hätte nie geglaubt, dass Liebe körperliche Schmerzen verursachen konnte. Jetzt spürte er es. Jedes Mal, wenn ihn etwas an Clare erinnerte, bekam er Magenkrämpfe. Zu wissen, wie sie über ihn dachte und dass sie seine Liebe anzweifelte, bereitete ihm Sodbrennen. Von seiner schlechten Stimmung ganz zu schweigen.

»Hast du einen Moment?« Michael steckte seinen Kopf durch die offene Tür und riss James aus seinen Gedanken.

»Klar. Komm rein.«

Michael schloss die Tür hinter sich und reichte James eine Mappe.

»Calvin aus der Kommunikation hat mir beinahe den Kopf abgerissen, als ich ihm von unserem Plan erzählt habe. Aber ich glaube, wir haben in der letzten Woche eine gute Lösung gefunden. Wenn man bedenkt, wie wenig Zeit wir hatten. Was denkst du?« Michael zeigte auf die Mappe.

James öffnete sie und blätterte die Dokumente durch. Wieder bekam er Magenkrämpfe.

»Ja, das gefällt mir. Das ist gut. Besser noch als der alte Slogan. Wann können wir damit in Produktion gehen?«

»Morgen. Es wird einiges kosten, die bereits fertigen Paletten neu zu etikettieren …«

James winkte ab. »Das macht nichts. Wir ziehen das durch.«

Michael sah James direkt in die Augen. »Mir gefällt die neue Idee, James. Lizzy springt vor Freude im Kreis. Versteh mich jetzt nicht falsch, aber bist du dir wirklich sicher? Was, wenn das nichts an der Situation ändert?«

James wich dem Blick seines besten Freundes aus. »Wir machen es wie besprochen.«

Michael nickte und verließ das Büro.

Punkt für Punkt arbeitete sich James durch seinen Plan, um Clare zurückzugewinnen. Die ersten beiden konnte er abhaken. Nun musste er sich für den dritten und letzten bereit machen. Der hatte weniger mit Clare zu tun. Dennoch wusste James, dass er diesen Schritt endlich gehen musste. Er war längst überfällig. Und es würde Clare hoffentlich zeigen, dass es ihm ernst war.

14

Am nächsten Tag klopfte James an die Tür eines gemütlichen weißen Holzhauses an der Westküste Irlands. Eine Frau mittleren Alters mit einem lockeren Dutt, gekleidet in einer blauen Hose und einer gestreiften Bluse, öffnete ihm. Als sie erkannte, wer vor ihr stand, legte sie überrascht ihre Hand auf den Mund. Nach ein paar Sekunden des Schweigens bat Laurell Byrne ihren Sohn schließlich herein.

Nervös hantierte sie in der Küche mit dem Teeservice, während James sich in dem kleinen Häuschen umsah. Er musterte das gemütliche Sofa und den geblümten Sessel vor dem Kamin. Hier musste Clare gesessen haben, als sie seine Mutter besucht hatte. Er versuchte den Gedanken an Clare beiseitezuschieben. Stattdessen widmete er sich der Aussicht. Ähnlich wie in seinem Haus, nur wesentlich schmaler, gab eine Fensterfront den Blick auf die Steilküste und das dahinter liegende Meer frei. Durch ein offenes Fenster hörte er die See rauschen. Neben dem Durchgang zur Küche stand ein alter Sekretär aus dunklem Holz. Vor seinem inneren Auge stellte sich James vor, wie seine Mutter daran gesessen hatte, während sie das Meer hatte branden hören und ihm einen weiteren Brief geschrieben hatte, der ungelesen zurückgeschickt worden war.

James hatte sich informiert. Nachdem er die Briefe gelesen hatte, die Clare dem Manuskript beigelegt hatte, war er sich nicht mehr sicher gewesen, ob er tatsächlich alle Fakten zu dem Vorfall vor so vielen Jahren kannte. Er hatte mit Paddy und anderen Zeitzeugen gesprochen, an die er sich aus jener Zeit erinnerte. Paddy war es gar nicht recht, dass James die Geschichte wieder hervorkramte, doch er hatte ihm geduldig alle Fragen beantwortet. Niemand konnte mit Sicherheit sagen, ob Laurell tatsächlich unschuldig war. Doch die Zweifel waren gesät. James fühlte sich schrecklich bei dem Gedanken, seine Mutter womöglich zu Unrecht verstoßen zu haben.

»Lass mich das machen.« Er wollte Laurell das Tablett abnehmen, als sie aus der Küche trat. Doch sie weigerte sich.

»Keine Sorge, das schaff ich schon. So alt bin ich nun auch wieder nicht.« Ihre Sturheit erinnerte ihn an Clare. James schluckte. Dann folgte er Laurell zum Sofa und setzte sich.

Nachdem sie ihnen beiden eine Tasse Tee eingeschenkt hatte, setzte sie sich in den geblümten Sessel. Nach einem Moment des Schweigens machte James schließlich den Anfang.

»Ich habe deine Briefe gelesen.«

Überrascht sah Laurell auf. »So?«

James nickte. »Clare hat sie mir mit dem fertigen Manuskript geschickt.«

Seine Mutter nippte nervös an ihrer Tasse. »Das wusste ich nicht.«

»Was damals passiert ist ...« James suchte nach den richtigen Worten. So lange hatte er seine Mutter nicht gesehen. Wenn er an sie gedacht hatte, hatte er nur Wut verspürt. Sie hatte ihn als Kind verraten und ihn und seinen Vater im Stich gelassen. Das war es zumindest, was James für die

Wahrheit gehalten hatte. »Du … Du hast uns nicht freiwillig verlassen, oder?«

Laurell starrte ihren Sohn an. Dann schüttelte sie abrupt den Kopf.

»Erzählst du mir, was damals passiert ist?«, fragte er.

»Warum jetzt? Was hat sich geändert?« Laurell kämpfte gegen die aufsteigende Hoffnung an. So oft hatte sie sich gewünscht, ihr Sohn würde sie wieder in sein Leben lassen. Doch er hatte sie immer wieder abgewiesen. Ein weiteres Mal würde sie das nicht überstehen.

»Die Briefe …«, sagte James. »Ich habe sie nie bekommen. Ich wusste nicht, dass du sie überhaupt geschrieben hast.«

»Das ist der Grund? Die Briefe?«

James atmete tief ein. »Nein. Ich … Ich glaube, ich habe die Geschichte nie aus deiner Sicht gehört. Und ich denke … Ich denke, dass ich vielleicht einen Fehler gemacht habe. Ich bin hier … Um das zu korrigieren.«

James sah seine Mutter an, dann senkte er den Blick. Schon wieder offenbarte er jemandem sein Innerstes. Wieder machte er sich angreifbar. Er hasste es, doch er wusste, dass er da durchmusste. Clare zuliebe. Und vor allem sich selbst zuliebe.

Laurell nickte kaum merklich. »Also gut …«

Sie erzählte James das Gleiche, was sie Clare vor wenigen Wochen berichtet hatte. James hörte schweigend zu. Immer wieder schüttelte er den Kopf. Doch sie redete weiter. Als sie schließlich verstummte, sah sie an James vorbei zum Fenster hinaus. Sie hielt ihre halbleere Tasse in der Hand und zitterte.

»Dad hat dir nicht geglaubt«, stellte James fest.

»Nein. Und ich habe nicht annähernd genug um euch gekämpft«, schlussfolgerte seine Mutter traurig. Dann blickte sie James an. »Es tut mir leid, was damals passiert ist. Aber ich bin es leid, dafür verurteilt zu werden, James. Du fehlst mir. Du bist mein Sohn. Den Großteil deines Lebens konnte ich nur von der Ferne betrachten. Und glaub mir, das wünsche ich wirklich niemandem.«

»Das verstehe ich.«

Laurell nahm all ihren Mut zusammen. »Wenn du dich dafür entscheidest, mich wieder an deinem Leben teilhaben zu lassen, wäre ich überaus glücklich.« Sie machte eine kurze Pause. »Wenn du das nicht vorhast, wäre es besser, wenn du jetzt gehst. Eine weitere Abweisung halte ich nicht aus, James. Ich kann und will das nicht mehr.«

Mit Tränen in den Augen sah sie ihren Sohn an.

James musste verdauen, was ihm seine Mutter soeben erzählt hatte. Es gab keinen Grund, ihr nicht zu glauben. Zumal sie ihre eigenen Fehler frei zugab und nichts davon schönte. Sein Vater musste blind vor Wut gewesen sein. Und James war umringt von diesem Gefühl aufgewachsen. Zwar hatte sein Dad ihn damals nur zu schützen versucht, und doch hatte er ihn seiner Mutter beraubt. James überlegte, wie sein Leben wohl verlaufen wäre, hätte es diesen Vorfall nie gegeben. Vermutlich würde es ihm nicht so schwerfallen, anderen Menschen tatsächlich zu vertrauen. Es gäbe wahrscheinlich mehr Menschen in seinem Leben als seine beiden besten Freunde und seinen vaterähnlichen Freund Paddy. Auch wenn James sich bemühte, nach außen gesellig zu wirken, seine wahren Freunde wussten, wie einsam er war. Und Clare. Clare hatte es gesehen.

Es war an der Zeit, die Menschen, die zu seinem Leben gehörten, auch hineinzulassen. James hob seinen Blick. »Wenn es dir nichts ausmacht, würde ich gern zum Abendessen bleiben.« Er schluckte und versuchte zu lächeln. »Und vielleicht zeigst du mir den Weg an den Klippen, von dem du in deinen Briefen geschrieben hast.«

Tränen rannen Laurell über die Wangen, doch sie lächelte erleichtert. »Ja. Ja, das mache ich.«

Clare hatte beschlossen, länger bei ihrer Familie zu bleiben. Sie wollte noch nicht zurück nach Dublin. Auf sie wartete dort nichts bis auf eine kleine Wohnung. Cliff war momentan selbst bei seinen Eltern, und jemand anderen hätte sie nicht sehen wollen.

Eine Woche war es her, dass James bei ihnen auf dem Hof aufgetaucht war. Seitdem hatte sie nichts mehr von ihm gehört. Vermutlich war ihm klar geworden, dass Clare recht hatte. Wozu sich also weiter bemühen.

Auch von ihrer Chefin bei *Irish Readings* hatte sie nichts gehört. Sie hatte Heather das Skript unter der Auflage geschickt, dass es nur gedruckt werden dürfe, wenn James Byrne sein Einverständnis dafür gäbe. Für die rechtzeitige Veröffentlichung müsste es jetzt längst in der Druckerei sein. Clare versuchte ihre Enttäuschung zu überspielen. Sie hatte ein gutes Skript abgeliefert. Dessen war sie sich sicher. Es lag nicht an ihr, zu entscheiden, was damit geschehen würde.

Um sich von dem Gedanken an die Biographie und ihre offene Zukunft abzulenken, hatte sie alte Schulfreunde in der Gegend besucht und auf dem Hof mit angepackt. Clare genoss die körperliche Arbeit und spürte, dass ihr Hungergefühl nach und nach zurückkehrte. Zumindest solange sie nicht an James dachte. Sie zwang Cillian fast jeden Abend mit ihr in den Pub zu gehen. Sie brauchte die Musik, die Atmosphäre und die gute Stimmung. Auch wenn es nur ein kleiner Dorfpub war, wusste sie, dass sie hier zuhause war. Sie sollte sich bei Gelegenheit mal bei Catherine bedanken, dachte Clare. Cillian hätte sich eigentlich um seine junge Familie kümmern sollen. Stattdessen war er der vorbildliche Bruder, der ihr eine Schulter zum Ausheulen und Anlehnen bot. Sicherlich würde es Clare bald besser gehen, dann würde sie ihre Familie nicht länger mit ihren wechselnden Launen nerven.

Clare saß gerade mit ihrer Mutter draußen vor dem Küchenfenster, als ein Auto auf den Hof fuhr. Noch bevor Clare erkennen konnte, wer der Fahrer war, öffnete sich die hintere Tür, und ein kleines Mädchen mit schwarzen Haaren lief begeistert auf sie zu.

»Tante Clare! Ich hab dich so vermisst!«

Clare stand auf und wurde beinahe umgerannt, als Emys Arme sich um ihre Hüften schlangen.

»Emy, ich habe dir doch gesagt, wir machen das heute auf die höfliche Tour!« Lizzy warf kopfschüttelnd die Autotür zu und folgte ihrer Tochter.

»Lizzy? Was macht ihr denn hier?«, fragte Clare überrascht.

»Wie heißt das noch? Wenn der Prophet nicht zum Berg kommt ...?« Lizzy umarmte ihre Freundin, nachdem Emy sie freigegeben hatte.

»Sie müssen die wunderbare Mama dieser Lady sein, entschuldigen Sie den Überfall.« Lizzy reichte Clares Mutter die Hand.

»Das sind wir hier gewohnt. Bei uns meldet sich niemand an, man kommt einfach vorbei«, sagte Rose O'Sullivan lachend und stand auf, um den beiden Neuankömmlingen etwas zu trinken zu holen.

Clare und Lizzy setzten sich, und Emy jagte fröhlich über den Hof, um den Hühnern guten Tag zu sagen.

»Entschuldige, dass ich mich kaum gemeldet habe«, begann Clare. Aber Lizzy unterbrach sie sogleich.

»Papperlapapp, mach dir deshalb keine Sorgen. Emy hat es ehrlich gesagt nicht mehr ausgehalten. Also habe ich ihr in einem Anflug von mütterlicher Schwäche versprochen, dich mit einem Besuch zu überraschen.« Lizzy lachte. »Wenn sich also einer entschuldigen muss, bin ich das.«

»Ach was, ich freue mich, euch zu sehen!« Und das meinte Clare auch so. Sie hatte die beiden sehr vermisst. Gleichzeitig hatte sie versucht, alles fernzuhalten, was sie an James erinnern könnte.

»Wie geht es dir? Ganz ehrlich?«, fragte Lizzy und sah ihre Freundin mitfühlend an.

Clare versuchte positiv zu klingen. »Gut, mir geht's gut. Ich muss mal schauen, wie es um meine berufliche Zukunft steht. Aber sonst ... Es geht mir gut.«

»Berufliche Zukunft? Ich dachte, das hätte sich längst geklärt?«

Clare schüttelte den Kopf. »Ich habe noch nichts vom Verlag gehört. Daher gehe ich davon aus, dass es mit der Biographie so nichts wird. Was wiederum bedeutet, ich bin weiterhin eine entlassene Autorin.«

Das klang in Clares Ohren so schrecklich, dass sie unwillkürlich zusammenzuckte.

Lizzy strahlte über das ganze Gesicht. »Oh Clare, dann habe ich wunderbare Neuigkeiten für dich!«

Skeptisch sah Clare sie an.

»Sie haben es dir wirklich noch nicht gesagt? Oh, das ist so fantastisch!«

»Lässt du mich an dem Grund deiner guten Laune teilhaben, Lizzy?« Clare hatte zurzeit einen äußerst kurzen Geduldsfaden.

Lizzy sah Clare zunächst verwirrt an und besann sich dann wieder. »Ach ja, genau.« Sie funkelte ihre Freundin mit leuchtenden Augen an. »James hat dein Skript gleich am Tag, nachdem es angekommen war, an den Verlag geschickt. Er war ziemlich deutlich, als er ihnen sagte, dass er es genauso, Wort für Wort, gedruckt haben will. Erst haben sie wohl protestiert, aber nachdem deine Chefin ... Wie hieß sie noch?«

»Heather?«

»Ja, genau! Also, nachdem Heather sich dein Manuskript angeschaut hat, hat sie James wissen lassen, dass sie es so in Druck gibt. Nur dieses übliche Lektorat. Aber sonst wird inhaltlich nichts verändert.« Lizzy strahlte.

»Woher weißt du das alles?«, fragte Clare, noch immer skeptisch.

Mit dem strengen Blick einer Mutter musterte Lizzy ihre Freundin an. »Erstens bin ich immer noch die Frau an der Seite von James' bestem Freund. Zweitens bin ich die andere beste Freundin von James. Und drittens bleibt in Ballybyrne doch nie lange etwas geheim. Ich bitte dich ...«

Lizzy schmunzelte.

»Und warum werden alle informiert und ich nicht?« Clare wusste nicht, was sie glauben sollte.

Lizzy nickte. »Gute Frage.«

Emy hüpfte den beiden entgegen und machte es sich ungefragt auf Clares Schoß bequem.

»Hast du's ihr schon erzählt, Mum?«

»Was erzählt?«, wiederholte Clare skeptisch. Noch so eine Nachricht würde sie nicht verdauen können.

»Nein, ich habe dir doch versprochen, dass du das machen darfst.« Lizzy lächelte ihrer Tochter zu.

»Sehr gut. Also, Clare. Wir machen heute einen Ausflug, ist das nich' toll?«

Clare wechselte einen Blick mit Lizzy. »Wir?«

Lizzy zuckte unschuldig die Schultern, und Emy fuhr fort. »Ja! Du, ich und Mum. Und wir verraten dir nicht, wo's hingeht. Nich', Mum?«

»So ist es«, bestätigte Lizzy.

»Und wenn ich nicht mitkomme?«, fragte Clare.

Entsetzt sah Emy sie an. »Du willst keinen Ausflug mit uns machen?«

»Das hab ich nicht gesagt, ich ...«

Emy hüpfte auf Clares Schoß herum. »Aber es ist doch eine ganz tolle Überraschung. Keine Sorge, Onkel James ist auch nicht dabei. Mum sagt, du und Onkel James habt ein bisschen Streit.« Emy schaute Clare in die Augen. »Im Kindergarten haben wir Streitschlichter. Braucht ihr einen Streitschlichter?«

Clare versuchte zu lächeln. »Ich fürchte, das ist ein bisschen komplizierter ...«

Emy nickte wissend.

»Ja, das sagen Erwachsene oft. Aber eigentlich ist es nie kompliziert. Na ja. Also machen wir jetzt den Ausflug?«, fragte sie aufgeregt.

Clare gab sich geschlagen. »Na schön. Ich habe hier wohl kein Mitspracherecht.«

Emy nahm Clares Hand in ihre. »Das stimmt. Aber sei nich' traurig. Es ist ja ein toller Überraschungsausflug. Oder, Mum?«

Lizzy lachte. »Wie könnte ich dem widersprechen?«

»Siehste, Clare. Alles gut.«

Clare lief ins Haus, um ihrer Mutter Bescheid zu geben, und ging dann mit Lizzy und Emy zum Auto. Emy bestand darauf, dass Clare sich zu ihr auf die Rückbank setzte. Und so tat Clare, wie ihr geheißen. Während der Fahrt wurde Clare derart von Emys Erzählungen und Autospielen vereinnahmt, dass sie nicht merkte, wo die einstündige Fahrt hinging. Clare versuchte sich zu entspannen, doch irgendwie wollte das nicht so recht klappen.

»Oh, Mum! Sieh nur, sie haben sogar eine Hüpfburg aufgebaut!« Emy riss Clare aus ihren Gedanken.

Clare schaute aus dem Fenster. Geschockt drehte sie sich nach vorn. »Lizzy? Was wird das hier?«

»Oookay. Also, du darfst jetzt wirklich nicht sauer werden. Das war auch gar nicht meine Idee.«

»Lizzy, warum sind wir in Ballybyrne?«

»Überraschung!«, rief Emy und rettete ihre Mutter aus der prekären Lage. »Onkel James feiert eine große Party und hat uns alle eingeladen. Ist das nich' super cool?«

»Lizzy?« Clare ließ nicht locker.

»Also gut.« Sie knickte ein. »James veranstaltet für die Mitarbeiter eine große Party, weil ab Montag die neue Cider-Sorte überall im Handel erhältlich ist. Er wusste, du würdest nicht kommen, wenn er dich einlädt ...«

»Also hat er euch geschickt?«

»Na ja, eigentlich war es Michaels Idee ...«

Clare gab sich große Mühe, ruhig zu bleiben. Sie wollte nicht hier sein. Schon der Blick aus dem Autofenster riss die nur langsam heilenden Wunden wieder auf.

»Lizzy, ich kann das nicht ...«, wisperte Clare.

Lizzy wollte ihr gerade antworten, als die Autotür aufgerissen wurde.

»Wo ist meine Heldin des Tages?«, rief Michael und hob Emy aus dem Wagen.

Clare ließ den Kopf sinken. Lizzy legte ihr die Hand auf den Arm. »Tut mir leid, Clare. Ich dachte irgendwie, dass es eine gute Idee wäre. Ich dachte, wenn ihr nochmal redet ...«

Sie verstummte.

Clare atmete tief durch und wappnete sich. So oder so würde sie aus diesem Auto steigen müssen. »Schon gut, Lizzy.« Sie brauchte ihre Freundin jetzt. »Hältst du mir den Rücken frei?«

»Versprochen.«

Clare nickte. Dann öffnete sie die Tür und stieg aus. Michael hatte Emy inzwischen wieder auf dem Boden abgesetzt und kam auf sie zu.

»Clare, es ist so schön, dass du hier bist!« Er umarmte sie. »Entschuldige die kleine Notlüge ...« Er machte ein zerknirschtes Gesicht.

Clare versuchte sich ihren Schock nicht anmerken zu lassen und lächelte Michael an. »Schon okay. Es ist schön, euch zu sehen.«

Lizzy kam zu den beiden und sprach mit Michael über

irgendetwas. Clare nahm es nicht wahr. Sie blickte über den Hof von *Byrnes Cider*. Überall hingen Wimpel und Luftballons. Zahlreiche Bänke boten den Gästen Platz, um sich gemütlich zu setzen und zu schwatzen. An mehreren kleinen Trucks wurden Getränke und Street-Food ausgegeben. Für die Kinder war eine riesige Hüpfburg aufgebaut worden.

Der Hof war gut gefüllt. Clare erkannte viele der Anwesenden wieder. Sie hatte mit ihnen für ihre Recherchen gesprochen. Einige sahen sie und grüßten sie fröhlich. Clare hob die Hand und versuchte zu lächeln. Sie fühlte sich wie ein angeschossenes Reh, das auf dem Weg zur Schlachtbank war. Ausgeliefert und allein.

Sie war hier. James sah von seinem Büro aus, wie sich der Hof mit Gästen füllte. Inmitten der Menge erkannte er Clare. Lizzy und Emy hatten es also geschafft. Er wusste, dass es nicht die feine Art gewesen war. Doch er hatte keinen besseren Vorschlag gehabt, wie sie Clare dazu bewegen könnten, nach Ballybyrne zu kommen.

James atmete tief durch, aber seine Hände zitterten weiter. Es würde wohl nicht auffallen, doch er spürte es. Allein Clares Anblick in ihren hellblauen Jeans und dem roten Top ließ sein Herz schneller schlagen. Er vermisste sie so sehr. Und nun war sie hier. In Ballybyrne. Er durfte seine letzte Chance nicht vermasseln. Sie musste ihm einfach glauben, dass er sie liebte.

»Bist du bereit?« Laurell Byrne legte einen Arm um seine Taille.

James nickte. »Ich bin froh, dass du hier bist. Das bedeutet mir viel.«

»Aber natürlich.« Sie lächelte ihn an und drückte ihn liebevoll.

Seit James vor einer knappen Woche bei seiner Mutter

an die Tür geklopft hatte, hatten sie viel Zeit miteinander verbracht. Sie hatten so viel aufzuholen. Ginge es nach James, würde Laurell so bald wie möglich nach Ballybyrne ziehen. Doch seine Mutter liebte ihr Haus an den Klippen. Außerdem wollte sie nichts überstürzen. Nur weil James ihr vergeben hatte, bedeutete das nicht, dass die Einwohner von Ballybyrne das auch taten. Er akzeptierte die Entscheidung seiner Mutter und war dankbar, dass sie ihn heute unterstützte.

»Denkst du, sie wird dir zuhören?«, fragte Laurell.

James zog die Stirn in Falten und überlegte. Zu der neuen Beziehung zwischen ihm und seiner Mutter gehörten Offenheit und Ehrlichkeit. Erst gestern hatte er ihr die ganze Geschichte um Clare und die Biographie erzählt. Es hatte ihn einiges gekostet, seine Gefühle beim Namen zu nennen, und dann auch noch vor einer anderen Person. Doch er wollte nicht mehr der einsame Wolf sein, der alles mit sich selbst ausmachte.

»Ich weiß es nicht«, antwortete er tonlos.

Clare konnte Lizzy ihr schlechtes Gewissen ansehen. Lizzy nahm ihre Aufgabe der Rückendeckung äußerst ernst und sorgte dafür, dass die Leute, die für einen Schwatz mit Clare vorbeikamen, zügig wieder weitergingen. Clare lächelte, beteiligte sich an kurzem Smalltalk und bildete sich ein, sich tapfer zu schlagen.

Sie schaute sich um. Bisher hatte sie James nirgends entdecken können. Sie hoffte, dass das so bleiben würde. Obwohl sie wusste, dass dieser Wunsch nicht in Erfüllung gehen würde.

»Clare!« Eine weibliche Stimme rief nach ihr.

Sie drehte sich um und erblickte Laurell, die auf sie zukam. Verwundert ging Clare ihr entgegen. »Laurell?«

»Wie schön, Sie hier zu sehen!« Laurell umarmte sie

herzlich. Clare konnte keine Spur von Traurigkeit auf ihrem Gesicht entdecken. Im Gegenteil, ihre Augen blitzten fröhlich.

»Ich … Was machen Sie hier? Weiß James, dass Sie hier sind?«, fragte Clare verwirrt.

Laurell lachte. »Ja, er hat mich selbst eingeladen.«

»Er hat Sie eingeladen?« Clare hatte das Gefühl, in einer Parallelwelt gefangen zu sein. Was war hier los?

Laurell nickte fröhlich. Dann wurde sie ernst. »James und ich … Wir versuchen es noch einmal miteinander, und ich denke, wir sind auf einem guten Weg.« Laurell griff nach Clares Hand und drückte sie. »Das verdanke ich nur Ihnen, Clare.«

Clare brachte ein Lächeln zustande, doch innerlich war sie noch immer verwirrt. »Darf … Darf ich fragen, wie es dazu kam?«

Laurells Augen leuchteten, als sie antwortete. »James kam vor einer knappen Woche zu mir. Er meinte, er hätte die Briefe gelesen, die Sie ihm geschickt hatten. Wir haben sehr viel geredet. Wenn es nach ihm ginge, würde ich am besten heute noch nach Ballybyrne ziehen. Aber ich denke, wir sollten das langsam angehen lassen. Trotzdem … Sie haben mir meinen Sohn zurückgebracht. Das vergesse ich Ihnen nie, Clare.«

Eine Träne rann über Laurells Wange, doch sie wischte sie mit einer schnellen Handbewegung weg und lächelte. »Kommen Sie, darauf müssen wir anstoßen.«

Clare war wie betäubt und ließ sich mitziehen. James hatte die Briefe tatsächlich gelesen? Und er war bei Laurell gewesen? Er wollte, dass sie nach Ballybyrne zog? Woher der plötzliche Wandel? Clare verstand die Welt nicht mehr.

Lizzy, Emy und Michael mussten ihnen gefolgt sein, denn als Laurell ihr eine Flasche Cider in die Hand drückte, standen die drei plötzlich neben ihnen.

»Laurell, haben Sie James gesehen?«, fragte Michael.

James' Mutter antwortete, und Lizzy und Michael verwickelten sie in eine Unterhaltung. Doch Clare hörte nicht zu. Sie versuchte immer noch zu verarbeiten, was sie eben erfahren hatte. Sie spürte einen Funken Hoffnung, der sich in ihr breitmachte. Doch sie kämpfte umgehend dagegen an. Nur weil James plötzlich eine Beziehung zu seiner Mutter aufbaute, bedeutete das noch lange nicht, dass er auch tiefergehende Gefühle für Clare entwickelt hatte. In ihrem Kopf rasten die Gedanken, sodass sie nicht bemerkte, wie sich die Menge nach und nach um eine Holzbühne versammelte.

Eine kleine Hand zupfte an Clares Top. Sie bemerkte Emy neben sich. Mit unsicherem Blick guckte sie zu Clare hinauf.

»Tante Clare, du bist mir doch nich' bös, oder?«

Clare kniete sich neben Emy. »Aber wieso sollte ich denn böse auf dich sein?«

Emy spielte mit dem Saum ihres Shirts und starrte auf den Boden. »Na ja, ich hab dich doch ein bisschen angeschwindelt. Wegen dem Ausflug und so ...«

»Nein, ich bin dir nicht böse«, sagte Clare mit liebevoller Stimme.

»Auch nicht, wenn ich wegen Onkel James geschwindelt habe?« Emy sah Clare mit großen Augen an.

Clare wollte gerade antworten, als sie eine bekannte Stimme über die Lautsprecher vernahm. »Meine werten Gäste ...«

Clare erhob sich und schaute zur Bühne. James hielt gewohnt locker das Mikrofon in der Hand. Ihr Herz machte einen nervösen Hüpfer. Er trug seine üblichen dunklen Jeans und ein helles Hemd, dessen Ärmel aufgekrempelt waren.

»... endlich, endlich ist es an der Zeit. Wir haben es geschafft. Am Montag geht unsere neue Sorte in den Verkauf, und wir erwarten großartige Absatzzahlen. Das ist allein euer Verdienst. Ohne euch würden wir heute nicht hier stehen und die Gläser heben.«

James' Blick glitt über die Zuhörer, die jubelnd applaudierten. Clare versuchte sich hinter Michael zu verstecken. Sie wollte nicht, dass James sie entdeckte. Auch wenn es dafür vermutlich längst zu spät war.

»Ich möchte die Gelegenheit heute aber auch nutzen, um euch ein paar Dinge wissen zu lassen.« James machte eine Kunstpause. »Wie die meisten von euch wissen, wurden meiner Mutter vor vielen Jahren schwere Vorwürfe gemacht. Vorwürfe, zu denen sie nie öffentlich Stellung beziehen durfte. Stattdessen hat man still und heimlich dafür gesorgt, dass sie Ballybyrne verließ.« Ein Raunen ging durch die Menge.

Laurell, die neben Lizzy stand, schnappte nach Luft.

»Heute ist sie wieder hier. Endlich. Denn das ist der Ort, an den sie gehört. Und jeder, der mit ihr spricht, wird bald erkennen, dass die Vorwürfe von damals jeder Grundlage entbehren. Sie mag beteiligt gewesen sein – doch nur weil sie uns, *Byrnes Cider*, retten wollte. Indem sie etwas tat, von dem sie gar nichts wusste.«

James ließ den Leuten Zeit, die Nachricht zu verarbeiten, bevor er fortfuhr.

»Ich denke, wir schulden ihr eine Chance. Ich für meinen Teil möchte sie hier nämlich nicht mehr missen.« Einige Gäste applaudierten lautstark, andere hielten sich noch zurück. Doch Clare war sich sicher, dass James' Rede bei allen eine Wirkung hinterlassen würde. Laurell würde sicherlich bald wieder ein geschätztes Mitglied der Gemeinde werden, wenn die Leute erst die ganze Geschichte erfuhren.

Auch wenn sie sich dagegen wehrte, spürte Clare einen gewissen Stolz auf James. Er war über seinen Schatten gesprungen und hatte sich auf seine Mutter eingelassen. Wenn sie daran dachte, wie er auf Clares Fragen nach seiner Mutter reagiert hatte, war das ein bedeutender Schritt für ihn. Es musste ihn viel Mut gekostet haben.

»Ich weiß, ihr habt Durst und wollt feiern«, setzte James seine Rede fort. »Aber ich bin noch nicht ganz fertig.«

Clares Magen krampfte sich zusammen.

»Wir haben mit der neuen Cider-Sorte einen wichtigen Schritt in Richtung Zukunft gemacht. Viele von euch haben in den letzten Wochen Nachtschichten eingelegt, damit wir den neuen Namen rechtzeitig auf die Flaschen kleben konnten. Ich weiß, dass ich euch viel abverlangt habe.« James hob seine Flasche. »Auf euch. Auf *Simple Clarity*!«

Die Leute hoben ihre Flaschen und riefen: »*Simple Clarity* – 'cause lemons know it better!«

Clare traute ihren Ohren nicht. *Clarity*? Das war ein Scherz. Es musste ein Scherz sein. Sie betrachtete die Flasche in ihrer Hand. Dort stand es, umrahmt von kleinen Zitronen. *›Simple Clarity – 'cause lemons know it better.‹*

Clare sah zu Lizzy und Michael. Beide beobachteten sie gespannt und prosteten ihr mit ihren Cider-Flaschen zu.

Clare schüttelte den Kopf. »Das hat er nicht getan …«

Michael nickte. »Doch. Er hat mich deswegen um fünf Uhr morgens aus dem Bett geholt. Und alle hier verrückt gemacht.«

»Nein … Nein, das glaub ich nicht. Das ist ein Scherz.«

Lizzy kam zu Clare und umarmte sie. »Herzlichen Glückwunsch, Süße! Nach dir wurde eine Cider-Sorte benannt – und ich wette, sie wird Erfolgsrekorde brechen.«

»Ihr verkauft das wirklich so?« Clares Stimme bekam einen schrillen Ton, als sie auf die Flasche zeigte.

Michael zuckte die Achseln, und Lizzy lachte. Emy schlang die Arme um Clares Hüften. »Is' das nich' obercool, Tante Clare? Onkel James hat dich so gern, dass er den neuen Cider nach dir benannt hat.« Emy ließ von Clare ab und hüpfte aufgeregt auf und ab. »Onkel James, hier sind wir!«

Clare wurde schlecht. Das war zu viel für sie. Sie drehte sich um und wollte gehen, doch James stand nur drei Schritte von ihr entfernt und sah sie an. Er versuchte zu lächeln, doch es klappte nicht so recht. Clare erkannte einen ungewohnten Ausdruck in seinem Gesicht. Eben war er noch locker und selbstbewusst auf der Bühne gestanden, und nun blickte er sie unsicher an.

»Ich bin froh, dass du gekommen bist.«

Clare suchte nach den richtigen Worten. »Man hat mir ja keine Wahl gelassen.«

»Wisst ihr, ich habe riesigen Hunger. Wir sollten mal gucken, was es hier zu essen gibt. Komm, Emy!« Lizzy schob Michael, Laurell und ihre Tochter vor sich her und sorgte so für etwas Privatsphäre zwischen Clare und James.

Clare wusste den Einsatz ihrer Freundin zu schätzen, doch sie wollte jetzt nicht allein mit ihm sein. Sie wollte weg. Einfach nur weg. Nur hier zu stehen und James vor sich zu sehen, zerriss ihr das Herz.

Sie wandte sich zum Gehen, doch mit schnellen Schritten war James bei ihr und fasste nach ihrer Hand. »Geh nicht, Clare. Bitte hör mir zu. Nur noch dieses eine Mal.«

Die Berührung löste in Clare eine Lawine von Gefühlen aus. Langsam drehte sie sich zu James. Sie erinnerte sich an seine Worte, die er nach ihrem ersten Kuss zu ihr gesagt hatte. *Lauf nicht weg.* Clare atmete tief ein und versuchte sich zu sammeln. Sie würde nicht weglaufen. Sie würde bleiben. Ein letztes Mal. Und dann würde sie sich auf dem Hof ihrer Familie verkriechen und ihre Wunden endlich heilen lassen.

»Also gut«, sagte sie leise und sah James direkt in die Augen.

»Clare, was du gesagt hast ... Wegen der Einsamkeit. Du

hast recht. Ich ...« James stockte. »Ich habe bis auf Michael und Lizzy niemanden an mich herangelassen. Ich hielt es für sicherer. Aber ...«

Er streichelte über ihren Daumen, während er noch immer ihre Hand in seiner hielt. »Du hast dich in mein Herz geschlichen, Clare.«

Clare wollte ihn unterbrechen, doch James ließ sich nicht davon abbringen. »Nein, lass mich bitte ausreden.«

Sie nickte stumm.

Er atmete ein. »Clare, ich liebe dich. Ich habe es nur zu spät erkannt. Du kennst mich wie kein anderer, du hast mich aus meiner Einsamkeit geholt. Ich ... Du fehlst mir so sehr.«

»James ...« Clares Augen füllten sich mit Tränen. Mit Mühe hielt sie sie zurück. Sie wollte ihm so gerne glauben, doch sie traute sich nicht.

»Ich weiß, du denkst, das ist nur das schlechte Gewissen in mir. Aber das ist es nicht. Glaubst du, ich würde all das«, er streckte den Arm aus und zeigte auf das Aufgebot, »nur wegen eines schlechten Gewissens machen? Du kennst mich, Clare.«

Sie räusperte sich. »Das Manuskript ...«

»... ist großartig. Ich liebe es. Ich liebe dich. Wie du schreibst ... Sie werden es genauso drucken. Dafür habe ich gesorgt.«

»Deine Mum –«, setzte Clare an.

James unterbrach sie wieder. »Oh ja, das war echt nicht leicht für mich. Aber du hast mir die Briefe geschickt. Nachdem ich sie gelesen hatte, kam ich ins Grübeln. Ich musste sie einfach selbst fragen. Du hattest recht. Mal wieder.«

»Der Cider ...« Clare sah James fragend an.

»Ja ...« James schwieg einen kurzen Moment. »Michael wäre mir deshalb beinahe an die Kehle gesprungen. Wir haben mit den Jungs hier ein Dutzend Nachtschichten geschoben, um die bereits fertigen Flaschen neu zu etikettieren.« Er sah Clare in die Augen. »Aber das war es wert.«

Clare zitterte, obwohl sich in ihrem Inneren eine wohlige Wärme ausbreitete. Noch immer lag ihre Hand in der seinen. Er schwieg und gab ihr die Zeit, die sie brauchte. Tausend Gedanken rasten ihr durch den Kopf. Clare schloss die Augen. Sie hörte die Stimme ihres Vaters. *Ich bin bestimmt nicht sein größter Fürsprecher, aber ich denke, ihm liegt wirklich etwas an dir.*

Clare hob ihre Augenlider und musterte James. Auf seiner Stirn waren Sorgenfalten. Auch wenn er versuchte, locker zu wirken, merkte sie ihm seine Anspannung deutlich an. Ihr Vater hatte an James geglaubt, an seine guten Seiten. Und er hatte recht behalten. Vielleicht war es an der Zeit, dass auch sie den Mut aufbrachte und auf diese Seiten vertraute. Konnte es womöglich sein, dass sich Irlands begehrtester Junggeselle in sie verliebt hatte?

James ging einen Schritt auf sie zu, sodass sie eng beieinanderstanden. Mit seiner freien Hand hob er ihr Kinn und schaute ihr in die Augen.

»Ich liebe dich, Clare.«

Sie erwartete den Schmerz, den diese Worte auslösen würden. Doch er blieb aus. Stattdessen stieg ein Glücksgefühl in ihr auf. Sie hatte sich entschieden. Sie glaubte ihm. Sie konnte nicht anders. Sie hatte James vorgeworfen, seine Einsamkeit würde ihn daran hindern, zu lieben. Vielleicht war es nun an ihr, aus dem Versteck hervorzukommen und etwas zu wagen. Eine Träne bahnte sich ihren Weg über Clares Wange, doch sie lächelte.

»Glaubst du mir?«, wisperte James.

Sie nickte. »Nimm es oder lass es, das war der Deal.«

Fragend blickte James sie an.

»Ich entscheide mich fürs Nehmen«, sagte Clare lächelnd.

Alle Anspannung fiel von James ab. Er neigte sich zu ihr und küsste sie. Beide legten all ihre Gefühle in diesen Kuss, und spätestens jetzt spürte Clare, wie ernst es James war. Er würde sie nie wieder loslassen. Die Wärme breitete sich bis in ihre Zehenspitzen aus. Sie fühlte, wie all die dunklen Wolken sich verzogen und sie endlich wieder frei atmen konnte.

»Sag es nochmal«, verlangte Clare.

»Was?«

»Sag es nochmal. Ich will es nochmal hören.«

»Du meinst, ich liebe dich?«

»Ja, nur ohne das Fragezeichen am Ende«, entgegnete Clare lächelnd.

»Ich liebe dich, Clare. Von ganzem Herzen. Und du wirst mich nie wieder los.« James schlang seine Arme um ihre Hüften und hob sie hoch. Lachend warf Clare ihre Haare zurück und legte ihre Hände auf seine Schultern.

Als sie wieder Boden unter den Füßen hatte, lehnte sie sich an James und blickte ihn fragend an. »Aber jetzt mal ehrlich, *Simple Clarity*?«

James grinste. »Ja, ich fand, das passte.«

»'cause lemons know it better?«

Er schmunzelte. »Na, du weißt doch auch alles besser …«

Lachend knuffte Clare ihn in die Seite und küsste ihn. »Schön, dass wir uns darin schon mal einig sind.«

Epilog

Nachdem *Byrnes Cider Simple Clarity* in der folgenden Woche auf dem Markt erschienen war, erreichte Clare endlich jemanden im Verlag. Sie wollte mit eigenen Ohren hören, was aus ihrem Manuskript geworden war.

»Clare, es tut mir ja so leid! Ich hatte meiner Assistentin aufgetragen, dir Bescheid zu geben. Das muss in all der Aufregung untergegangen sein«, rief Heather, als Clare sich am Telefon meldete.

»Wie steht es also um das Skript?«, fragte Clare nervös.

Heather seufzte theatralisch. »Es ist hervorragend. Die Leute werden es uns aus den Händen reißen. Wie hast du seine Mutter nur dazu gebracht, dir die Briefe zu überlassen?«

Clare lächelte erleichtert. »Autorengeheimnis.«

»Na, wie auch immer«, meinte Heather. »Ich kann dich auf keinen Fall gehen lassen. Du weißt, dass mir die Kündigung sowieso schon schwergefallen ist. Aber jetzt habe ich ein unschlagbares Argument für den Vorstand. Mach dir um deine berufliche Zukunft keine Sorgen, Clare. Ich regle das.«

Und das tat sie. Heather handelte für Clare einen neuen, wesentlich lukrativeren Autorenvertrag aus. Außerdem würde sie fortan mehr Freiheiten haben, was die Themenwahl und deren Umsetzung betraf.

Wie erwartet, wurde die Biographie ein Bestseller. Zudem kletterten die Verkäufe der neuen Cider-Sorte stetig nach oben. *Byrnes Cider* kam mit Leichtigkeit wieder in die schwarzen Zahlen. Damit war auch rechtlich endlich ein Schlussstrich unter die Vorfälle mit Laurell Byrnes gezogen worden. Denn die letzten Strafzahlungen konnten samt Zinsen beglichen werden.

Obwohl sich Laurell noch einige Zeit dagegen gewehrt hatte, kehrte sie schon bald zurück nach Ballybyrne. Das Haus an der Westküste behielt sie. Man könne ja nie wissen, wann man mal eine Auszeit brauchen würde, hatte sie lachend gesagt.

Auch Clare zog nur wenige Monate später nach Ballybyrne. Ihre Arbeit erlaubte es ihr, künftig sowohl in Dublin als auch in Ballybyrne zu schreiben, sodass sie ihre Zeit frei zwischen beiden Orten einteilen konnte.

Etwa ein halbes Jahr nachdem die Biographie und der Cider auf den Markt gekommen waren, rüttelte ein Wintersturm an den Fenstern von James' und Clares Haus auf dem Land. Gemeinsam hatten sie es sich auf der Couch bei einem Kaminfeuer gemütlich gemacht.

»Ich verstehe immer noch nicht, warum Lizzy und Michael nicht bis zum Frühjahr warten. Wer heiratet denn bei so einer Kälte?«, fragte James.

Clare grinste. »Na ja, vielleicht können sie eben nicht länger warten …«

James sah Clare argwöhnisch an. Dann ging ihm ein Licht auf. »Nein? Lizzy ist schwanger? Warum sagt mir das denn keiner?«

Clare fuhr hoch. »Das weißt du nicht von mir. Ich habe dir nichts verraten. Oh Gott, Lizzy bringt mich um!«

James nahm Clare in den Arm und lachte. »Keine Sorge, ich werde ganz überrascht tun, wenn sie es offiziell machen.«

»Wehe, wenn nicht ...«, erwiderte Clare schmunzelnd.

»Emy wird bestimmt eine gute große Schwester. Sie wickelt ihre Eltern ganz schön um den Finger und zeigt ihnen, wo es langgeht ...«

»Selbst ist die Frau, Emy macht das schon richtig so«, sagte Clare lachend und gab James einen Kuss.

»Wo wir gerade davon sprechen.« James zog Clare auf seinen Schoß. »Ich kenne da jemanden, die unbedingt Granny werden will ...«

Clare grinste. »Ach ja?«

James nickte. »Yep. Und du weißt, ich kann meiner Mutter keinen Wunsch abschlagen.«

»Ist das so?«

James nestelte an Clares Pullisaum. »Ja, ich bin eben ein gut erzogener Sohn, weißt du?«

Clare hob das Kinn spöttisch an.

»Und na ja, das Wetter draußen ist schlecht, und hier drinnen ist es warm ... Ich denke, wir könnten da etwas unternehmen.« James sah Clare in die Augen. »Also, sofern du ...« Er ließ die Worte in der Luft hängen.

Clare beugte sich hinab zu ihm und legte ihre Lippen auf seine. »Dann wollen wir mal etwas unternehmen ...«

James lächelte und gab Clare einen tiefen innigen Kuss, während er ihr den Pullover auszog. »Nimm es oder lass es, oder?«

Clare grinste. »Ganz genau. Außerdem schuldest du mir noch einen Ersatz für den Hauptgewinn vom Bogenschießen beim Apfelblütenfest.«

Danksagung

Viel zu selten verfolgen wir unsere Träume. Zu oft finden wir Ausreden oder uns fehlt ganz einfach der Mut, aus dem Gewohnten auszubrechen und ein Risiko einzugehen. Deshalb brauchen wir manchmal jemanden, der uns einen Schubs in die richtige Richtung gibt und uns den Mut zuspricht, der dafür nötig ist. In meinem Fall war dieser Jemand eine Frau. Ohne ihren Anstoß und die Frage »Warum denn nicht?« wäre ich vermutlich nie für einen Sommer nach Schweden gegangen – und dieses Buch wäre weiterhin nur in meinem Kopf. Danke, Christine.

Selbst wenn wir den Mut aufbringen, unsere Träume zu verwirklichen, benötigen wir die Unterstützung und Liebe derjenigen, die uns nahestehen. Sie helfen uns, unsere Selbstzweifel zu überwinden. Einer, der mich zu jeder Zeit und stets uneingeschränkt unterstützt hat, ist mein heutiger Ehemann. Als ich ihm von meinem Plan erzählte, einen Sommer – allein – in Schweden zu verbringen, war seine erste Reaktion einfach nur: »Na, endlich. Wurde aber auch Zeit, dass du das in die Tat umsetzt.« Danke, Stefan.

In Schweden habe ich den Sommer in einem roten Holzhäuschen im Wald, oberhalb eines klaren Sees, umgeben von Elchen und Eichhörnchen verbracht. Dieser Ort stellte sich schon nach den ersten Tagen als Paradies heraus.

Dass ich auf diesem inspirierenden Fleckchen Erde so viel Zeit verbringen durfte, verdanke ich zwei wundervollen Menschen, mit denen ich darüber hinaus einige der faszinierendsten Gespräche meines Lebens geführt habe. Danke, Katrin. Danke, Felix.

Dass ich dieses tolle Paar kennenlernen und in mein Herz schließen konnte, schreibe ich meiner Chefin zu. Nicht nur, dass sie von Sekunde eins hinter meinem Plan, nach Schweden zu gehen, stand. Nein, sie setzte alle Hebel in Bewegung, um mir diesen paradiesischen Platz zu vermitteln. Danke, Jonna. Und danke, Timm – für das Verständnis und die Möglichkeit, einen Sommer lang aus dem Büroalltag auszubrechen.

Ich will es kurz halten, doch klar ist, dass dieses Buch dank einiger fantastischer Menschen zustande gekommen ist. Euch allen, danke!

Dieses Buch zu schreiben und fertigzustellen war für mich bereits ein großer persönlicher Erfolg. Dass es nun aber tatsächlich als eBook und Taschenbuch erscheint, macht mich sehr stolz – und dankbar. Besonderer Dank gilt daher dem Team vom Zeilenfluss Verlag, und allen voran dir, lieber Kerstin. Danke.

Über die Autorin

Zwar ist Madita Tietgen 1995 in München geboren, in ihren Adern fließt allerdings nordisches Blut, denn ihre Familie stammt ursprünglich aus Kiel. So wuchs sie mitten in München nicht mit Bayerisch, sondern mit Nord- und Plattdeutsch auf. Nach dem Abitur studierte sie Kulturjournalistik, wobei ihr Weg sie für Praktika nach Berlin und New York City führte. Besonders Zuhause fühlt sie sich unter anderem auch in Irland und Schweden. In Dublin machte sie ihr Auslandssemester und verliebte sich in die irische Leichtigkeit. Und in der Welt von Astrid Lindgren ist sie schon seit Kindheitstagen beheimatet – kein Wunder, denn sie wurde nach einer Figur der schwedischen Schriftstellerin benannt. Ihren ersten Roman Zimtfieber veröffentlichte Madita Tietgen 2021 via Selfpublishing auf Amazon, bevor 2022 ihr Roman ›Apfelfieber‹ im Zeilenfluss Verlag erschien. Heute lebt Madita Tietgen mit ihrem Mann und ihrem Sohn in München.

Ihr wollt wissen, wie es weitergeht?

Band 2: Zimtfieber

Im alten Café ihrer Granny riecht es nicht nur nach den köstlichsten Leckereien – es liegt auch Liebe in der Luft. Und Mara kann diesem Duft unmöglich widerstehen …

Mara McMillan ist ein Taugenichts – zumindest in den Augen ihrer Familie. Als Maras Großmutter und damit einzige Fürsprecherin stirbt, erbt die junge Irin das Café ihrer Granny. Dieses liegt zwar perfekt in der Dubliner Innenstadt, ist jedoch auch hoch verschuldet. Doch Mara entschließt sich gegen den Verkauf der Immobilie und für die Wiedereröffnung des Cafés, denn für sie ist es die Chance sich endlich zu beweisen! Tatsächlich blüht Mara zwischen Kaffee und Zimtschnecken auf. Allerdings scheint nicht jeder glücklich darüber zu sein, denn fortan werden hinterhältige Anschläge auf das Café verübt. Gut, dass Mara mit der Unterstützung von Cliff Maguire, dem attraktiven Pub-Besitzer von gegenüber, rechnen kann. Doch auch Cliff verfolgt seine eigenen Ziele und schlägt Mara schließlich einen unmoralischen Deal vor.

Nun hat Mara ein ganz anderes Problem: Wie soll sie sich auf die Rettung ihres Cafés konzentrieren, während Cliff ihr immer näher kommt?

Printed in Poland
by Amazon Fulfillment
Poland Sp. z o.o., Wrocław

94734141R10169